KB082414

서산
신지견 대하 장편소설 ⑨

초판 인쇄 | 2014년 04월 15일
초판 발행 | 2014년 04월 20일

지은이 | 신지견
펴낸이 | 신현운
펴는곳 | 연인M&B
기　획 | (사)서산대사 호국선양회
디자인 | 이수영 이희정
마케팅 | 박한동
협　찬 | 대한불교 조계종 제22교구 본사 대흥사
등　록 | 2000년 3월 7일 제2-3037호
주　소 | 143-874 서울특별시 광진구 자양로 56(자양동 680-25호) 2층
전　화 | (02)455-3987 팩스 | (02)3437-5975
홈주소 | www.yeoninmb.co.kr
이메일 | yeonin7@hanmail.net

값 12,000원

ⓒ 신지견 2014 Printed in Korea

ISBN 978-89-6253-091-9 04810
ISBN 978-89-6253-082-7 04810(전10권)

신지견 대하 장편소설 9

서산

서산 휴정

천 생각 만 생각 헤아림이
화로의 붉은 불 위에 한 점 눈이로구나
진흙으로 만든 소가 물 위로 가니
대지가 허공을 찟는다

연인M&B

차례

제5장 파가망국

제5장 파가망국

우리들 나라란 없다

참으로 골 때린 일이 일어났다. 부산진 첨사 정발이 워낙 꿩 사냥을 즐기는지라, 사졸 강한[姜邯]이 환심을 사 볼 양으로 절영도 어디에 꿩이 많이 모였는지 보러 갔다가 깜짝 놀랐다. 바다를 쫙 덮고 파도에 떼밀려 오는 무엇이 있기에 그리로 시선을 보내니 멸치를 잡겠다고 동동 떠 있는 갈매기 떼가 아니었다. 손등으로 눈을 비비고 다시 바라보다가 자기도 모르게 엉덩방아를 퍽 찌었다.

"군선이다, 왜놈들 선단이다!"

후들후들 떨리는 다리로 숨을 몰아쉬고 성으로 달려와 보고했다.

"크, 큰일 났습니더. 대감님!"

정발이 하품을 하면서 쳐다보았다.

"웬 왕사발 깨지는 소리냐?"

"우, 우린 죽었십니더."

"죽다니?"

"왜, 왜놈들 배가 바다에 쫙 깔렸십니더."

그래서 정발과 함께 배를 저어 황급히 절영도로 올라갔다. 태종대 앞바다에 검붉은 낙엽을 한 바작 흩뿌려 놓은 듯 배들이 떼를 지어 몰려오고 있었다.

"네 눈엔 저것이 군선으로 보이냐?"

정발도 멀쩡한 두 눈을 가졌건만, 강한을 돌아보더니 대번 귀싸대기를 올려붙였다.

"더위 먹은 소는 달만 봐도 헐떡인다더니 이놈아! 저게 대마도 세견선이지 어디가 군선이냐?"

이 양반이 술이 덜 깼셨나, 어젯밤 기생 품에서 꾸던 꿈을 환한 대낮까지 밤인지 낮인지 구별도 못하고 자빠졌네. 벼슬이 첨사쯤 되면 간으로 숨을 쉬느라 간덩이가 댕댕히 부풀어 오른 모양이었다. 그래도 그렇지, 간덩이가 호박덩이처럼 제멋대로 울퉁불퉁 비틀어 부풀지 않고서야 대선단이 바다를 까맣게 덮고 밀려오는데, 세견선이라니……! 하나 강한은 아무 소리도 못하고 귀싸대기만 한 대 얻어맞고 절영도에서 내려왔다.

한데 유시가 가까워 오니 왜적들이 군선이란 군선을 모두 바다에 띄운 듯, 썩은 생선 버린 데 쉬파리 꼬이듯 부산포 부두 위로 뱃머리를 두르고 새까맣게 올라왔다.*

손잡이가 비스듬히 구부러진 창도 아닌 작대기 같은 것을 들고 뛰어내리는 것을 보니, 사람이 아니라 도깨비들이었다. 머리에 얹은 새까만 벙거지는 군모가 아니고 귀신들이 쓴 탈이었다. 고깔이라면 꽃이 달렸어야 할 양옆에 사람을 들이받을, 부사리 뿔 같은 것이 불쑥 치솟아 보였다. 앞에는 요란 번쩍한 은빛 장식을 으리으리하게 붙인 벙거지를 쓰고, 눈만 빼꼼히 내놓은 왜놈들이 순식간에 부산진성을 빙 둘러쌌다.

작대기 같은 것을 조선 사람들한테 겨누면 탕! 탕! 하늘 내려앉는 소리가 났다. 쓰버릴! 작은 총구멍에서 푸른 연기가 뿜어져 나오면서 총소리가 얼마나 큰지 어깨가 절로 움찔 뒤로 젖혀지면서 생 오줌이 질질 나왔다. 관군들이 생 오줌을 싸면서 그 자리에 팍팍 꺼꾸러지는데, 소리에 놀라 저런가, 도시 짐작이 안 갔다.

저것이 '조총'이란 것인가 보다. 하여간 대적을 해 보겠다고 활을 들고 성루로 올라갔으나, 활은 쏘아 보지도 못하고 그놈의 총소리에 관군들이 퍽퍽 주저앉았다. 자세히 보니 놀라서 주저앉는 것이 아니라 총탄을 맞아 뻘겋게 피를 흘리고 쓰러졌다.

느그멈! 세견선 좋아하시네! 씨팔, 잘 걸렸다! 도둑괭이처럼 코만 센 정발이라는 이 작자, 멋대로 주둥이가 뚫렸다고 지 혼자 콩 났네, 팥 났네. 아이고야, 우리는 죽었구나! 강한

---

* 일본 쪽 기록을 보면 부산까지 침략군을 수송했던 병선은 700여 척에 이르는 대선단이었다. 그럼에도 부산 첨사 정발은 침략군을 조공 선단으로 오인했다. 한명기의 -420 임진왜란 ⑬, 일본의 침략, 한겨레신문, 2012. 3. 30

이 정조준해 화살로 조총 든 놈을 쏘아 맞추었으나, 화살 날아가는 것은 눈에 환히 보였지만 조총은 소리만 나고 탄알이 보이지 않으니, 왜놈 한 놈이 꼬꾸라지면 우리 관군은 열 명쯤 쓰러졌다.

병법에 방비 없는 곳을 치라는 말이 있다던가. 그거야 저쪽이 전투태세를 갖추고 있을 때 예상 못한 곳을 찌르라 한 것이지,* 지금 부산진성으로 올라온 왜놈들은 그것도 아니었다. 관군이 전투태세를 갖춘 것이 아니라, 아예 헤벌레 벌리고 앉아 놈들의 적을 맞아들여 당하고 있다고 해야 맞다.

유생이란 것들은 주둥이만 살아 호랑이가 날고기 먹는다는 사실을 모르고 살아온 자들이다. 아무 방비도 없는 남해안 바닷가로 왜놈 몇 놈이 배를 타고 올라와 노략질 좀 해 가는 것을 '전쟁'이라고 여겨 왔다. 나라님이 정치를 잘해 태평성대가 풍성풍성, 천년만년 이어진다나 어쩐다나, 개소리만 지껄여 대면서 값도 모르고 쌀자루 들이밀 듯 나라를 다스려 왔다.

아무리 보아도 700척이 넘는 왜놈들 배가 노략질을 하자고 온 게 아니라 조선을 통째로 삼키러 온 게 틀림없었다. 나라를 삼키러 온 놈들한테 우리 강토는 그야말로 말랑말랑한 쇠똥 쪼가리였다. 소나기가 후드득 때리고 지나가면 쇠똥은 빗물로 묽어진다. 진창으로 질질 흐르다가 어디론가 사라지겠지……

---

* 攻其無備 出其不意 孫子兵法 始計篇

우선 조선 관군은 수에서 밀리고 무기에서 밀렸다. 왜 이런 사단이 일어났는가? 나라님을 떡 주무르듯 주무른 실세 중의 실세 유성룡의 비호를 받는 김성일의 건방진 주둥이가 이렇게 만들어 놓았다. 돌절구도 밑 빠질 일이 있는 법인데, 히데요시의 낯짝을 보니 쥐새끼 같아 전쟁을 일으킬 위인이 못된다나 어쩐다나, 큰소리만 뻥뻥 쳐 대더니, 아이구야! 나라의 기둥 부러지는 소리가 우지직 귀에 들리는 듯했다. 그렇지 않아도 잡색군인 우리 관군이 썩은 작대기라도 들쳐 메고 일어서지 않으면 안 될 형편이었다.

왜놈들은 어리석고 용감해 죽고 사는 것을 생각하지 않는다 했던가. '사무라이'란 놈들이 싸움판에 나가 석 자 칼로 백정 '신팽이' 놀리듯 피투성이로 칼춤을 추어 대면 당해 낼 자가 주둥이만 건방진 김성일이겠는가.* 거기에 조총이라는 신무기를 가졌다면, 나이 어린 벙어리가 오랑캐와 맞선 것과 무엇이 다른가. 솔직히 정발이 절영도에서 꿩 사냥을 하듯 활로 쏘아 댄다고 물러갈 놈들이 아니었다.

왜놈 선봉으로 들어온 놈이 부산포 지리에 밝은 대마도주 소 요시토시란 놈이었다. 그 자식이 헤이세이 히로이[平成寬]를 부장으로, 소 요시요시를 길잡이로 앞세우고 들어왔다. 요시토시란 놈이 누구인가? 조상 대대로 조선에서 세견미라 하여 양곡을 동냥질 해다 처먹고 살아온 번신藩臣의 후예

---

* 왜지(倭志)에 이르기를 '왜적은 용감하고 어리석어 생사 따위를 어찌 생각하지도 않고, 싸울 때마다 문득 피투성이가 되어 3척 검을 잡고 춤을 추면 앞에 막을 자가 없다. 武藝圖譜通志, 李德懋 朴齊家 著, 林東圭 註解, 학민사, 1996, p180

아니던가. 미꾸라지한테 뭣 물린다더니, 대마도도 원래는 경상도 계림鷄林에 속한 우리의 영토였다.* 헤이세이 히로이는 소 요시토시가 왜놈 사신이라 하여 조선을 이웃집 드나들 듯 드나들 때 부관으로 따라다녔던 놈이다. 그래서 부산 인근 관리들을 모르는 사람이 없었다. 소 요시요시는 부산포 왜관에서 자라 조선말은 말할 것 없고, 경상도 사투리까지 막힌 데가 없는 놈이었다. 놈은 조선 풍습까지 환해 횡목으로 조선 곳곳을 탐지해 온 놈이었다. 더 무슨 말이 필요한가. 부산포에서 한양에 이르는 요소요소 길목, 성곽, 지형지물, 관군들의 형편, 관군들의 수, 무기는 무엇이고 화살이 몇 개, 보관하고 있는 군량이 몇 섬인지 환히 꿰고 있는 놈이었다.

　손빈孫臏 병법에 장수가 잘못해 전쟁에 지는 것이 32가지가 있다던가. 한데 부산포로 쳐들어온 왜놈들 생김새를 보니, 정발이 잘못해 패했다[與不能 可敗也]고 자신 있게 말할 건더기가 없었다. 까놓고 말해서 조선이란 나라는 이놈이나 저놈이나 똑같은 놈들이었다. 정발이 잘못했다면 살강에 장 종제기 하나가 뒹굴다가 깨진 것만큼 미미한 일일 테다. 정발의 머리 위를 보면 밥그릇을 깰 놈, 국그릇을 깰 놈, 살강을 송두리째 쓸어엎을 놈, 항아리를 때려 부술 놈, 장독대를 밑자리까

---

*쓰시마는 경상도 계림(鷄林)에 속해 있으니 본래 우리나라 땅이다. 다만 그 땅이 아주 작고 바다 가운데 있어 왕래하기 어려워 백성이 살지 않는지라, 쫓겨나거나 갈 곳 없는 왜인들이 들어와 소굴로 삼았다. 한명기 교수의 G2 시대에 읽는 조선 외교사 ⑨, 조선 초기의 한일 관계(IV), 한겨레신문, 2012. 1. 20

지 파 엎을 놈들이 수두룩했다. 그 맨 꼭대기에 최고로 무능해 빠진 선조가 앉아 계시지 않은가!

얼씨구나! 일본 제1군 사령관 고니시 유키나가가 제 사위 놈 소 요시토시의 뒤를 따라 부산포로 올라왔다. 정발과 강한을 단숨에 쏘아 죽이고, 부산진성을 콱 밟아 뭉갠 뒤 동래성을 에워쌌다. 솔직히 부산진성이 새둥우리였다면 동래성은 까치집인 셈이었다. 여세를 몰아 동래성에다 조총을 쏘아 대니, 부사 송상현宋象賢은 올 것이 왔구나! 그리고 군사를 모았다. 양산·기장·울산까지 관군을 불러 모아 보니 600명 안팎이었다.* 소 요시토시란 놈이 거느린 군대만 5천 명이었고, 유키나가가 1만 3천 700명의 졸개를 거느렸다. 600대 18,700 이것을 게임이라 해야 하나?

부산진성이 함락되었다는 소식을 들은 경상 좌병사 이각李玨이 헐레벌떡 동래성으로 달려왔다. 송상현이 하도 고마워 성을 같이 지키자고 간청하니, 겁을 잔뜩 집어 처먹고 놀란 토끼 눈을 하고선 턱주가리만 달달 떨었다.

"나는 대장이니 외부에서 협공하겠다!"

주둥이나 가만 덮어 두었더라면 그러거니 하겠는데, 딴엔 벼슬이 위라고 잔뜩 허세를 부리더니, 씨팔! 뭣 빠진 강아지 모래밭 내닫 듯 달아나 버렸다.

---

* 일본군이 수일 내 조선에 도착해 처음으로 공격한 해안에 있는 성은 부산포(釜山浦)라 불리는 곳이었다. 그곳에는 주변 마을에서 소집한 평민들을 제외하고 겨우 600명의 전투 병력이 있을 뿐이었다. 임진난의 기록, 루이스 프로이스 지음, 정성화 양윤선 옮김, 살림, 2010, p23

1592년 4월 열나흘, 전라 좌수사가 내준 사후선을 탄 의능과 대기가 미조항彌助項을 나섰다. 추라도楸羅島와 욕지도欲知島 사이 너른 바다로 나가니, 연화도 꼭대기에서 연기가 피어올랐다.

"사형님, 저것 좀 봐요!"

바다에는 동남풍이 불었다. 대기가 가리키는 손가락 끝 섬 꼭대기에서 하얀 연기가 서북쪽으로 흩날렸다. 언젠가 연화도 토굴 좌장 보운이 섬 꼭대기의 연기는 급박한 상황이라 했었다. 예삿일이 아니다 싶었다.

"배를 연화도로 몰아라!"

돛을 돌려 동남풍을 역으로 받아, 바다에 반원을 그리며 뱃머리를 연화도로 돌렸다. 노까지 저어 서둘러 간이 부두에 이르니, 유별난 유발의 비구니들이 선착장으로 내려와 있었다. 하여간 저 비구니들은 알다가도 모른다니까! 파도를 가르고 간이 선착장으로 들어가니, 보련과 보월이 손을 흔들었고 보련은 논개의 손을 잡고 배가 가까이 오기를 기다렸다.

"헐레벌떡 봉화를 보고 왔습니다."

배에서 훌쩍 뛰어내리니 보운이 합장을 했다.

"잔치 상 차려 놓고 오시란 게 아닙니다."

"그럼, 초상을 치러 온 겁니까?"

"우려했던 일이 일어났어요!"

지난번 해 주던 이야기의 실제 상황인 듯했다.

"왜놈들입니까?"

고개를 끄덕였다. '내달 중순' 어쩌고 믿기지 않는 말을 하더니, 그날이 정확히 4월 중순이었다. 하여간에 저 유발의 비구니가 천기를 본다는 말이 맞기는 맞나 봐…….

의능은 눈도 깜박이지 않고 보운만 바라보았다.

"지체할 시간이 없습니다!"

보운이 봉화를 올린 까닭은 이러했다. 그간 보련과 보월이 대마도 주변을 살펴왔다는 것. 바로 어제 사시쯤이라고 했다. 배라고는 믿기지 않을 만큼 엄청난 선단이 부산포로 올라오는 것을 봤다기에 봉화대에 불을 올렸다는 것. 그녀가 말한 봉화대는 작년 가을에 만들었다는, 섬 꼭대기에 둥그렇게 돌로 쌓아 만든 간이 봉화대였다.

"마고麻姑 할미가 가려운 데 긁어 줄 줄 알았더니?"

"맛 좋은 단술 빚어 놓고 오시라 한 게 아니어서 죄송해요."

그러고는 왜선이 700척쯤 된다고 덧붙였다.

"허 참! 청해 놓고 매 한 대 더 때린다더니, 도적 떼는 아니다 그거군요?"

"절대로 아닙니다!"

절대라는 부사가 붙은 목소리가 단호했다.

"부산포로 올라온 왜적을 막아 낼 장수는 좌수사밖에 없습니다."

"알겠습니다."

선걸음으로 배를 돌려 전라 좌수영으로 돌아왔다. 동헌으로 올라가 연화도에서 얻은 정보를 자초지종 알리니, 이순신이 입을 굳게 다물었다. 700척이 넘는 대선단이면 도적 떼는 아니고, 설령 도둑 떼라도 얕볼 도적 떼가 아니라고 보고했더니, 이순신의 짙은 눈썹이 꼿꼿이 일어섰다.

이순신은 눈을 한 번 감았다 뜨고는 송희립을 불러 본영 군관 두 사람을 데리고 내례포로 내려갔다. 한 척 한 척 군선을 점검하고 방답진으로 건너갔다. 방답진 군선을 살펴본 뒤, 쌍봉 선소로 가 그쪽 군선까지 모두 점검을 마친 뒤 본영으로 돌아왔다. 그날은 유달리 달빛이 청량했는데, 동헌으로 올라가 활 열 순을 쏘고, 밤이 늦도록 진해루에서 어둠에 묻힌 바다를 바라보고 서 있었다.

왜놈이라고 돈 마다 할 놈 나와 보라고 해! 이각은 뭐니 뭐니 해도 이럴 때는 돈이 최고의 약이라고 생각했다. 득달같이 본영으로 돌아와 창고에 보관된 무명 1천 필을 첩에게 내줘 달아나게 했다. 야! 나부터 살고 보자, 그러고는 새벽을 틈타 도망쳐 버렸다.

신여로申汝櫓는 서출로 하대만 받아 온 사람이었다. 그는 외롭게 동래성을 지키는 송상현이 남의 일 같지 않았다. 곧바로 찾아가 성을 같이 지키겠다고 하니 "아니 될 말!" 그랬다. 송상현이 고개를 살래살래 저어 할 수 없이 되돌아왔다. 한데 부산진성이 함락되었다는 소리를 듣고, "이런 난리를 만났는데, 나라의 은혜를 저버릴 수 없지!" 그러고는 다시 송상현에게 달려가 함께 싸웠다. 그래 봐야 왜놈들 눈엔 까치 집인 동래성이 얼마나 버티겠는가. 성이 속절없이 무너지고 말았다.

성문이 열리니 헤이세이 히로이라는 놈이 앞장서 들어왔다. 놈은 소 요시토시를 따라 부산에 들렀을 때 송상현의 접대를 후히 받은 놈이었다.

"대감, 몸을 피하시지요!"

접대 받은 은혜를 갚겠다는 뜻이었다. 송상현의 손을 잡아 끌어 뒷문을 열고 도망가라 이르니, 송상현이 냅다 히로이란 놈 정강이를 걷어찼다.

"이놈아, 군신 간엔 의리가 최고다!"

군신 간의 의리, 이것이 유가들 최상의 덕목이었다. 그래서 송상현은 왜군과 맞서 끝까지 싸우다 신여로와 함께 죽었다.* 한데 소경이 팔양경을 읽듯 그리 정치를 해, 왜적이 강토를 짓밟게 한 속 좁은 소인배 선조가 무슨 나라를 위하고 백성을 위한 대의의 인군이나 되는 양, 조국을 지켜 내겠다고 꿋꿋한 기개를 아낌없이 보여 준 송상현과 같은 선비가 조선에는 한둘이 아니었다.

고니시 유키나가를 따라 부산포로 올라온 포르투갈 신부 루이스 프로스가 보니, 부산진성과 동래성이 두어 시간을 못 버티고 깨졌다. 내참! 이런 것도 나란가? 두어 시간 전투에 왜군은 100명이 죽고 400명이 부상을 입었는데, 조선군은 5

---

* 宣祖修正實錄 26卷(1592, 壬辰) 4月 14日

천 명이 죽었다.*

프로스는 송상현의 부인을 보았다. 임금의 조카딸과 혼인했다는데, 스물세 살이라 했다. 송상현이 죽자 죽은 남편 위로 뛰어들어 대성통곡을 하는데, 목불인견이었다. 왜놈들이 울부짖는 송상현의 부인을 꽁꽁 묶어 '간빠꾸도노[히데요시]'에게 선물로 보냈다. 간빠꾸 앞에서도 격렬한 저항으로 통곡을 그치지 않으니 "햐, 저런 독살스러운 년!" 그러고는 조선으로 도로 보내졌다.* 이것이 생활 방식이다. 사대모화다, 뭐다, 잡티가 섞이지 않은 우리 조선 토종들은 원래 이랬었다.

송상현은 백성과 나라가 무엇인지 아는 사람이었다. 그래서 무엇을 어떻게 해야 하는지 알고 있는 지사였다. 함에도 선조가 보여 준 정치적 행각은 이각처럼 약삭빨라야 요직을 꿰찰 수 있었다. 그래서 인사가 망사가 되었다. 무게를 달면 이각과 근 수가 같이 나갈 경상 좌수사 박홍朴泓은 동래성이 무너졌다는 소리를 듣고 쥐도 새도 모르게 달아나 버렸다. 이런 자들의 눈에는 송상현이 무모하고 순진하기 짝이 없는 사람으로 보였겠지.

왜적이 군대를 나누어 서생포西生浦와 다대포多大浦를 덮쳤

* 마침내 성 진입에 성공한 일본군과 조선군 양측 모두 거의 두 시간에 걸쳐 용감하게 전투를 했다. 그러나 조선군은 맹렬하게 공격해 오는 일본군 칼의 위력을 견디지 못하고 결국 패배했다. 조선군은 약 5,000명이 전사했고 일본군은 성 두 곳에서 벌어진 전투에서 거의 100명이 전사하고 400명 이상 부상했다. 루이스 프로이스, 앞의 책, p57

* (송상현)은 몇 개월 전에 조선 국왕의 조카딸과 결혼했는데, 그의 부인은 23살가량으로 남편의 유해 위에 몸을 던져 대성통곡했다. 이 여인은 포로로 관백에게 보내졌다. 그녀는 일본으로 가는 도중 매우 거세게 저항했으며, 관백의 앞에서 너무나도 심하게 통곡을 해 관백은 이러한 그녀를 불쌍히 여기고 조선으로 돌려보냈다. 루이스 프로이스, 앞의 책, p57

다. 첨사 윤흥신尹興信이 맞서 싸우다 죽었고, 바닷가 군·현·진·보를 지키던 관군들이 모두 단봇짐을 싸 버렸다. 그 소문을 듣고 밀양 부사 박진朴晉이 병기고를 불태우고 도망 갔고, 김해 부사 서예원徐禮元은 창고를 불태우고 도망쳤다.*

4월 열여드렛날 제1군 고니시 유키나가의 뒤를 따라 일본 제2군 사령관 가토 기요마사가 부산포에 상륙했다. 제3군 사령관 구로다 나가마사와 제4군 사령관 모리 요시나리는 김해로 상륙했다. 4월 스무날 제6군 고바야카와 다카카게가 부산포로 상륙했고, 히데요시의 군사軍使 구로다 요시타카[黑田孝高]가 제7군 모리 데루모토를 따라 부산포에 상륙했다. 제5군 후쿠시마 마사노리는 느지막이 상륙, 후방에 진지를 구축, 뒤처리를 맡았다. 경상·충청 각 지역 성들을 차지해 주둔을 끝내니, 조선왕조 대들보가 뿌지직 부러지는 소리를 냈다.

제1군 선봉장 소 요시토시가 울산을 공격해 군수 이언성李彦誠을 사로잡아 동래에 머물고 있는 고니시 유키나가에게 보냈다. 유키나가가 무슨 '꿍수'로 그랬는지, 강화할 의사가 있으면 이덕형을 사신으로 보내라는, 히데요시 명의의 서계를 들려 돌려보냈다. 이언성은 한참 머뭇거렸다. 조정 관료 나리들 행태를 보건데, 히데요시 서계를 가지고 갔다가는 왜놈들과 내통했다고 그 자리에서 모가지가 뎅강 달아날 게 뻔했다. 에라 모르겠다. 냅다 도망쳐 버렸다. 그래서 조정에서는 이 사실을 까맣게 모르고 있었다.

---

* 宣祖修正實錄 26卷(1592, 壬辰) 4月 14日

대나무 끝에 칼날을 들이대면 쫘쫘쫙, 대가 쪼개져 나간다. 그것을 파죽지세라 한다. 왜놈들이 조총을 탕! 탕! 쏘아 대며 파죽지세로, 제1군은 양산·밀양·청도·대구·선산을 거쳐 상주로, 제2군은 기장·울산·경주·군위·용궁[醴泉]을 거쳐 조령으로, 제3군과 제4군은 김해에서 연합해 창녕·성주·무계·지례·김산을 거쳐 추풍령으로, 제6군과 제7군은 한가하게 후방을 지키면서 한양으로 향했다.

나라가 이 지경이 되니 똥줄이 까맣게 탄 사람이 선조였다. 다음은 왕권에 줄을 댄 벼슬아치들이었다. 입술이 파래져 덜덜 떠는 그들에게 백성과 천민은 안중에도 없었다. 왜 이 모양이 됐는가? 조선 주자학과 성리학의 뒤틀린 학통이 그렇게 만들어 놓았다. 북방에서는 여진, 남방에서는 왜구들이 수도 없이 나타나 백성들을 괴롭혀 왔음에도, 왕손 누구 한 사람 백성을 위해 싸우다 죽었다는 자 없었고, 사대부 누가 왜구나 야인과 맞붙어 싸우다 죽었다는 전례가 없었다. 그래서 조선은 사회적 상위층의 도덕적 의무감[noblesse oblige]이 염병을 치른 나라라 했다.

조정에서는 왜군이 쳐들어오니 자고 새면 모가지 타령이었다. 모가지가 붙어 있으려면 잔말 말고 도망을 쳐야 한다. 그 것이 공자님 말씀이고, 주자 선생님 말씀으로 바뀌어 갔다. 그러다 보니 동방삭이가 밤을 깎듯 남쪽을 가리켰다 북쪽을 가리켰다 우왕좌왕이었다. 나라가 이 지경에 이르렀는데, 눈썹 하나 까딱하지 않는 부류들이 있었으니, 돈이면 지옥문도

연다는, 양생방 이생원의 2세 이첨정과, 순화방 정첨지의 2
세 정첨위였다.

　그들은 전조에 윤원형 대감 뒷돈을 대 온 재력가의 아들들
로 방납에 손을 대더니, 제 나라 백성들에게는 왕소금이면서
불공정 하도급으로 부를 늘여, 명나라 요동성 근처에 대농장
大農莊을 사들여 영주처럼 행세해 왔다. 거기에다 이중국적까
지 가졌으니, 왜놈들이 쳐들어오면 냅다 튀면 그뿐이었다.
그들이 아는 것은 오로지 돈뿐이었다. 돈이 하느님이요, 돈
이 생명이었다. 백성을 위하고 나라를 위한다는 말은 비루먹
은 강아지들이나 하는 소리였다. 하여간 조선이 망하거나 말
거나 그들에게는 아무 관심이 없었다. 다만 왜놈들이 어떻게
생겼기에 감히 명나라를 치겠다고 덤벼드는지 그것이 좀 께
름칙했지만, 그래 봐야 조선이 일본으로 바뀌든 명나라로 바
뀌든 돈이면 해결된다고 생각한 자들이었다.

　조선왕조가 이 지경에 이르자, 비변사와 대신들이 선조를
빈청賓廳으로 모셔 자리를 같이했다. 한데 왜놈 군대가 경상
도를 납작하게 밟고 있는데도, 그 소리를 쏙 빼놓고 보고라
고 올렸다. 왜 경상도가 밟혔다는 소리를 뺐느냐? 상께 걱정
을 끼치지 않으려고[上意欲鎭定也] 그랬단다. 이 얼마나 눈물
겨운 군신유의 충정인가. 그래서 조선에서는 임금만 있고
나라와 백성은 없었다. 이것 또한 쥐엄나무에 도깨비 꼬이
듯 빌빌 꼬여 버린 조선 주자학의 본류요, 성리학의 학통이
었다.

그날 빈청에서 의견을 모아 결론을 내기를, 이일을 순변사로 중앙에 세우고, 성응길成應吉을 좌방어사로, 조경趙儆을 우방어사로 경상도로 내려보내기로 조치가 취해졌다. 순변사 이일은 북방 병사로 있을 때 오랑캐 마니응개가 쳐들어와 피해를 입자 그 책임을 이순신에게 씌워 목을 베려 한 자였다.

조정에서는 후속 조치로 유극량劉克良을 한 등급 올린 조방장으로 죽령竹嶺을, 변기邊璣도 조방장으로 한 등급 올려 조령鳥嶺을 지키게 했다. 주자학은 어버이의 장례를 얼마나 극진히 모셨느냐가 효의 잣대가 되었다. 함에도 상중에 있던 전 강계 부사 변응성邊應星을 불러 경주 부윤으로 보내 왜군과 맞서 싸우라 했다.

한데 이들에게 병졸이 없었다. 이래서 미치고 팔짝 뛴다는 소리가 나온다. 누가 입으로는 뭘 못하겠는가. 결국 그들에게 '요령껏 군사를 뽑아' 각기 데리고 전선으로 나가라는 어명이 내려졌다.

조선은 국초에 제승방략制勝方略이라는 병력 동원 체제가 있었다. 한데 방군수포제가 제승방략을 비늘 없는 메기 등때기처럼 민들민들하게 만들어 버렸다. 왜놈들이 쳐들어와 나라가 초토화되어 가는 판에, 메기 등때기에서 비늘을 찾으려 하니 이런 환장할 일이 어디 있는가. 이게 바로 부뚜막 땜질도 못한 며느리가 이마의 잔털 뽑는 짓이라 했다. 그래도 고관대작들은 이마의 잔털을 뽑아 한껏 멋을 부리던 참에 경상도 고을이 사그리 함락되었다는 보고가 잇따라 올라왔다. 이 보고에 도성 인심이 흔들흔들했다.

　나라가 화평할 때도 베를 바쳐 군역에서 빠지기 경쟁을 벌여 온 터에 어느 개아들놈이 조총이 콩 볶듯 볶아 대는 싸움터로 목숨을 바치러 나가겠는가. 이일이 경상도로 가려고 장정들을 불러 모으니, 어느 개가 짖냐 그랬다. 할 수 없이 칼로 몇 놈 모가지를 쳐 겁을 주어 '쌩자'로 4천 명을 모아, 60여 기병을 앞세우고 관군이라 이름 하여 경상도로 내려갔다.*

　본래 법이 개판이다 보니, 왜놈들이 쳐들어오자 좋은 놈, 나쁜 놈 구별이 모호했다. 아무리 경황이 없어도 그렇지, 적이 쳐들어오면 적을 죽이는 것이 상식이다. 한데 저 혼자 콧대 높은 용궁 현감 우복룡禹伏龍이 군사를 거느리고 군영으로 가다가 길가에서 밥을 먹고 있었다. 때를 같이해 수백 명의 하양河陽현 군사들이 윗길로 지나가면서 말에서 내리지 않았다. "이놈들 봐라. 감히 뉘 앞인데, 괘씸한 놈들!" 우복룡이 하양현 군사들을 반역으로 몰았다.

　"반역을 꾀한 적당놈들!"

　윗선의 군령을 받고 이동하는 길이라는 공문서를 보여 주어도 우복룡의 불뚝심지가 그것을 용납하지 않았다. 곧 수하 군졸들에게 눈짓을 보내니, 우복룡의 군졸들이 하양현 군사들을 모조리 죽여 시체가 산처럼 쌓였다. 바른 말을 한다 싶으면 반역죄를 둘러씌워 왕위를 지탱해 온 나라답게 왜적과

---

* 宣祖修正實錄 26卷(1592, 壬辰) 4月 14日

전쟁을 하면서도 반역이 최우선 순위로 효과를 발휘했다.

누가 보아도 우복룡 요놈이 나쁜 놈이다. 이 사실이 도망 다니기 바쁜 경상 우감사 김수金睟에게 보고되었다. 김수는 도망 다니면서도 우복룡이 반역을 발고해 큰 공을 세웠다고 조정에 알려 통정대부通政大夫로 승진시켰다. 그래서 우복룡은 좋은 사람이 되고, 하양현 군사들은 나쁜 사람이 되었다. 조선이란 나라가 이상한 나라이다 보니 김수 요놈은 더 요상한 놈이었다.*

공자님 말씀 같지만 무법천지란 공정한 도리의 실종을 말한다. 좋은 놈, 나쁜 놈, 이상한 놈, 미친 놈 구별이 모호할 때, 순변사 이일이 문경으로 내려오니, 현감 신길원申吉元이 혼자 성을 지키겠다고 버티고 있었다. 상주로 내려와 보니 목사 김해金澥는 일찌감치 도망쳐 버렸고, 판관 권길權吉을 불러내 군대를 뽑게 하니 한 사람도 얻지 못했다. 이일은 수하들 목 베는 데는 이골이 났는지라 냅다 목을 치려 하니, 권길이 다시 불러 모으겠다 하여, 밤을 새워 숨어 있는 농사꾼들을 강제로 끌어모아 오합지졸만 수백 명이 되었다.

그때 왜적은 선산에 이르러 있었다. 저물녘에 개령開寧현 사람이 찾아와 적이 가까이 왔음을 알리자, "이놈이 사람들을 미혹시킨다." 하여 목을 베어 버렸다. 아군에게 유리한 정보를 가져온 사람의 목을 댕강댕강 잘도 베는 이일은 척후도

---

* 龍宮縣監禹伏龍 領邑軍赴兵營 食永川路邊 有河陽軍數百 屬防禦使 向上道 過其前 伏龍怒 軍士不下馬 拘之責以欲叛 河陽軍出兵使公文示之 方自辨 伏龍目其軍 圍而殺之皆盡 積尸滿野 巡察使以功聞 伏龍爲通政代. 柳成龍 懲毖錄

두지 않았다.

　백성들이 적의 동태를 알려 주면 목이 달아나니, 당연히 정보를 알려 온 자가 없었다. 그래서 적이 상주 남쪽 20리 냇가에 주둔하고 있었으나 까맣게 몰랐다. 그래도 이일은 저 혼자 잘나 북쪽 냇가에서 훈련을 한답시고 진을 치는 연습[習陣]을 했다. 한데 고을에서 불길이 치솟았다. 군관 박정호朴挺豪를 보내 알아보라 하니, 잠복해 있던 왜놈들이 조총으로 쏘아 죽이고 머리를 베어 갔다.

　숲속에서 적들이 대포와 탄알을 콩 볶듯 쏘아 대니, 활시위도 당길 줄 모르는 이름만 관군인 농사꾼들이 이리 뛰고 저리 뛰는 사이, 이일은 코 맞은 개 싸대듯 말을 타고 도망쳐 버렸다. 그래서 농투성이 우리 백성들만 독 안에 든 쥐가 되어 전멸해 버렸다.*

　이게 호랑이 없는 골에 살쾡이 범 노릇이란 거다. 상주의 패전으로 역관 경응순景應舜이 잡혀 유키나가에게 넘겨졌다. 유키나가가 뜻밖의 말을 했다. 동래에서 울산 군수 이언성을 생포해 서계를 주어 보냈더니 답서가 없다는 것이었다. 강화할 의사가 있거든 이덕형을 사신으로 스무여드렛날 충주로 보내도록 조정에 알리라며 풀어 주었다. 경응순이 사태는 급박하고 별다른 계책도 없으니, 잘만 하면 이것이 물밀 듯 올라오는 왜놈들의 진격을 늦출 방도가 되겠다 싶어 한양으로 올라가 사실을 알렸다. 다행히 이덕형이 사신으로 자청해 나

---

* 宣祖修正實錄 26卷(1592, 壬辰) 4月 14日

섰고, 부랴부랴 예조에서 답서를 작성했다. 똥줄이 타는 것은 선조였고, 조정에서는 경응순이 가지고 온 정보를 방안으로 쓰기로 했다.

한데 유키나가가 히데요시에게 보낸 편지에는 내용이 좀 달랐다.

이 전투에서 수많은 포로를 잡았는데, 이 중에는 일본어를 말하는 역관[譯官; 경응순]이 한 명 있었습니다. 그는 조선 국왕의 명을 받고 온 자인데, 조선군의 상황이 불리해지자 이 역관을 파견해 저에게 다음과 같은 전갈을 보내왔습니다. 조선 국왕은 전하께 인질을 보낼 것이고, 중국 원정 시 선두에 가면서 길잡이가 되어 일본군을 돕게 하겠다고 했습니다. 전하께서 이전에 제게 말씀하시기를 만약 그들의 국왕이 용서를 구한다면 받아들이라 하셨기에, 저는 몇 가지 사항과 조건을 붙여서 역관을 조선 국왕에게 돌려보냈습니다. 이 역관은 이삼 일 안에 매우 중요한 두세 명의 인물과 함께 회답을 받아 돌아올 것이니 기다려 달라고 요청했습니다. 그러나 저는 군대를 이끌고 서울로 접근해 가고 있습니다.*

선조는 국왕이기 이전에 잔꾀가 넘치고 겁이 많은 소인배였음을 감안하면 목숨이 경각에 달렸는데, 무슨 짓인들 못하겠는가. 아무도 몰래 경응순을 파견해 수작을 꾸미지 않았다고 자신 있게 말할 자 누구일까. 이것이 일급비밀에 해당한

* 임진란의 기록, 루이스 프로이스 지음, 정성화 양윤선 옮김, 살림, 2010, p60

'대화록'이라면, 녹취 기술이 없을 때의 일이니, 누가 그 속 내를 알겠는가.

조정에서는 함경도 북병사로 있으면서 골치를 썩인 니탕개를 단숨에 잡아 용맹을 떨친 신립申砬을 도순변사都巡邊使로 임명해 조령으로 내려보냈다. 한데 신립이 의금부에 갇혀 있는 김여물金汝岉과 같이 가게 해 달라고 요청했다.

왜 김여물이 의금부에 갇히게 되었는가. 공자님 말씀이지만 위태로움을 걱정하는 사람은 항상 그 자리를 편안히 하고, 망하지 않을까 염려하는 사람은 그 자리를 보존한다고 했다.* 나라를 지키는 데는 이런 사람이라야 싹수가 있다. 하나 성리학에 물든 조선 유생들은 싹수가 좀 있다 싶으면 싹싹 후벼 팠다. 김여물이 의주 목사로 있으면서 허물어진 성을 보수하고 군사를 훈련시켰다. 의주성은 요동성 탕주참湯州站에서 보면 환히 보이는 곳이었다. 한응인이 주진사로 명나라에 다녀오다 보니 압록강 건너 의주성에서 관군들이 훈련하는 모습이 보였다. 저런 못된 놈이 있나! 대 상국 명나라 코앞에서 군사훈련이라니?

꺽저기탕에 개구리만 뻗는다고, 사대의 도가 넘은 한응인이 조정으로 들어와 의주성을 보수하고 군사를 훈련시킨 것은 명나라의 심기를 건드리는 일이라며 노발대발 김여물을 의금부에 가둬 버렸다.

김여물은 정철의 인맥이었다. 정철이 동인이자 정치 9단인

---

* 危者 安其位者也 亡者 保其存者也. 繫辭傳

이산해의 술수에 말려 권력욕이 팔팔한 선조 앞에서 생뚱맞게 세자 책봉 문제[建儲議事件]를 거론하게 해, 나는 새도 떨어뜨리던 벼슬에서 떨려 나 강계로 귀양 가 있던 때였다.

한데 도순변사 신립이 정철의 끈이 떨어진 김여물을 데리고 싸우러 가겠다는 것이었다. 그래서 감옥에서 풀려나왔다. 이것이 털토시 낀 손으로 개구멍을 쑤시는 조선 관료의 임용이었다.*

김여물은 신립을 따라 도성 주변에서 모은 8천여 병졸을 이끌고 충주로 내려갔다. 병가의 실수는 상시 있는 일이라 하였으나, 조령鳥嶺에서 왜적을 막지 못하면 조선은 망하게 된다. 조선이 망하느냐 마느냐 절체절명의 운명이 신립의 어깨 위에 지워져 있었다.

김여물이 신립과 단월丹月역에다 군사를 주둔시키고 지형 탐사에 나섰다. 조령은 영남에서 충청도로 들어오는 대표적 관문이었다. 현장에 와서 보니 고갯마루에서 내려가는 길이 아주 험준한 골짜기 외길이었다.

"아—, 하늘이 보살피나 봅니다!"

김여물이 감탄한 목소리로 협곡을 가리켰다.

"보십시오. 천혜의 검엽문劍葉門이올시다!"

검엽문이란 길 양편 나뭇잎들이 칼끝이란 뜻이었다. 적이 제 발로 올라와 칼끝에 턱턱 찔려 꼬꾸라질, 하늘이 내려준 지형이었던 것이다. 군졸이 아무리 많기로 한 줄로 늘어서

---

* 宣祖修正實錄 26卷(1592, 壬辰) 1月 1日

서 올라올 수밖에 없는 협곡 좌우에 관군을 매복시켜 화살을 날리면 차례차례 염라대왕 명부문으로 직행할 천혜의 요새였다.

"조령 협곡 좌우에 군을 배치[伏兵]합시다!"

한데 신립이 고개를 흔들었다. 안타깝게도 적은 군대로 많은 적을 물리칠 천혜의 요새임을 깨닫지 못했다. 왜 그러했느냐, 상주 전투에서 패한 이일이 말을 버린 뒤 깨를 홀랑 벗고, 상투를 풀어 머리채를 흩뜨리고 달아나* 문경에 이르렀다. 호랑이 없는 골에 담비가 왕이라더니 현감 신길원이 군졸 10여 명을 데리고 고을을 지킬 것이라고 버티고 있었다. "야, 이놈아, 그러다간 뒈져!" 도망을 가려면 저나 도망갈 일이지 바람까지 넣었다. 이일은 신립이 단월역에 내려와 있다는 이야기를 듣고 뭣 빠지게 조령을 넘어 신립 앞에 무릎을 꿇었다. 신립이 목을 쳐 죽일까 하다가 적과 맞서다 도망친 놈이니 무슨 방책이 있겠다 싶어 물었다.

"적을 물리칠 방안이 있느냐?"

"아이고, 말도 마십시오. 요놈들은 경오, 을묘년 그놈들 하곤 다릅니다."

제까짓 게 경오, 을묘년의 왜구를 보기나 한 듯 주둥이를 나불거렸다.

"네 이놈! 우리 관군을 어떻게 보고 그따위 소리냐?"

신립의 호기를 나쁘다 할 수는 없겠으나, 이일의 보고를 받

---

* 賊追鎰急 鎰乘馬脫衣服 披髮赤體而走. 柳成龍 懲毖錄

은 신립은 왜적이 관군을 가볍게 보고 성급하게 움직일 것이라 예상한 것 같았다. 그럴수록 조령은 우리 관군에게 유리한 지형임에도 사공이 되어야 할 신립이 사공 없는 배를 바다에 띄웠다. 까짓것 뭐! 호기를 부리며 염라대왕 명부문이라고 가르쳐 준 조령 방어를 닭이 물을 머금듯 쉽게 포기해버렸다.

그것도 모자라 뒷심이 물렁한 이일의 목숨을 살려 조방장 변기邊璣와 선봉에 세워 공을 세우라 했다. 김여물이 보니 조선이 숨겨 놓은 장수 신립에게도 남이 모르는 결점이 많았다. 지나치게 성급해 속단이 빨랐고, 지혜로운 듯했으나 겁이 많았다. 거기에다 성격이 강직해 고집 또한 똥고집이었다.

그래서 소수 병력으로 적을 대파할[以少擊衆] 절호의 기회를 놓쳤다. 작전에서 기본이라 해야 할 높은 곳에서 적의 움직임이 내려다보인 공격 지형을 애초부터 활용 못했던 것이다.* 만일 김여물이 작전권을 쥐었더라면 어떤 결과가 나왔을까.

조령 방어의 포기는 우리 관군의 무장해제나 다름없었다. 집안이 망하려면 맏며느리 턱주가리에 수염이 나는 법이다. 관군은 저 아래 병졸에서부터 작전권을 손에 쥔 장수에 이르기까지 제정신이 아니었다. 그러니 왜적이 쳐들어와 도망 다니기 바쁜 경상 우감사 김수가 잘났다고 큰소리를 뻥뻥 치는가 하면, 전선에서 도망친 이일이 부끄러움도 모르고 얼굴을

---

* 登高下望 以觀敵之變動 望其壘 則知其虛實. 六韜三略 壘虛

들이밀어 순변사 행세를 하는 지경에 이르렀다.

왜 이러한 일이 벌어지는가. 관료 임용이 능력이 아닌 금맥, 인맥, 학맥, 정실에 얽혔기 때문이었다. 오는 손이 있어야 가는 손이 있는, 밀실의 끄덕끄덕 정치가 그렇게 만들어 왔다. 한마디로 조선왕조는 다 썩은 목재들이 겉모양만 채색되어 나라라고 떠받치는 모양새였다. 그래서 크게 뇌물을 먹고 감옥에 들어가도 최고 권력자 형님의 친구라면 풀려나는 나라가 되었다.

아니나 다를까 올 것이 오고 말았다. 4월 스무닷샛날 해 질 녘, 왜선 90척이 절영도 앞바다에 정박해 있음을 영남 우수사 원균이 이순신에게 통첩으로 알려왔다. 경상 좌수사 박홍도 왜선 350척이 부산포에 상륙했다는 공문을 보내왔다. 영남 관찰사도 같은 내용의 공문을 보내왔다.* 이순신은 이 사실을 전라 관찰사 이광에게 알리고, 전라 우수사 이억기, 병마사 최원에게도 알렸다.

이순신은 사변에 대비해 소속 각 포구에 파발을 띄워 단단히 경계하라는 공문을 보냈다. 그리고 그날 일어났던 자초지종 이야기에 분하고 안타까움[不勝憤惋]을 눌러 참으며 삼가 강어귀 군선들을 정비해 사변에 대비하고 있다는* 장계를 조정에 올렸다.

---

* 日沒時 嶺南右水使傳通內 倭船九十餘出來 釜山前絶影島駐泊 一時又到水使關 倭賊三百
五十餘隻 已到釜山浦越邊云 故卽刻馳啓 兼移巡使 兵使 右水使處 嶺南方伯關 亦到如是. 亂
中日記 四月 十五日 甲辰

4월 열엿샛날, 부산진성이 무너져 첨절제사 정발이 죽고, '왜선 400척이 부산포 건너편에 정박해 있는데, 전세가 매우 우려스럽다' 는 경상 관찰사 김수의 공문을 받았다. 이순신은 김수의 공문을 요약하고, '전라도 병마절도사와 우도수군절도사에게 방비를 엄히 하라는 공문을 보냈다' 는 내용에 관할 수군이 무기를 갖추고 몇 배 엄하게 방비하고 있다는* 장계를 다시 올렸다.

열이렛날은 영남우병마사 김성일로부터 동래성이 함락되었다는 공문을 받았다. 사태가 눈코 뜰 새 없이 돌아가는 판이라 경상우도 수군절도사 원균과 우병사 김성일, 좌병사 박홍도 같은 내용의 공문을 보내왔다.

이순신은 이들 공문을 요약해 '왜적이 세 갈래로 진을 쳐 성을 에워싸 접전이 이루어졌는데, 대포 소리가 천지를 흔들더라는 내용에 전라좌도는 경상도와 바다로 이어져 적이 쳐들어오는 길목이므로, 고을에서 뽑아 온 군사들을 두 패로 나누어 성을 지키는 군사와 전투하는 군사를 보충시켜 만반에 대비하고 있다' 는* 장계를 올렸다.

이순신은 4월 스무이렛날, 동래성과 양산이 함락되어 왜적이 육지로 향하고 있다는 김수의 공문을 받고, 가슴이 찢어

---

* 謹啓爲待變事…所屬各官浦 發馬行移申飭 臣軍船整齊 江口待變之由 當日馳. 因倭警待變狀. 李殷相 忠武公全書 上. 社團法人 忠武公記念事業會, 檀紀 4293, p163

* 兼慶尙道觀察使金晬關內 今月十三日 倭船四百餘隻 釜山浦越邊來泊 賊勢已至於此 極爲可慮…臣軍船整齊 江口待變 而兼觀察使 兵馬節度使 右道水軍節度使處 並發馬移文…他餘戰具諸備 並倍嚴措置待變. 李殷相, 忠武公全書 上, 前揭書, p164

지는 통분을 금할 길 없어[憤膽如裂] 경상도로 구원을 나간다는[赴援慶尙道狀] 장계를 다시 올렸다.

＊慶尙右道水軍節度使 元均關內 當日酉時 右兵使關 左水使馳報內 今四月十四日卯時 荒嶺山烽燧軍裵突伊進告 日倭賊等 釜山浦牛巖 分三運結陣 日出時 圍城接戰 放砲之聲震天云… 臣所管左道 乃與慶尙道一海相接 賊路要害 道內爲最 犯境之後 添防雜色 勢未及調發 各官奔赴 一二運軍士 爲先催促 添防守城水戰 整齊待變. 李殷相, 忠武公全書 上, 前揭書, p165

달천강의 고혼

주마가편走馬加鞭이라 했던가. 기세가 오른 왜적들이 뗏말에 망아지 뛰듯 함창咸昌을 거쳐 문경으로 올라왔다. 고을은 피란을 떠나 텅 비었고, 현감 신길원이 군졸 여남은 명을 데리고 결사 항전을 하겠다며 관문 앞을 지키고 있었다.

"옷 헤소가 와라우! (아이구야, 배꼽이 웃는다!)"

맨 앞에 조총을 들고 달려온 놈이 킬킬 웃었다. 소는 발정을 해도 말을 올라타지 않는다. 저 녀석이 저러고 있는 것은 말 마구간에는 들지 않겠다는 쇠새끼 행짜다. 저런 놈이 '성질'을 부리면 물불 가리지 않는다. 아니나 다를까, 신길원이 칼을 쑥 뽑더니 대번 앞서 달려온 놈 목을 쳐 그 자리에 널어 버렸다. 유키나가가 손을 쓸 틈도 주지 않았다. 조총을 들고 따라간 두 놈까지 순식간에 모가지가 땅바닥에 굴러떨어졌다. 저놈 봐라! 조족지혈이 뭔가. 타당탕! 조총을 쏘면서 달려가니, 신길원과 합세한 대여섯 군졸들이 북문으로 달아났다. 그러면 그렇지 제까짓 것들이…….

그러면서 뒤를 쫓는데, 아름드리 소나무 뒤에 몸을 붙이고 활살을 날렸다. 조총수 열두 놈이 총 한 방 쏘아 보지 못하고 그 자리에 거꾸러졌다.

"뭣들 하느냐?"

유키나가가 소리를 빽 질렀다.

"저 쥐새끼 같은 놈을 집중 공격하라!"

조총을 콩 볶듯 볶아 대, 신길원이 생포되어 고니시 유키나가 앞으로 끌려나갔다. 유키나가가 대장이랍시고 목소리를 낮춰 항복하라고 타이르니, 신길원은 마치 장승이 소리 내어 웃듯, 꼿꼿한 기개로 눈을 부릅떴다. 곧 땅바닥을 주먹으로 내리치며 통분을 터뜨렸다.

"야이, 섬놈 오랑캐야, 천벌이나 맞아라!"

조선말을 못 알아들은 유키나가가 곁에 히로이를 쳐다보았다.

"저놈이 지금 뭐라고 그러느냐?"

놈이 조선말로 통역했다.

"섬놈 오랑캐야 천벌을 맞아라, 그럽니다."

유키나가가 대번 칼을 쑥 뽑더니 호위해 섰는 왜졸들에게 명령했다.

"사지를 잘라 버려라!"

그 자리에서 사지가 잘려나간 신길원이 오랑캐 놈들아 천벌을 맞아 뒈져라는 말을 목숨이 끊어질 때까지 그치지 않았다.

"저런 깡다구를 가진 조선놈도 있나?"*

뜻밖이었다. 달아나기 바쁜 겁쟁이들만 보아 온 유키나가는 고개를 살래살래 저었다. 어쨌거나 신길원이 죽자 문경 관아는 새집 밟히듯 밟혀졌다. 한데 마음이 급했다. 전투 공과를 다투는 기요마사가 경주·군위·용궁을 거쳐 문경 가까이 이르러 있었다.

유키나가가 휘하 세 놈을 불렀다. 부장 요시토시가 선봉으로 조령을 넘고, 시게노부와 하루노부가 뒤를 따라 충주성을 단숨에 점령하라는 명령을 내렸다. 그 뒤를 1천 명의 군졸과 700명의 군졸을 거느린 요시아키와 스미하루가 지원한다는 전략이었다.

그때 콩알 만한 녀석이 불쑥 튀어나왔다.

"장군님, 서둘 일이 아닙니다."

그 녀석이 바로 요시요시였다.

"서둘 일이 아니라니?"

군의 사기가 단숨에 한양을 삼키고도 남을 판인데, 서둘 일이 아니라? 요시요시를 쳐다보았다.

---

*敵將은 그(申吉元)를 불러 놓고 降伏하기를 勸하였으나 그는 顔面에 流血이 낭자한 모습으로 오히려 豪氣堂堂하게 소리를 높여 말하기를 "섬나라의 이 賊徒들아, 天罰이 두렵지 않느냐."…, 敵將이 怒하여 그의 四肢를 切斷해 죽이게 하고…… 李烱錫 壬辰戰亂史 上, 壬辰戰亂史刊行委員會, 1967, p264 〈金晬는 慶尙右監司로 전쟁이 터지자 도망 다니기 바쁘면서, 개령 현감 李希伋, 선산 부사 丁景達, 상주 목사 金澥, 판관 權吉, 문경 현감 申吉元 등이 모두 도망가 적이 가는지 머무는지를 일체 馳報하지 않았다고 멋대로 적어 올린 馳啓에 근거해 申吉元은 死後 贈職이나 恩典을 받지 못했다. 宣祖實錄 27卷(1592, 壬辰) 6月 28日〉

"지금 넘으려고 하는 고개가 조령입니다."

요시요시가 누구인가. 조선말에 능하고 눈썰미가 정확해 왜관에서 특별히 뽑혀 한양에 이르는 통로의 제반 정보를 수집해 올린 횡목이었다. 놈은 해인사 원당암에서 혜은이라는 까리 발쇠꾼 같은 중놈한테 정체가 탄로 나서 합천 관아까지 끌려갔으나, 기압이 빠진 장청 포교란 자를 이리 능치고 저리 능쳐 검은 강아지로 흰 돼지를 만들 듯 감쪽같이 '구라'를 쳐 풀려나온 놈이었다. 놈은 부산포에서 한양에 이르기까지 험로는 물론 관아와 창고의 위치, 물이 깊고 얕은 하천, 다리가 있고 없는 것까지 그림으로 그리듯 소상히 꿰는 놈이었다.

"조령은 골짜기가 험한 외길입니다."

유키나가는 문경에 이르기까지 길잡이로 앞세우고 온 놈 말을 듣지 않을 수 없었다.

"산이 빙 둘러싸 골짜기가 깊은 걸 보니 '고릉물향高陵勿向'으로 보입니다."

요시토시가 토를 달았다. 고릉물향이란 높은 능선을 바라보고 행군하는 것을 금물로 치는 병법의 조항이었다. 위에서 내려다보면 아래쪽의 움직임이 환히 드러날 뿐 아니라, 험지에 이르렀을 때 공격을 가해 오면 적은 병력으로 대군을 격파할 전략적 요충지라는 말이었다. 병법에서는 일렬로 걸어 들어가야 하는 협곡의 험로는, 적이 나타났을 경우 쳐다보고 공격해야 되는 지형상의 불리함뿐 아니라 전쟁을 해 본

장수는 반드시 그런 위치에 함정을 파 놓기 마련이라고 적혀
있다.

유키나가는 대번 요시요시의 말을 알아들었다.

"그럼, 어찌해야 되겠느냐?"

"조선 사람으로 위장한 척후를 보내십시오."

"요시!"

그래서 병졸들을 두어 사람씩 조로 나누어 비어 있는 농가
로 들어가 장롱을 뒤져 잠방이나 등거리를 걸치고 나오게 했
다. 웬걸 옹구바지에 먹두루마기를 입은 놈, 무릎치기에 덧
주거리를 걸친 놈, 조선 옷이다 싶으면 눈에 띄는 대로 너덜
거린 걸레를 걸쳐 동냥아치가 되어 나왔다. 머리 모습도 갖
가지였다. 수건을 동여매고 패랭이를 얹은 놈, 머리칼을 흩
트려 찢어진 망건으로 동여맨 놈, 갓끈을 노끈으로 맨 놈, 하
여간에 길놀이 사당패 모습이 저러지 싶었다.

길을 떠나면서 주먹밥을 넣은 빈 고리짝을 이불 홑청으로
감고 새끼줄로 멜빵을 만들어 짊어졌는데, 누가 보아도 난리
가 나 경황없이 피난을 떠나는 농사꾼 모습이었다.

조선말을 잘하는 요시요시가 보부상 차림으로 맨 앞에 섰
다. 놈은 조로 편성된 척후들을 뒤에 흩어져 따르게 하여 텅
비어 있는 조령 주막거리로 올라갔다. 거기서 법흥사[法興寺;
惠國寺]로 올라가는 오른쪽 골짝을 들러 볼까 하다가, 보나마
나 양반네들이 벌레 보듯 침을 퉤퉤 뱉는 중놈들만 있을 것
같아 한 조만 그쪽으로 보내고 곧바로 용추龍湫로 올라갔다.

용추는 골짜기가 매우 가파르다는 것을 알고 있었으므로, 교귀정交龜亭에 이르기까지 바위틈은 물론 산비탈 숲 속, 거목들 틈새까지 샅샅이 뒤졌으나 관군의 매복 흔적은 보이지 않았다.

각 조의 척후가 산비탈을 누비며 시루봉[甑峯]으로 나누어지는 웅숭깊은 골짜기에 이르렀다. 하나 거기에도 복병은 개미새끼도 없었다.

"멍청한 자식들!"

멍청한 자식들이란, 떡 먹은 입 쓸어 치듯 이런 좋은 골짜기에다 복병을 깔지 않았다는 비웃음이었다. 그래도 만사 불여튼튼이라 했다. 긴장을 풀지 않게 각 조를 단속해 길고 긴 골짜기를 지나 고갯마루에 다다랐는데, 복병은커녕 새소리만 한가했다.

"어디서 한 잔씩 빨고 자빠졌나?"

내 참! 이리 좁고 앞이 턱턱 막힌 골짜기에 매복을 두었더라면, 대군을 한꺼번에 가두어 단숨에 요절을 낼 험로를 비워 두다니! 병법을 모르는 요시요시가 봐도 조선 놈들은 참 멍텅구리라는 생각이 들었다. 고갯마루로 올라온 요시요시가 휘익! 휘파람을 부니, 능선과 비탈을 뽁뽁 기어서 올라온 정탐꾼들이 한자리에 모였다.

"여기서 좀 더 내려가면 소조령小鳥嶺이 나온다. 거기까지가 보고 철수한다. 복병이 없다고 소란 피우지 말도록. 함부로 나는 새가 그물에 걸린다. 긴장을 푸는 자는 용납하지 않겠다!"

단단히 주의를 주어 안부安富역으로 나눠지는 길목으로 내려왔다. 한데 작은 인기척이 느껴졌다. 얼른 바위틈에 몸을 납작 숨기고 뒤를 따르던 정탐꾼들을 멀리 물리고 살펴보니, 으슥히 들어간 길가 솔숲에 장정 서너 놈이 퍼질러 앉아 숨을 가다듬고 있었다. 먼 길을 달려온 듯 모두 헐떡거리는데, 몇 발짝 떨어진 바위 밑에서 돌멩이로 활대를 부수는 놈이 있었다. 조선 관군 복장이 농투성이 그대로임은 늘 보아 아는 터라, 활을 가졌다면 군졸임에 틀림없었다. 그러면 그렇지, 놈들이 조령 험로에 군을 매복해 놓지 않을 리 없겠지! 목구멍을 턱턱 받치고 올라온 긴장을 누르고 자세히 보니, 퍼질러 앉아 있는 놈들은 활도 없고 전동도 없었다. 그렇다면 칼이라도 가졌어야 했는데, 무기가 될 만한 물건을 아무것도 지니지 않았다. 하면 활을 부수는 이유가 뭘까. 이상한 느낌이 들어 가까이 다가가 등에 짊어진 고리짝부터 내밀고 몸을 일으켰다. 자지러질 듯 놀라는 쪽은 되레 그쪽이었다. 무슨 곡절이 있다 싶어 말을 걸었다.

"놀라지 마십시오."

고리짝을 짊어지고 그들 앞으로 다가갔다.

"뉘, 뉘기냐?"

활을 부수던 놈이 제 방귀에 놀란 노루처럼 돌멩이를 들고 쳐다보았다. 요시요시는 손가락을 입술에 대고 조용한 목소리로 대답했다.

"피난 가는 사람이올시다."

놈이 등에 짊어진 고리짝을 보더니, 마음이 놓인 듯 돌멩이를 내려놓았다.

"어디서 오시우?"

"새재로 왔습니다."

놈이 긴장을 풀지 않고 다시 물었다.

"왜적이 문경까지 왔다던데?"

요시요시는 시침을 뚝 뗐다.

"문경까지는 안 오고 상주까지 왔다는 소리만 들었소."

적이 상주에 멀리 있다고 거짓말을 해 마음을 풀게 해 놓으니, 아니나 다를까 그렇다면 서둘 것 없다면서 얼굴들이 느긋해졌다. 요시요시가 그들 곁으로 다가가 너스레를 떨었다.

"댁들도 피난 가우?"

활대를 부수던 자가 고개를 흔들었다.

"엎질러진 물은 옛말이고 지금은 쏟아 놓은 쌀이오."

"아니, 쏟아 놓은 쌀이라니요?"

"왜놈들이 이십만인가 삼십만이 올라온다는데, 호랑이가 날고기 먹는다는 사실을 모르는 사람이 어디 있소?"

"호랑이가 날고기를 먹다뇨?"

"허허, 저런……"

답답하다는 듯 눈을 감고 도리질을 했다.

"잔나비 밥 짓듯 까불다 모가지만 달아난다 그 말 아닌가?"

곁에 놈이 대신 설명해 주었다. 군인들은 이런 것을 '탈영'

이라고 한다. 이자들이 군영에서 이탈했다면 관군의 기세가 꺾였거나, 군기가 엉망이라는 설명이었다. 옳거니, 간계間計가 무엇인가. 그렇다면 요놈들한테 관군들 정보나 빼내자. 이렇게 되면 요놈들이 향간鄕間인가, 내간內間인가. 탈영을 했다면 논배미나 매고 밭을 가는 놈들을 끌어다 창을 들려 세워 놓았을 터, 나라를 지킨다는 것, 그것이 무엇인지 모르는 놈들을 목숨 바치라고 세워 놓았다면 개구멍으로 강아지 빠지듯 도망친 것임에 틀림없었다. 요시요시는 조선 관군이란 게 그런 잡색군이라는 것을 익히 알고 있었다. 그렇다면 중요한 것은 지금 충주성을 몇 놈이나 지키고 있고, 전세가 어떠한지 슬쩍 그리로 화제를 돌렸다.

"그래도 비가 오면 장독은 덮어야 할 것 아니오?"

전쟁이 났으면 나가 싸워야 할 것 아니냐는 말이었다.

"그러면 댁은 왜 피난을 가오?"

한 놈이 사돈 남 말 한다는 듯 요시요시를 쳐다보았다.

"나야, 노부모님이 계셔서 이러는 것 아니오."

"어디 부모 없는 사람 있소? 안방에 가면 시어미 말이 옳고, 정재에 가면 며느리 말이 옳은 게지."

한마디로 군기가 개판임을 설명하는 대답이었다.

"그래서 군영에서 빠져나왔다 그 말이우?"

그랬더니 사내가 눈을 치뜨고 쳐다보았다.

"뒈지고 싶으면 신립인가 순변산가 그자랑 함께 가서 싸우시오."

요시요시는 웃음이 나왔으나 꾹 참고 계속 너스레를 떨었다.

"사실은 나도 상주에서 관군에 끌려갔다 도망쳐 나왔소."

그랬더니 사내가 요시요시 얼굴을 쳐다보았다.

"그럼, 쥐나 개나 다 같은데 뭘 그리 빼기우."

그러고 웃었다. 이쯤 되면 군기만 개판인 것이 아니라 조정까지 개판이라는 설명이 되었다. 요시요시는 군영에서 이탈해 나온 놈들을 슬슬 구슬려 더 노골적인 이야기로 앞질러 갔다.

"우리처럼 군영에서 빠져나온 사람들이 한둘은 아닐 텐데, 지금 신립이 거느린 군사가 몇 명이나 될 것 같소?"

"생각해 보면 참 안 됐지."

한 사내가 길게 한숨을 내쉬며 자조의 말을 늘어놓았다.

"그래도 목숨이 달린 문제라……."

"그러게 말이오. 처음에는 신립 장군을 따르던 군대가 팔천 명이 넘었소. 그런데 단월에서 싸운댔다, 탄금대에서 싸운댔다 오르랑내리랑하는 사이, 성긴 그물에 피라미 빠지듯 다 달아나고 한 사오천이나 될랑가?"

남 이야기하듯 했다.

"아니, 그 많은 사람들이 어떻게 빠져나갔다는 거유?"

"이봐요, 열 놈이 지켜도 도적 한 놈을 못 잡는 법이오."

요시요시는 그 대목에서 시침을 딱 뗐다.

"하이고, 그러면 나도 어서 숨으러 가야겠네."

그러고는 자리에서 일어서니, 한 사내가 물었다.

"그래, 피난은 어디로 가시우?"

나라가 엉망이다 보니, 조선 유생들은 전쟁이 터지면 나가 싸울 생각은 하지 않고 일찌감치 도망갈 구멍만 찾아 놓은 듯, 첩자로 떠돌 때 십승보길지지十勝保吉之地니, 피장처避藏處니, 서계 이선생가장결西溪李先生家藏訣이니, 하는 이야기를 하도 많이 들어 제법 괜찮은 대답을 골라냈다.

"단양 가차촌駕次村이 깊숙이 감춰져 있다는 말을 듣고 그리로 가는 길이오."*

"허, 그래요?"

활대를 부수던 자가 말을 받았다.

"남사고南師古 말로는 속리산 증항蒸項이란 데가 몸을 숨기면 만에 하나도 다치지 않은 곳이라 합디다만……."*

"그렇습니까? 그럼, 나도 그리로 갈까?"

그러고는 헤어져 조령 고갯마루로 올라가 발 빠른 척후를 문경으로 내려보내, 사령관 유키나가에게 조령 험지가 비어 있음을 보고하게 했다.

상주 고을을 쑥밭으로 뭉개고 올라온 유키나가는 휘파람을 불면서 조령을 넘었다. 신립은 뒤늦게 조령 입구로 척후를 보냈다. 척후로 보낸 신립의 군관이 숲 속으로 숨어드는 요시요시 일행을 먼빛으로 발견하고, 곧바로 돌아와 왜적이 고

---

* 丹陽駕次村 沈邃奇勝之地. 避藏處
* 報恩俗離下 蒸項近地 此地則當亂藏身 萬無一傷. 南格庵山水十勝保吉之地

개를 넘은 것 같다고 보고했다.

"이 자식아, 넘으면 넘은 거고, 안 넘으면 안 넘은 거지 넘은 것 같다니?"

긴장이 극에 달한 신립이 역정을 내면서 대번 뺨따귀를 올려붙였다. 그러고는 왜적이 정말로 조령을 넘었는지 확인하라고 척후를 바꿔 다시 보냈다. 한데 그놈이 하필 피난민으로 가장한 요시요시를 만났던 것이다. 왜적이 조령을 넘는 것을 보았느냐고 물으니, 아직 문경에도 안 왔다는 거짓말을 했다. 충주로 돌아와 요시요시의 거짓말을 그대로 보고하자, 신립은 왜적이 고개를 넘은 것 같다고 보고한 군관을 그 자리에서 목을 베어 버렸다.

이렇게 관군의 조짐이 불길하게 돌아가고 있을 때였다. 유키나가는 안부역을 지나 단월역에 이르러 중군으로 나섰다. 시게노부를 우군으로 봉화대가 있는 심항산(心項山; 鷄鳴山)을 등지고 돌아가 관군을 둘러싸게 했고, 요시토시를 좌군으로 삼아 달천(達川)강을 등 뒤에 지고 충주성을 포위해 들어가게 했다.

유키나가는 민가를 모두 불태우며, 비어 있는 거나 다름없는 충주성을 단숨에 뭉갠 뒤, 하루노부와 요시아키에게 성을 거점으로 등 뒤를 지원하라고 군령을 내린 뒤, 신립이 배수진을 친 탄금대(彈琴臺) 습지로 나아갔다.

신립은 그때 충주성을 나가 탄금대에서 진을 쳤다. 너른 바다를 건넌 왜군이 여러 날 북진해 올라오느라 모두 파김치가 되었을 것으로 믿었다. 신립은 북방에서 기마 관군으로 오랑 캐를 단숨에 때려잡은 용맹을 떨친 장수였다. 한데 탄금대는 남한강과 달천이 합수를 이루는 안쪽에 위치한 곳으로, 물이 철벅철벅 튀는 습지에 수초까지 엉켜 기병이 전투하기에는 적합한 곳이 아니었다. 늪이나 다름없는 습지에서 기병으로 맞서겠다는 작전, 그것은 세 살 먹은 아이들도 하지 않을 엉 터리 전략이었다.

그래도 기세 좋게 달 모양으로 군대를 배열했다. 그렇다면 원진圓陣이라는 것인데, 원진은 병력을 집결할 때 쓰는 진법 이었다. 한가운데 지휘부를 중심으로 사이사이 전차를 배열 해 친위대가 지휘부를 빙 둘러싼 다음, 보병이 친위대 밖을 둘러싸고 장애물을 설치한다. 원진은 많은 군사로 적은 수의 적군을 맞이해 싸울 때 쓰는 진법이었다. 신립이 이런 진법 으로 왜군과 맞섰다면 조선군은 패전을 예약한 것이나 다름 없었다.

더구나 탄금대는 비지圮地였다. 비지에 머물지 말라는 말은 병법에도 있었다. 비지란 나무가 빽빽하게 우거진 산속이나 길이 벼랑으로 끊겨 퇴로가 막혔거나 물기가 많아 수풀이 무 성한 곳을 말했다.* 탄금대는 물기가 많고 수풀이 무성한 습 지로 오른쪽은 남한강이고 왼쪽이 달천이어서 옴도 뛰도 못 하게 퇴로가 막힌 곳이었다. 제갈량은 이런 곳을 '지옥'이라 불렀다.

---

* 行山林險阻沮澤. 孫子兵法 九地篇

유키나가는 깃발을 내리고 군졸들을 매복시켜 몇 명 안 된 것처럼 위장했다. 신립은 유키나가의 수작에 넘어갔다. 왜적의 수가 적은 것으로 알고 그들을 가운데로 몰아넣어 빠져나가지 못하게 하겠다는 원진을 펴 가까이 다가가자, 매복해 있던 군졸들이 우루루 깃발을 들고 일어서는 것을 보고, 곧 진을 바꾸었다.* 충주 목사 이종장李宗張을 왼쪽에, 종사관 김여물을 오른쪽에 세워 초승달 모양의 배수진을 쳤으나, 이미 한 수 늦어 왜군이 조선 군대의 양쪽 익단翼端으로 돌진해 들어왔다.

신립은 지옥이라 일컫는 비지의 맨 끝 달천강 가 조방장 변기 곁에 있었다. 그는 조선 관군의 용장답게 적군이 가까이 몰려오자 궁시弓矢를 갖춘 1천여 기마를 출격시켰다.

"적을 대적해 앞으로 나아가라!"

명령이 떨어지니, 와아―! 소리를 지르며 말을 달려 나가는데, 그 기세가 위풍당당했다. 한데 소리만 요란할 뿐 말들이 껑충껑충 내닫지 못하고 닭싸움에 오리걸음으로 제자리에서 터덕거렸다. 가만히 보니 늪에 말발굽이 무릎까지 빠지고 물풀에 걸려 픽, 픽, 꼬꾸라졌다.

"코케키 시로! (공격하라!)"

---

*조선군 역시 대열을 정비하면서 달 모양의 전투 대형을 펼치도록 명령했다. 적군이 소수라는 것을 알아차리자 한 명이라도 빠져나가지 못하도록 가운데로 몰아붙이면서 일본군을 에워싸기 시작했다. 포위망이 거의 좁혀졌을 때 갑자기 조선군이 전혀 예상하지 못한 일이 벌어졌다. 일본 병사들이 깃발을 세워 모습을 드러내고 나서 조선군 양쪽 끝을 목표로 매우 사납고 맹렬하게 총격을 가했다. 루이스 프로이스, 앞의 책, p67

유키나가의 명령이 떨어지니, 왜놈 보병 한 조가 쭈그려 앉고, 화약을 쟁인 조총수가 앉은 놈 어깨 위에 총을 올리고 말과 뒤섞여 허덕이는 조선군을 겨냥해 타다다 탕! 탕! 조총을 쏘아 대니, 조선 관군은 파밭에 들어간 장님 꼬꾸라지듯 피를 흘리고 나뒹굴었다.

습지는 삽시에 아수라장이 되었다. 앞을 보니 도깨비요, 뒤를 보니 지옥이었다. 미친개를 잡으려다 아가리를 물린 격으로, 조선 관군은 힘도 써 보지 못하고 주저앉고 말았다.*

여러 말이 필요 없었다. '용소자무애用少者務隘'를 잘못 적용한 데서 온 결과였다. '용소자무애'란 오자병법吳子兵法에서 아군의 병력이 소수일 때, 적군이 협소한 장소나 험지에 들어가 있을 경우, 징과 북을 두드려 몰아붙이라는 전법이다. 그리되면 아무리 많은 병력이라도 혼비백산하지 않을 수 없다는 것.* 탄금대가 험지였으니, 만일 관군과 적군의 위치가 바뀌어 있었더라면 한 번 써 볼 수 있는 진법이었지만, 신립은 그것을 거꾸로 적용했던 것이다.

누가 보아도 신립의 실책이었다. 그렇다면 신립은 무슨 생각으로 그랬을까. 개소리 말라! 사즉필생이요 생즉필사다! 죽기 살기로 덤비면 적을 이길 수 있다. 정말 그랬을까. 병사

---

* 일본군의 공격에 버틸 수 없게 된 조선군은 잠시 후퇴했다가 한두 번 다시 공격해 왔다. 그러나 일본군이 매우 확고한 의지로 총포뿐만 아니라 대검으로 휘몰아치듯 공격해 들어가자 조선군은 전장을 포기하고 다리에 날개를 단 것처럼 죽어라 도주했다. 루이스 프로이스, 앞의 책, p67

* 今有少卒卒起 擊金鳴鼓於阨路 雖有大衆 莫不驚動 故日 用衆者務易 用少者務隘. 吳子兵法 應變 第五

들을 사지에 몰아넣고 어떻게 그런 소리가 나오는가. 파도는 큰물에서 더 큰 파도를 치는 법, 닭 삶을 솥에 소를 삼겠다고, 사즉필생이요, 생즉필사란 그런 경우에 쓰는 전법이 아니었다. 쥐뿔이나 능력도 없으면서 능력이 있다고 뻐긴 결과가 그렇게 참담한 패배를 불러왔다.*

유키나가는 서둘지 않았다. 관군의 퇴로가 달천과 남한강의 합수지점인 사지에 들어가 있었으므로 포위망을 조금씩 좁혀 들어갔다. 급한 것은 관군이었고, 신립은 그것을 혼전이라 착각한 듯, 2차로 1천여 기병을 풀어 습지에서 발버둥치는 관군을 도우라 명령했다. 신립의 생각이야 왜군을 단숨에 밟아 뭉개 버릴 것 같았지만 어찌 그것이 뜻대로 되는 일인가. 관군이 말에서 내려 마상 창으로 조총에 맞서니, 놈들은 장창으로 응수했다.

탄금대가 온통 아우성이요, 피투성이로 일진일퇴가 거듭되는 것을 보면서, 승리를 했으면 하는 염원이 그렇게 판을 어렵게 만들었는지 몰랐다. 왜군이 차츰 달천강 하류로 포위망을 좁혀 들어오자 관군은 죽음에 내몰린 상황이었다. 할 수 없이 신립은 마지막 카드를 들이밀었다.

"돌격이다—!"

전군을 풀어 돌진하니, 적군과 관군, 말과 사람이 한데 뒤엉켜 아우성과 총소리가 하늘을 찔렀다. 강변 가까이로 밀린 지휘소에서 그 같은 참상을 바라보고 있던 신립이 김여물을

---

* 不能而自能. 孫臏兵法

돌아보았다.

"우리 두 사람 중 한 사람은 살아남읍시다."

목숨을 버릴 각오가 되어 있다는 소리였다.

"김 장군이 먼저 이 위기를 벗어나시오!"

신립의 말에 김여물이 빙긋 미소를 지었다.

"날보고 죽음을 피하는 비겁자가 되라 그 말인가?"

김여물이 선뜻 앞으로 나서더니 핏물이 튀는 격전 속으로
뛰어들었다. 그 뒤를 신립이 본국검을 빼들고 함께 뛰어드
니, 호랑이가 강아지 무리 속을 휘젓고 돌아다니는 듯했다.
놈들의 깃발이 찢기고 목이 베어져 대가리가 땅바닥에 턱턱
내동댕이쳐지면서 회오리바람이 갈대밭을 휘몰아치는 것 같
았다. 전쟁소설에서는 이런 장면을 '추풍낙엽' 이라 한다. 칼
이 번갯빛으로 번쩍이며 내리 긋는 곳마다 뻐드렁니 난 적졸
들의 모가지가 메주덩이 뒹굴 듯 나가 뒹굴었다.

그렇다고 칼잡이 '사무라이' 장수 고니시 유키나가가 허수
아비는 아니었다. 왜 구경만 하고 있겠는가. 충주성 안의 하
루노부, 요시아키, 스미하루까지 불러내 백병전을 벌이니,
갈대 우거진 습지에 우리 관군과 적졸들의 시신이 산처럼 쌓
였다.

하나 대세는 이미 기울어 있었다. 신립이 입술을 깨물고 등
을 돌렸다. 달천강으로 달려가면서 위쪽을 쳐다보니 변기가
단기필마로 왜적을 향해 칼을 휘두르는 모습이 눈에 들어왔
다. 이일이 서너 걸음 뒤쳐진 곳에서 죽은 왜졸의 목을 베 허

리춤에 꿰차는 모습이 보였다. 신립이 적진을 등지고 달천강에 뛰어들어 목숨을 버렸을 때, 왜졸의 목을 허리춤에 꿰찬 이일이 달천강 변을 따라 도망쳤다.

신립이 강물에 뛰어드는 모습을 본 김여물도 칼을 던지고 강물로 뛰어들자, 남은 군사들도 모두 강물에 몸을 던졌다. 순식간에 달천강이 관군의 시신으로 메워졌고 강물은 핏물이 되어 한강으로 흘렀다.* 배로 건너야 했던 달천강에 배가 없었으니 8천 명의 우리 관군이 모두 전사하고 말았다.*

하늘은 이 참상을 아는지 모르는지 먹구름으로 낮게 내려앉아 북쪽으로 북쪽으로 흘러가고 있었다.

탄금대 전투에서 승리한 유키나가는 뒤를 따라온 가토 기요마사와 합류가 이루어졌다. 유키나가는 곧 여주를 경유해 홍인문으로 올라가고, 기요마사는 죽산과 용인을 거쳐 숭례문으로 올라가 도성을 함락시킨다는 전략을 세우고 먼저 한양으로 출발했다.

그때 이덕형이 예조에서 만든 답서를 들고 경응순을 앞세워 유키나가를 찾아갔다. 불난 뒤에 우물 판다더니, 충주성이 이미 함락된 뒤였다. 충주성 가까이 다가가 분위기를 보니 왜놈들이 조선 사신을 맞아 강화를 논의할 형편이 아니어

---

* 砬不知所爲 鞭馬欲親自突陣者再 不得入 還赴江 沒于水中而死 諸軍悉赴江中 屍蔽江而下 金汝岉亦死亂兵中 李鎰從東邊山谷間脫走. 懲毖錄
* 도주하던 조선 병사들은 수량이 풍부한 강에 도달했지만 타고 건너갈 배가 없어서 대부분 그 강에서 익사했다. 일본군은 그곳에서 거의 8,000명에 이르는 조선군을 죽였다. 루이스 프로이스, 앞의 책, p67

보였다. 그래서 경응순을 성안으로 들여보내 분위기를 살펴보라 하니, 유키나가는 없고 기요마사가 경응순을 붙잡았다.

"도시타 모노카? (웬놈이냐?)"

앞뒤 사정을 이야기하니, 기요마사가 소리를 꽥 질렀다.

"나니, 큐센? (뭐, 휴전?)"

그 자리에서 대번 목을 잘라 버렸다. 이덕형은 굿에 간 어미 기다리듯 경응순을 기다렸으나 돌아오지 않자 혼자 발길을 돌렸다.* 이 사실이 관군 진영에 발 빠르게 알려졌다. 왜적이 '이덕형을 왕으로 세우고 김성일을 정승으로 삼는다.'는 소문이 파다하게 퍼져 나갔다. 이것이 입만 열면 거짓말만 쏟아 낸 조선 조정에 부메랑으로 돌아온 응답이었다.*

---

* 應舜至京 時事急計無所出 意或因此緩兵 德馨亦自請行 今禮曹裁答書 挾應舜而去 德馨在道 聞忠州已陷 先使應舜往探 應舜爲賊將淸正所殺 德馨遂從中路還 復命於平壤. 懲毖錄

* 宣祖修正實錄 26卷(1592, 壬辰) 4月 14日

다른 나라를 침략 한 번 못해 본 나라

무학비결無學秘訣이 세간에 횡행했다. 물은 나무와 상호작용이 이루어지나 불과는 극과 극인데, 지금 나라의 하는 짓이 물과 불이 공존하는 모양새라는 것. 상생의 이치가 이처럼 매를 꿩으로 보는 세상이 되었으나, 벼슬 높은 사대부들이 그것을 깨닫지 못하고 껍데기 문자만 숭상하면서 나라가 풍요롭고 태평하다고 콧노래만 부른다는 것이었다.

백성들이 보니 나라라는 것이 벼슬 높은 자들의 싸움판이었다. 그들에게 왜 그런 싸움이 필요했는가. 함께 우물을 파 놓고 물을 혼자만 마시려 하기 때문이라는 것. 그래서 머리가 영악하고 회전이 잘 도는 방백들과 수령들은 나랏일을 도적질로 알았다. 중앙 관료는 말할 것 없고, 저 아래 관아의 구실아치와 군관에 이르기까지 나랏돈을 훔치고 약탈을 일삼는 사회가 되었다. 나라 안이 이 모양이니 생각 있는 백성들이 머리에 노란 두건을 쓰고 명산대천으로 들어간다는 것.*
나라 이름이 조선으로 바뀐 이래 한번도 왜구를 꼼짝 못하게
눌러 본 적이 없었고, 중종대왕 재세 시에는 제포薺浦가, 명종
대왕 때는 영암[靈岩]성이 짓밟혀 남도 백성들이 갈기갈기 찢
겼었다. 조선은 군사를 거느리고 왜구의 땅으로 들어가 밟아
볼 꿈을 꾸어 본 적이 없었고, 북녘 우리 땅은 서북방 오랑캐
의 곳간으로 바뀐 지 오래되었다.*

외세에 관한한 닭이 독수리를 보듯 발발 기면서 안방에서
는 태평성대가 어쩌고 꿈에 떡 같은 소리만 뻥뻥 쳐대는 것
이 조선이라는 것. 이 어찌된 일인가. 한마디로 정치가 개판
이라 그렇다는 것이다. 정치가 개판인 나라에 충주성이 무너
졌다는 소문이 퍼지자 도성 안이 초상집이 되었다. 나루의
배라는 배는 모두 없애게 했고, 경기도로 나가는 길목은 엄
격히 통행이 금지되었다.

이것은 왜적의 침입을 막기 위해 취해진 조치가 아니라 백성
들을 피난 못 가게 하려는 조치였다. 경기도 산골을 모두 뒤져
난을 피해 숨어든 백성들을 잡아들이면서, 이 과정에서 부녀
자들이 겁탈을 당하고 금품을 빼앗겼다. 못나고 불쌍한 백성
들 등골 쳐 먹던 나라에 전쟁이 터진 모습이 이러하였다.*

---

* 賴水火相生 人民不識干戈 宰相徒尙虛文 可謂豊穰昇平 方伯守令 自上剝竊 吏胥軍校 自下
侵掠 是以民不安 土野無居民 惟我諸生 頭戴黃巾 入名山大川之間. 無學秘訣
* 以及乎本朝而中廟薺浦之役 明廟靈岩之戰 俱遭其禍而 吾東之人 未嘗一擧兵 深入其地者
何也 且西北之患 其來久矣. 靑鶴集
* 宣祖修正實錄 26卷(1592, 壬辰) 4月 14日

그런 속에서도 조정에서는 어떻게든 버텨 볼 요량이었는지, 우상 이양원李陽元을 수성대장으로, 이진李戩을 좌위대장으로, 변언수邊彦琇를 우위대장으로, 신각申恪을 중위대장으로 임명했다. 상산군 박충간을 경성순검사로, 칠계군 윤탁연尹卓然을 부순검사로, 상중에 있는 전 판서 김명원金命元을 불러내 도원수로 삼아 한강을 지키게 했다.

경기 감사는 주민과 군사들을 징발해 얕은 개울을 깊은 해자로 만들어 적이 건너오는 것을 차단하는 작업을 했고, 경상·전라·충청 삼도수군을 모두 없애 육지로 올라와 전투에 임하라는 명을 내렸다.

이 어명은 오로지 도성만을 사수하겠다는 독 안에 든 쥐새끼 전략이었다. 전라 좌수사 이순신이 들어 보니 절로 쓴웃음이 터졌다. 그래서 "수륙 양군 어느 하나라도 없애서는 안 된다."고 야무지게 주장해 유야무야 넘어갔다.*

이리 어수선한 속에 왜놈 졸대기 모가지를 허리춤에 차고 탄금대에서 도망쳐 온 이일이, 신립이 패하고 김여물도 물에 빠져 죽었다고 보고했다. 겁쟁이 선조의 행색이 가관이었다.

병조에서는 왜놈들 모양새가 이리 생겼노라, 이일이 차고 온 왜놈 졸대기 목을 성문에 매달아 전시하면서 이일의 죄를 덮어 주었다.* 그다음 취해진 조처는 성문을 빠져 도망치기 위한 수순에 들어갔다. 이조판서 이원익李元翼을 평안 도순찰

---

* 宣祖修正實錄 26卷(1592, 壬辰) 4月 14日
* 宣祖修正實錄 26卷(1592, 壬辰) 4月 14日

사로, 최흥원崔興源을 황해·경기 도순찰사로 임명, 당장 임지로 나가라고 호통을 쳤다. 아무리 꿈수가 얍삽해도 그렇지, 서행西幸에 대비해 취해진 조치 이면에 하는 짓거리들이 기껏 도성 백성들을 피난 못 가게 강력 저지에 나선 일이었다. 나는 도망을 칠 테니, 너희들은 남아서 개죽음이나 당해라, 사대문을 꽉꽉 닫아걸었다. 일이 이렇게 되니 밤이면 백성들이 밧줄을 타고 성을 빠져나가 겁탈, 약탈, 도적질이 벌어졌고, 부녀자 납치가 걷잡을 수 없이 일어나 이산가족이 속출했다.

신립이 패했다는 이일의 보고를 받은 선조는 똥줄이 바싹바싹 타들어 갔다. 백관들에게 모두 융복을 입으라 명했다. 왜 거 있지 않은가, 나라의 위기상황 어쩌고 하면서 생 폼 잡느라 비밀회의를 주재하던 창덕궁 밀실[東廂]에서 서행 계획이 발표되었다. 그때 해풍군海豐君 이기李耆가 수십 명의 종실 일가붙이들을 데리고 달려가 합문閤門을 두드리며 도망치지 말라고 통곡을 하니, 선조가 "나는 여기서 경들과 같이 목숨을 바치겠다."고 입술에 침도 안 바른 하얀 거짓말을 떡하니 발표했다.*

벼슬에 노랗게 물든 자들은 하늘에서 내려온 썩은 새끼줄이 벼슬 줄인 것을 깨닫지 못하고, 자고 새면 잔꾀만 부리는 선조 임금만 쳐다보았다. 그 경황에 선조는 뒷날 왕실 권력에 장나무를 박느라, 김귀영과 윤탁연에게 큰아들 임해군臨

* 宣祖修正實錄 26卷(1592, 壬辰) 4月 14日

海君을 수행해 함경도로 가라 했고, 황정욱과 그의 아들 황혁黃赫과 동지중추부사 이기李耆는 순화군順和君을 수행해 강원도로 가라 했다. 황혁은 순화군의 장인으로 뒷날 세습을 염두에 둔 조치였다.*

백성들 목숨이야 어찌 되든 자기들 모가지만 아까운 그런 벼슬아치들이 평양으로 올라가 명나라에 군사를 요청하자는 의견이 나오자, 도성을 끝까지 지켜야 한다는 반론도 나왔다. 그때 좌의정 유성룡이 가로되 "형세가 어쩔 수 없으니, 도성을 지킬 수 없다."고 딱 잘라 버렸다.

곧 이양원을 유도대장으로 세워 놓고, 대책이 무대책인 도성 수비는 내젖혀 놔둔 채 영의정 이산해와 좌의정 유성룡, 우의정 윤두수, 육조삼사 벼슬아치들이 왕실의 처가, 외가, 종친[宗戚] 부스러기들을 데리고 선조가 탄 어가를 호위해 뒤따르게 했다.

비가 온종일 쏟아진 임진년[1592] 4월 그믐, 한밤중에 돈의문을 열어 놓고 야반도주에 나섰다. 광해군은 말을 탔고, 중전과 숙의는 뚜껑이 있는 교자를 타고 뒤를 따랐다.* 모화관 못 미처 천연정天然亭 연못 가까이 이르렀다. 쟁기발개구리란 놈이 맹꽁맹꽁 그러고 울었다. 백관들의 호위 속에 선조의 어가가 연못 앞을 지나는데도 맹꽁맹꽁 소리를 그치지 않았다.

"고이얀 놈!"

---

* 宣祖修正實錄 25卷(1592, 壬辰) 4月 14日
* 宣祖實錄 26卷(1592, 壬辰) 4月 30日

윤두수가 발걸음을 멈추고 연못을 내려다보는데도 슬픈 듯 아픈 듯 맹꽁맹꽁 그러더니, 캑! 하고 울음을 그쳤다. 윤두수가 들어 보니 울음을 그친 캑 소리가 마치 침을 퉤! 뱉는 소리처럼 들렸다.

"고이얀 놈!"

그러고는 무악毌岳현을 넘으니, 하늘이 심술을 부리는 듯 빗방울이 더욱 굵어졌다. 홍제원을 넘으니 비가 동이로 퍼붓듯 쏟아졌다. 그래서 숙의 이하'궁인들이 교자를 버리고 말을 탔다. 비가 억수로 쏟아지는 속에서 짐승의 등에 엉덩이를 얹어 본 적이 없는 궁중의 여인들이 대성통곡을 하면서 따라가는데, 호종하는 문무백관의 수가 100명도 안 되었다. 벽제관에 이르러 점심을 먹는데, 왕과 왕비의 반찬은 겨우 준비되었으나, 동궁은 그것마저 없었다. 쫄쫄 굶고 다시 출발했다. 말이 진흙탕에 빠져 허우적거리다 드러누우니 뒤떨어진 호종들이 목을 놓아 울고, 빗방울은 더욱 세차게 쏟아졌다.

임진강 가까이 이르니 관료들이 거지반 달아나고 몇 명 남지 않았다. 선조는 겁이 나 윤두수를 불렀다.

"너희 형제는 내 곁을 떠나지 말라!"

윤두수, 윤근수 형제가 곁에 꽉 붙어 따르게 했다.

임진 나루에 도달해 선조가 이산해와 이항복을 데리고 배를 타고 먼저 건넜고, 한밤중이 되어 앞뒤를 분간할 수 없게 되자 강 언덕의 정자[丞亭; 花石亭]를 헐어 불에 태워 불빛을 강물에 비춰 남은 사람들이 거지반 건넜다. 호화 현란한 구중궁궐, 버선발에 물방울만 튕겨도 종년들을 불러 닦고 씻고 빨게 하던 궁인들의 모습이 그야말로 물에 빠진 생쥐 꼴이었다.

선조는 타고 온 배를 가라앉혔다. 적병이 뗏목으로 사용할까 봐 인근 집까지 모두 철거해 불에 태운 뒤, 밤이 깊어서야 동파역東坡驛에 도달했는데, 강을 건너지 못한 사람들이 반을 넘었다.

파주 목사와 장단 부사가 간이 수라간[御廚]을 만들어 식사를 마련하자, 선조를 호위하고 따라온 하인 놈들이 우르르 몰려들어 먹어치웠다. 허기는 임금이나 하인이나 다르지 않다는 본색을 드러낸 것인 바, 배가 고파 죽느냐 사느냐 하는 판에 누구는 입이고 누구는 입이 아니겠는가. 평상시 같으면 그 자리에서 목이 댕강 떨어져 나갈 일이 왕이 보는 앞에서 버젓이 일어났다.

어쨌든 그런 아사리판에 상이 먹을 것이 없게 되자 장단 부사가 책임을 물어 죄를 씌울까 두려워 냅다 도망쳐 버렸다. 허허, 태평성대로 장수와 군졸들을 단속하지 않아 임금의 은혜를 모르는 놈들이라 이런 사단이 일어났다며, 그 경황에 형벌을 내려야 한다고 목에 핏대를 세우는 자들이 있었다.* 더 한심한 것은 선조가 이산해와 유성룡을 영상, 좌상 그렇게 부르지 않고 친구를 부르듯 '이산해야', '유성룡아' 그렇

* 宣祖實錄 26卷(1592, 壬辰) 4月 30日

게 불러 앉혔다.

"내가 지금 어디로 가야 하겠는가?"

이게 소설이라 이런 소리를 하는 게 아니라 실제로 그랬었다. 선조는 지금 자기가 어디로 가고 있는지, 또 어디로 가야 할지 그것조차 몰랐다. 돈의문을 빠져 도망쳐 나오기는 했으나, 방향조차 정해지지 않았던 것이다. 그 대목에서 영상 이산해와 좌상 유성룡은 꿀 먹은 벙어리가 되었다. 선조가 다시 윤두수를 붙들고 물으니, 눈물만 찔끔찔끔 짜면서 대답을 못했다. 이번에는 이항복을 불렀다.

"그대 생각은 어떠한가?"

이항복이 대답했다.

"의주로 갑시다."

의주에 머물다 팔도가 왜놈들 손아귀에 들어가면 명나라로 들어가 매달리자는 것이었다. 그것은 '망명'을 염두에 둔 말이었다. 그제야 윤두수가 천연의 요새가 많은 함흥이나 경성으로 가자고 했다. 한데 선조가 고개를 흔들었다.

"아니다. 이항복과 내 생각이 같다."

목숨이 나라보다 더 아까웠든지, 200년이 된 나라를 내동댕이치고 명나라로 들어가 구차하게 목숨을 부지할, 참으로 못난 생각을 한 이 사람이 바로 조선 국왕 선조였다. 그때 유성룡이 나섰다.

"대가大駕가 우리 땅 밖으로 한 발짝만 나가면 조선은 우리 땅이 아닙니다."

그 말에 선조가 대답했다.

"망명이 내 생각이다.[內附本予意也]"

이것이 선조의 맨얼굴이었다. 이 대목에서 유성룡과 이항복 사이에 설전이 벌어졌다. 유성룡이 나라를 버리자는 이야기를 왜 그리 쉽게 하느냐고 이항복을 몰아세우니, 꼭 압록강을 건너겠다는 것은 아니라고 한 발 뺐다. 그 대목에서 선조는 잠시 어가가 난을 피해 국경을 벗어나는 것이 왜 나라를 빼앗기는 것이 되는지, 감조차 잡지 못했다.* 그때 주변 숲 속에 부엉이가 앉아 있었던 듯 부엉! 그러고 날아갔다.

그 경황에 우부승지 신잡申礁이 제기한 세자 책봉 문제가 받아들여져, 둘째 아들 광해군 이혼李琿이 자질이 영명하고 학문이 정민하다면서, 민심 수습 차원으로 세자에 책봉한다는 교문을 내렸다. 세자 책봉은 3일 전[28일] 도성에서 이원익, 최홍원, 신잡 등을 만나 요즘말로 졸속으로 이루어져 책봉식 절차만 남겨 두고 있었다. 한데 책봉식을 거행할 틈도 없이 서행 길에 오른 바람에 길바닥에서, 팔도에 대사면을 내린다는 그야말로 황당한 발표를 하고 동파역을 떠났다.* 참! 가지가지였다. 개 대가리에 옥관자라더니, 이걸 일러 보리떡에 쌍 장구요, 배 아픈 데 고약 바르는 것 아니겠는가.

이순신의 장계는 선조가 서행길에 오른 4월 그믐날에도 이

---

* 宣祖修正實錄 26卷(1592, 壬辰) 5月 1日
* 宣祖修正實錄 26卷(1592, 壬辰) 5月 1日

어졌다.

부산, 김해, 양산, 명지도鳴旨島 연안으로 적군이 진을 치고 쏠고 다니니, 군선을 몰고 당포 앞바다로 구원을 나와 달라는 경상 우수사 원균의 공문을 받았다. 이순신은 전라 좌수영 장수들을 거느리고 4월 그믐날 새벽 4시에* 경상도로 구원을 나간다는 장계를 올렸다.

5월 초나흘 날, 이순신은 첫닭이 울 때 경상도로 출발하면서 전라 우수사 이억기에게 경상도로 달려오라는 공문을 띄웠다는* 장계를 또 올렸다.

그리고 임진왜란 첫 해전인 옥포에서 대승을 거두었다. 일본이 섬나라 종족이라 수군의 위력이 막강할 것이라고 지레겁을 먹은 것은 앉아서 탁상 행정을 하던 조선 유생들의 창작이었다. 정작 왜놈들의 배는 군사나 군량 같은 물자를 실어 나르는 운송 수단 그 이상은 아니었고, 배를 무기나 군사 목적으로 활용한다는 것은 생각도 않고 있었다.*

사태가 이러함에도 경상 우수사 원균은 왜군이 부산진성과 동래성을 함락한 뒤 무인지경으로 한양을 향해 치닫고 올라가자, 전함과 무기를 바닷속에 가라앉히고 수군 1만 명을 해

---

* 今四月二十九日午時 慶尚水使答關內 賊倭五百餘艘 釜山金海梁山江鳴旨島等處屯泊 登陸自恣 沿邊各官浦兵水營 幾盡陷城…貴道軍船 無遺抄發 唐浦前洋 馳進爲宜云云…臣舟師諸將領率 今四月三十日寅時發船. 李殷相, 忠武公全書 上, 前揭書, p170

* 前因祗受有 旨與慶尚右道水使元均 爲合力攻破賊船…今五月初四日 鷄初鳴發船 直向同道一邊右水使 李億祺處 斯速馳到事 星火移文. 李殷相, 忠武公全書 上, 前揭書, p171

* 본래 일본인들은 넓은 바다와 파도의 격렬함에 견딜 수 있는 강력하며 크고 튼튼한 선박을 가지고 있지 않았으며 대규모 병력이 타고 건너갈 수 있는 선박은 아직 수적으로 적었다. 루이스 프로이스, 앞의 책, p37

산시켰다. 그러고는 옥포 만호 이운용李雲龍과 영등포 만호 우치적禹致績을 데리고, 남해현으로 내려갔다. 이운용이 보니 원균의 수작이 도망칠 낌새였다. 대번 귀싸대기를 올려붙이고 싶었으나 상관이라 그러지 못하고 강력하게 반발해 전라 좌수영 이순신에게 구원을 요청했다.*

경상도를 구원하러 가는 이순신 함대는 미조항을 출발했다. 소비포 앞바다를 지나 한산도 아래에서 경상 우수영이 있는 가배량加背梁을 돌아 옥포 앞바다에 이르렀다. 그때가 오시午時쯤이었다. 조선 함대는 크고 견고했으며, 배에 장착한 화포는 어느 무기하고도 비교가 안 될 만큼 화력이 강력했다. 왜놈들이 자랑하는 조총은 그야말로 조족지혈이었다.

왜군 함대가 옥포 선창에 정박해 있는데, 형형색색 나부끼는 깃발은 바라보기조차 어지러웠다. 범 없는 곳에서는 토끼가 대장이다. 왜장 도도 다카토라[藤堂高虎]가 토끼 대장 노릇을 하고 있는 옥포 선창으로 뜻밖에 조선 수군이 함포로 공격해 들어가니, 왜놈들이 낮도깨비를 만난 듯 섬 기슭으로 배를 저어 달아났다. 우리 수군이 바짝 따라붙어 단번에 26척을 깨뜨려 불을 태우니, 온 바다가 불꽃에 휩싸였다. 일은 그것으로 끝나지 않았다. 산으로 달아난 왜적을 끝까지 추적

---

*敵이 釜山鎭과 東萊府를 陷落하고 無人之境 같이 北으로 처 올라가니 慶尙右水使 元均은 도저히 對抗하여 싸울 수 없다 하여 戰艦과 戰具를 모조리 바닷속에 넣어 버리고 水軍 1萬餘名을 모두 解散시켜 버렸다. 그런 다음에 그는 홀로 玉浦萬戶 李雲龍과 永登浦萬戶 禹致績을 데리고 南海縣 앞바다에 碇泊하고 있다가 陸地에 찾아 올라가서 敵을 避하려고 하니 李雲龍이 反對하여……. 李烱錫, 前揭書, p283

해 박살을 내니, 옥포해전은 완승으로 막을 내렸다.

한데 나라가 걱정이었다. 일이 안 되려면 집을 지어도 기둥이 부러진다고, 전라도도사都事 최철견崔鐵堅이 도첩을 보내왔는데, '전하께서 도성을 버리고 서행에 나섰다'는 것이었다. 이순신은 그때서야 조정의 서행 사실을 알았다. 우리의 영웅은 놀랍고도 분함을 이기지 못해 부하들을 붙들고 하루 종일 눈물로 날을 보냈다.* 북두칠성이 앵돌아졌구나! 분탕질을 자행하던 왜적들이 물러가고 부모를 잃은 아이와 가족을 잃은 노인들이 이순신만 붙들고 늘어졌다. 흉년에 윤달이라더니, 붙잡고 우는 백성들을 배에 태워 데려가지 못한 안타까움, 이럴 때 숨을 쉬라고 콧구멍이 둘이라는 사실을 실감했다. 이순신은 아픈 가슴을 움켜 안고 영등포로 올라갔다. 참으로 울분과 외로움과 고달픔의 연속이었다.

옥포해전에서 보았던 왜놈들 갑옷과 투구와 왜적과 있었던 일들을 자세히 적은 장계를, 낙안 군수 신호申浩가 베어 온 왜놈 대가리에서 귀만 잘라 내어 궤에 함께 넣어 보냈다. 그리고 흥양과 돌산도 목장에서 잘 먹인 말을 훈련시켜 장수들이 타고 다니게, 관리자[監捉官]를 내정해 전라 관찰사 이광에게 이첩해 달라는 요청을 같이 적어 보냈다.*

---

* 本道都事 崔鐵堅牒呈 慮外忽到始知 車駕移蹕關西之奇. 李殷相, 忠武公全書 上, 前揭書, p180

* 凡倭人紅黑鐵甲 各色鐵頭口 角鬣縱橫 至如鐵廣大 金冠金羽金鍤羽衣羽等 螺角等奇形異狀…臣意 順天突山島白也串 興陽道陽場牧馬中 多有戰用可合馬 優數驅捉 分給將士 肥養馴馳 用於戰場 則可致勝捷 此非臣之所可擅 啓事在急急 故兼觀察使李洸處 監捉官定送 而驅馬車 以各鎭浦奔赴軍 限一二日 捉出調習之意 移牒. 李殷相, 忠武公全書 上, 前揭書, p180

전쟁에서 이겨도 이순신의 장계는 슬프고 답답함뿐이었다. 왜냐, 조정은 길 가운데 떠 있었고, 국왕은 어디로 가고 있는지 그것조차 몰랐기 때문이다. 누가 이 장계를 선조한테 전할 것이며, 왜적의 귀를 잘라 담은 궤는 지금 어디로 가고 있는가.

인마, 그게 객관적 잣대야

구월산 의엄은 사사들 활동을 통해 나라가 처한 경황을 속속들이 알고 있었다. 왜군이 조령을 넘어 탄금대에서 전투가 벌어져 신립이 죽고 유키나가와 기요마사가 한양으로 향했다는 것까지 꿰고 있었다. 그때 혜은은 금강산에서 내려와 패엽사에 머물렀다. 전쟁이 터져 선방에도 못 가고 큰방에서 뒹굴면서 승군들의 움직임만 관망하고 있었다.

서행 행렬이 돈의문을 빠져나가자마자 도성에서 불길이 치솟았다. 맨 처음 불이 난 곳이 장례원掌隸院이었고, 다음이 형조刑曹였다. 장예원은 형조도관刑曹都官이라 하여 조선 초 노비들 송사만 전담해 노비문서가 보관된 곳이었다. 조선 초에 왜 이런 골치 아픈 관아가 생겼는가. 창칼로 정권을 깔고 앉다 보니 저항 세력이 넘쳐났다. 저항 세력을 잠재우는 방법이 적군을 잡아오면 노비를 삼듯 신분을 노비로 만드는 것만큼 효과가 큰 것이 없었다.

그러다 보니 불가의 수행승들도 모두 천민으로 주저앉게 되었지만, 양민을 천민으로 만드는 업무가 끝도 없이 폭주해 오판과 오결이 속출했다. 이 업무를 전담한 형조도관이 세조 때 '장예원'으로 이름만 바뀌었고, 오판, 오결은 하나도 줄지 않았다. 무능한 왕조답게 송사가 더욱 넘쳐나 처리가 지연되면서 장예원은 많은 백성들의 혐오의 대상이었다.

두 번째 불길이 치솟은 곳이 형조였다. 형조는 수장이 판서였다. 형조판서는 요즘 검찰총장쯤 된다고 할까. 그 아래가 참판이고 참판 밑에 참의로 이어진다. 임금의 입이 법이다 보니, 임금의 '푸들' 같은 사람이어야 판서도 되고 참판도 되었다. 그래서 백성들 생각은 뒷전이고, 왕의 입맛에만 맞춰 일을 처리해야 '왕판서'도 되고 '왕참판'이 되었다. 어느 사회나 '왕' 자가 앞에 붙으면 한 되 떡에 뇌물이 말 고물로 오고 갔다. 인간사 기름 먹인 가죽이 부드러운 법이라, 이렇게 되면 아래턱이 위로 올라가 붙기도 해, 옳은 것도 그른 것도 없었다. '왕' 자가 앞에 붙은 사람들은 옳은 것, 그른 것 없는 그것을 법이라고 빡빡 우기기만 하면 되었다. "인마, 그게 객관적 잣대야!" 그래서 히히 웃는다. 왜 조선이 입을 벌리고 웃는 사람들 천지가 되었는가. 이유가 여기에 있었다. 그래도 먹고 살려니 사기를 쳐야 하고 도둑질을 해야만 했다. 사기를 치고 도둑질을 해도 뇌물만 갖다 바치면 슬그머니 빠져

나와 얼마든지 떵떵거릴 수 있는 사회였다.

그런 나라에 왜놈들이 쳐들어오니, 경복궁·창덕궁·창경궁에 불이 났다. 왜놈들이 놓은 불이 아니라 백성들이 지른 불이었다. 불을 지른 사람들이 맨 불알만 찬 자들이라 한 번도 뇌물을 갖다 바쳐 본 적이 없는 사람들이었다.

궁궐에 불을 지른 사람들을 사서에서는 '난민亂民'이라 적는다. 난민은 요즘 말로 '불순 세력'이랄까, 같은 사회 안에서 인간으로서 당연히 가져야 할 민주적 기본 권리가 제거된 사람들을 말한다. 요즘은 '좌 뭣'이라 하든가 '종 뭣'이라 하든가. 그들이 왕실만 불을 지른 것이 아니라, 임해군의 집과 병조판서 홍여순洪汝諄의 집까지 불을 질렀다. 왜 이 두 사람 집에 불을 질렀는가. 임해군과 홍여순이 뇌물을 받아 부를 불렸다는 소문이 파다했기 때문이었다.

이 과정에서 본의 아니게 문무루文武樓가 불에 탔고 홍문관이 불에 탔다. 나라의 진귀한 보물과 값을 매길 수 없는 고완품이 문무루에 보관되어 있었고, 홍문관 건물에는 온갖 지혜가 담긴 서책들이 가득 차 있었는데, 모두 불에 타 재로 날아가 버렸다.

200년을 내려온 왕실이 불에 타자 이번에는 도둑들이 들끓었다. 도둑과 강도는 불평등 사회가 상대적으로 만들어 낸 전유물이었다. 여기서 분명히 해 둘 것은 요즘 흔히 쓰는 말로 반민주적 입장에서 본 '불순 세력'과 도둑은 그 성격이 달랐다. 반민주적 입장의 '불순 세력'은 나라가 위기에 처하면 목숨을 내던질 의혈을 가진 반면, 도둑은 평생 탐관오리의 꿈을 꾸어 볼 수 없게끔 사회적 구조에 갇혀 욕망의 기회가 원천적으로 박탈된 사람들이었다. 그들은 천민이라는 천형의 멍에가 대물림으로 씌워져 회한과 눈물로 세상의 그늘을 살아왔다.

한데 왜놈들이 쳐들어오니 임금이 사대문을 활짝 열어 놓고 뒷 빠지게 도망쳐, 나름대로 살판이 났던 것이다. 그래서 경복궁 · 창덕궁 · 창경궁이 불에 탔던 것일까. 모를 일이었다.

하여간에 임금의 개인 재산을 관리한 창고[內帑庫]와 왕실 안팎의 창고를 유도대장이 도둑들의 목을 쳐 죽이면서 지켰다. 그렇다면 왜놈들이 들이닥쳐 내탕고와 도성 안팎의 왕실 창고를 그대로 놓아 두었을까. 이것이 역설이다. 조선 왕실의 귀중품, 아니 나라의 귀중한 보물을 왜놈들 손에 고스란히 갖다 바치기 위해 유도대장이 도둑들의 목을 쳤던 것이다.*

의엄은 풍회라는 노인네가 참 신통한 사람이라고 생각했다. 날짜란 시시로 바뀐다면서 역서에 공용황우鞏用黃牛 어쩌고, 알 것도 같고 모를 것도 같은 소리를 늘어놓더니, 만일 경인[1590]년에 개혁을 한다고 일을 저질렀더라면 20만이나 되는 왜놈들과 맞닥뜨릴 뻔했다는 생각이 들었다. 세상만사 변화가 무쌍해 화가 되기도 하고 복이 되기도 하는 이치는 예

---

* 宣祖修正實錄 26卷(1592, 壬辰) 4月 14日

측이 어려운 것이라 가죽 끈처럼 뜻을 질기게 갖고 서두르지 말라는 소리였는데, 글쎄 잘한 것인지, 못한 것인지 판단이 서지 않아 혼자 웃었다.

의엄은 땅강아지 같은 왜놈들이 충청도로, 경기도로 쳐들어온 것을 살피고 돌아온 구월산 사사 혜희를 불렀다.

"그래, 왜놈들이 어디쯤 올라왔더냐?"

혜희가 대답했다.

"유키나가 그 자식은 비가 쏟아지는데, 양근[陽根; 楊坪]을 지나 용진[龍津; 陽坪 楊西]으로 올라왔지요. 남한강이 물이 불어 건널 수 없게 되자 민가를 뜯어 뗏목을 만들어 건너더니 흥인문 앞에 이르러 있습니다."

"그럼, 기요마사란 놈하고 같이 올라왔더냐?"

"그 두 놈은 서로 잘났다고 개와 원숭이처럼 으르렁거린 사인데, 뭣이 좋다고 나란히 붙어 다니겠어요? 기요마사 고놈은 죽산·양지·용인을 거쳐 한강을 건너 숭례문에 이르러 있습니다."

"허허, 도성이 텅 비어 있을 터인즉, 기갈 든 놈 돌담 부수듯 성안으로 뛰어들면 이놈의 나라는 어찌 되느냐?"

"하이고 창덕궁·경복궁·창경궁은 벌써 불에 타 버렸습니다."

"이놈아, 왜놈들이 도성에 들어오지도 않았는데 불에 타?"

"홧김에 서방질한다고, 백성들이 불을 질러 버린 것이죠."

의엄이 혀를 끌끌 찼다.

"그래, 불만 냈다더냐?"

"왜, 불만 냈겠어요? 내탕고와 왕실 창고는 말할 것 없고, 금은보화가 가득 쌓였다는 임해군 집과 병조판서 안집까지 발칵 뒤져 돈이 될 만한 물건은 모두 들고 달아났다고 합디다."

의엄이 눈을 감더니 고개를 흔들었다.

"보응이로다……! 공자님 가라사대, 맹자님 가라사대, 그것도 모자라 주자 선생님 가라사대 욕심 부리지 말고 검소하게 살라고, 노루 때린 막대기 삼 년 우리듯 입이 닳도록 그리 말씀하셨건만, 주둥이로만 검소하고 맘뽀가 눈 먼 강아지 젖 탐하듯 그리했으니, 사모 쓴 도둑놈들을 어찌 사람이라 할 수 있으리?"

"그러니 전쟁이 한 번씩 터져야 한다니까요."

"이놈아, 전쟁이 터지면 가난한 백성들만 죽어. 가진 놈은 명나라나 요동으로 튀기라도 하지만."

"하기야 뭐……."

혜희도 더는 할 말이 없는 것 같았다.

"도성 안이 어떻게 되어 가고 있는지 한 번 더 자세히 살펴보거라."

"그거는 삼각산 사사들이 맡기로 했습니다."

"그래? 희성이는 지금 어디 있느냐?"

"임진강에서 서행 행렬을 앞질러 개성으로 올라갔습니다."

"그렇다면 지금쯤 도성은 왜놈 손에 들어갔겠구나?"

"그야, 하나마나 한 소리 아닙니까?"

그때 의엄이 무슨 생각을 했는지 시자를 불렀다.

"얘, 병만並滿아."

"예─!"

"승희하고 혜은이는 뭣들 하고 있더냐?"

"참선하러 간다고 묘향산 너머 멀리 가자고 그럽디다."

"미친놈들…… 가, 승희와 혜은이를 데려오너라."

그래서 승희와 혜은이 의엄 앞에 마주 앉았다.

"네놈들은 뭘 하는 놈들이냐?"

혜은이 대답했다.

"뭘 하다니요? 참선하려면 아예 깊숙이 낭림산狼林山 아래 북보현사北普賢寺로 가자고 그랬십니더."

"이놈아, 지금 왜적들이 쳐들어와 임금이 달아나고 나라를 빼앗기게 생겼는데, 뭣이 어쩐다고?"

"아니, 왜놈 어떤 놈시키가 왔기에 임금이 달아납니꺼?"

"넌, 임금이 달아난 것도 여태 모르고 있었냐?"

"아니, 임금보다 높고 임금보다 힘센 놈이 또 있습니꺼?"

"있다. 도요토미 히데요시란 놈이다."

"뭐라 예?"

혜은이 고개를 번쩍 들었다.

"시방 히데요시라고 했능교?"

"그래, 도요토미 히데요시라 했다."

"그래 예, 내가 본 놈은 도요토미가 아니고요 기노시타 히데, 고놈입니더."

이번에는 의엄이 깜짝 놀랐다.

"뭐야?"

"기노시타 히데 고놈을 본 적이 있십니더."

의엄이 눈을 둥그렇게 떴다.

"네가 히데, 고놈을 봤다고?"

"야―."

"그놈은 지금 일본에 자빠졌는데 어떻게 봐?"

"그러니까네, 도요토미 고놈을 본 기 아이고예, 기노시타 고놈을 봤십니더."

"그놈이 그놈이다."

"뭐라꼬 예? 도요토미 고놈이 기노시타 고놈이라꼬 예?"

혜은이 놀란 눈으로 의엄을 쳐다보았다. 왜관 복병소 왜인들 선착장 바로 위에서였다. 부러 길을 막고 있었더니, 도포 같지도 않은 이상한 옷을 입은 왜놈 새끼 하나가 앞서서 기우뚱기우뚱 팔자걸음으로 내려오더니 칼을 쑥 뽑아들고 그랬다. 고이쯔메 구비오 하네루조! (목을 확 잘라 버리겠다!) 아이고 뜨거라! 그러고는 몸을 또르르 말아 떼굴 굴러 버렸더니, 뒤를 따라오던 그놈이 도시탄다? (무슨 일이냐?) 그랬다. 가와이소나 코도모온다가 테키토니시테 오이다세. (불쌍한 아이 같은데 달래서 보내거라.) 그때 혜은은 얼굴 모양새가 배고픈 반달 같은 놈 이마빡의 주름살을 보았다. 하필 그때 손가락으로 찝고 다니던 대나무 고리가 깨져 어쩔 줄 모르고 있는데, 등을 톡톡 두드려 주면서 그랬다. 와따시모 치이사이토끼와 소닷타. (나도 너만 할 땐 그랬지.) 그때 혜은은 참으로 못 생긴 그 녀석의 아래턱에 노랑 수염을 보았다. 선착장에 배를 대 놓고 마중을 나온 녀석이 기노시타 히데요시 쇼군, 이랏샤이마세! (기노시타 히데요시 장군, 어서오십쇼!) 그랬다.

혜은이 입을 쩍 벌렸다.

"아니, 노랑 수염 난 고 새끼가 쳐들어왔다꼬 예?"

"네가 정말로 기노시타 히데요시를 봤단 말이지?"

"봤십니다. 낯바닥이 꺼멓고 원숭이 같은 그 자식 내 봤십니더."

"어디서 봐?"

"하이고, 제가 쪼맨했을 때 왜관 양아치 아닝교."

"오! 참, 넌 왜놈 말도 할 줄 알지."

"잘은 못하고 예, 이 새끼 콱 쥑이뿐다, 그 정도는 합니더."

"그럼, 잘 됐다."

의엄이 목소리를 가다듬었다.

"그놈들이 도성으로 쳐들어왔다. 승희하고 한번 올라가 봐라."

"승희하고 지가 고놈 새끼들 싹 쌔려눕히고 올까 예?"

"이놈아, 조총 든 놈들을 어떻게 때려눕혀?"

"마, 한 놈씩만 붙으면 다 쌔려눕힐 수 있십니더."

"싸우지는 말고 그놈들이 도성에서 뭣들 하고 있는지 보고 오너라."

"그래 예? 심심하더니만 잘 됐십니더."

그래서 혜은과 승희가 도성으로 떠났다.

말을 탄 선조의 서행 행렬이 개성에 도착할 즈음이었다. 왜적이 도성을 함락시키니, 유도대장 이양원과 도원수 김명원, 부원수 신각申恪이 모두 달아나 버렸다.

도성이 적의 손아귀에 들어간 상황인데, 왕실의 끈을 개꼬리처럼 잡고 살아온 자들의 본병이 도지기 시작했다. 작달비를 내리 맞고 돈의문을 빠져 도망쳐 개성에 이르러 좀 한가해지니, 서인이란 자들이 이산해를 썹고 나섰다. 이산해가 유화책으로 왜놈들을 끌어들여 나라가 이 지경에 이르렀다는 것이었다.

이산해가 동인이다 보니 서인들의 표적이 되어 벌 떼처럼 들고 일어났다. 그래서 요즘말로 개각이 이루어졌다. 영의정 유성룡, 좌의정 최흥원, 우의정에 윤두수를 임명하고, 도성을 적군의 손에 들어가게 했다 하여 유도대장 이양원을 체직시켰다. 자기들은 적을 피해 북쪽으로 도망치면서 왜적과 마주치니, 놈들의 기세가 엄두가 안 나 도망치고 곁에 있지도 않은 이양원의 체직이라니, 낯간지러운 조치가 아닐 수 없었다.

개각이 발표되자 이번에는 이항복과 홍이상洪履祥이 이의를 달고 나섰다. 이산해가 나라를 망쳤다면 그럼 너희들은 뭘 하고 자빠졌었느냐고 유성룡을 물고 늘어졌다. 그래서 요 즘말로 전시 내각이 며칠 만에 최홍원이 영의정, 윤두수가 좌의정, 유홍兪泓이 우의정으로 바뀌었다.*

행재소라는 우물 안에서 이러고 자빠졌을 때, 왜적이 도성 안으로 밀고 들어왔다. 제3군 구로다 나가마사와 제4군 모리 요시나리가 청주에서 청안[清安; 槐山]·진천·죽산·용인을 거쳐 도성으로 들어왔고, 적의 총수인 제8군 우키타 히데이에가 도성에 입성했다. 우키타 히데이에는 종묘를 병영으로 삼았다가, 조선왕조의 귀신들 집임을 알고 불을 태운 뒤, 목 멱산 아래 남별궁[南別宮; 소공주(小公主) 댁 지금의 조선 호텔]으로 병영을 옮겼다.

행재소에서는 도성이 접수되었다는 이야기를 듣고 김명원, 이빈, 한응인, 홍봉상, 이성림, 유극량, 박충간, 이천, 신할, 이 양원, 권징, 이일, 신각, 변기가 각기 거느린 군사들로 임진강 을 마지막 방어선으로 해 적의 침입을 막으라는 어명이 떨어 졌다. 행재소는 평양으로 올라갔고, 평양 행재소 탁상 위에 서 전시 내각의 유생들이 임진강 전투를 지휘했다.

임진강 전투에 나선 장수들이 거느린 군대가 많게는 5천에 서 적게는 몇 백 명에 이르기까지 천차만별이었다. 이 관군 들이 유능한 한 장수를 내세워 힘을 합쳐 일사분란하게 작전 을 펼쳐도 오합지졸이라 쉽지 않을 터인즉, 소속된 병사가 각기 자기 장수의 명령만 따르는 괴상한 군대였다. 거기에

---

* 宣祖實錄 26卷(1592, 壬辰) 5月 3日

도원수, 부원수, 제도도순찰사, 독진관, 제도도순찰부사, 검찰사, 우위장, 방어사, 조방장…….

하여간 제각각 감투가 씌워져 평양 행재소에 보고도 따로따로 제각각 올라갔다. 지휘 계통이 이리 개판이다 보니, 장수끼리 의견이 틀리면 서로 따로 노는 한심한 군대였다.

이들이 제2군 가토 기요마사가 이끈 1만 명, 부장 나베시마 나오시게가 이끈 1만 2천 명, 사가라 나가츠네가 이끈 800명과 임진강 양안에서 대치하게 되었다. 다행이 왜적은 타고 건널 배가 없었으므로 강을 건너지 못하고 여러 날 대치 상태가 계속되었다.

그러던 어느 날, 왜군이 강가에 설치한 막사를 불태우고 무기를 거두어 퇴각하는 모습을 보였다. 젊고 패기에 찬 신할이 그것을 보고 추격에 나서니, 전투 경험이 많은 유극량이 유인술에 말려들지 말라며 말렸다. 신할이 도리어 유극량을 겁쟁이라고 비난하면서 강을 건너 추격을 감행했다. 할 수 없이 권징이 그 뒤를 따라 강을 건넜고, 한응인이 뒤를 이어 강을 건너자, 적군 몇 놈이 숲 속에서 나와 깨를 홀랑 벗고 칼춤을 추었다. "허허, 저 미친놈들 봐라!" 그리고 쫓아가니, 웬걸 일시에 복병이 나타나 관군을 그 자리에서 모두 참살해 버렸다. 그 와중에 누군가가 "도원수 김명원이 달아난다!" 고래고래 소리를 지르니, 그렇지 않아도 오합지졸인 관군의 대열이 일시에 흩어져 대패로 막을 내렸다.

기대를 걸었던 임진강 방어선이 무너지자 유키나가와 기요마사가 강을 건너 평산을 지나 안성安城역에 이르렀다. 견원 지간인 두 적장은 서로 행재소가 있는 평양으로 가겠다고 팽팽히 맞섰다. 할 수 없이 두 사람은 '가위바위보'를 했다. 그래서 유키나가가 평안도로, 기요마사가 함경도로 갔다.*

루이스 프로스는 가토 기요마사를 심술궂은 이교도라고 했다. 유키나가의 정적이며 경쟁자로 가톨릭교의 적이라는 것이었다.*

왜적이 평양을 향해 올라온다는 소문이 퍼지자 평양 성안이 술렁거렸다. 그때 이일이 행재소로 찾아들었다. 왜놈들만 보면 달아나 평양까지 숨어서 도망쳐 온 그는 흰 적삼에 짚신을 신고 패랭이를 쓴 행색이었다.* 상황이 상황인지라, 행재소 형편이 패장이고 승장이고 가릴 계제가 아니었다. 썩은 가래로 보를 막는다 한들 마다하지 않을 만큼 급박한 상황이었다. 명색이 장수라는 자의 행색이 패랭이에 베적삼이라니, 조선왕조의 모습이 이리 참혹한 모습이었으니 뭘 더 어찌하겠는가.

이일의 초라한 모습을 보다 못해 어렵게 철릭을 찾아 입히고, 신은 짚신 그대로 전립만 씌워 영귀루詠歸樓 아래로 출전시켰다. 왜냐하면 왜적이 봉산에서 중화를 거쳐 평양

---

* 淸正在賊將中 尤勇悍善鬪 與平行長 同渡臨津 至黃海道安城驛 謀分熗兩界 各議所向未決 二賊拈圖 行長得平安道 淸正得咸鏡道. 懲毖錄

* 관백의 심복으로 사악한 이교도인 도라노스케는 히고국(肥後國)의 절반을 차지하고 있는 아고스티뉴의 최고 경쟁자이자 정적이며 이러한 점에서 가톨릭 및 종단 전체의 적이기도 했다. 루이스 프로이스, 앞의 책, p64

* 鎰旣屢敗 竄荊棘中 戴平凉子 穿白布衫草履而至 形容憔悴 觀者歎息. 懲毖錄

성으로 접근하게 되면 강물이 두 줄기로 흘러 수심이 얕은 영귀루 아래로 건너올 확률이 많았기 때문이었다.

한데 이일에게는 군사가 없었다. 거느린 군사라곤 강원도에서 같이 올라온 10명 뿐이어서 더 보충을 해 보내 놨더니, 몇 명 되지도 않은 병사들을 함구문含毬門 앞에서 점검만 하고 있었다. 이일이 누구인가. 도망치는 데 이력이 붙은 사람인데, 죽을지 살지 모르는 저승길을 서둘러 떠나려 하겠는가. 도살장 들어가는 소걸음 행색인 이일을 윤두수가 혼쭐을 내 성 밖으로 내쫓았으나, 길을 잘못 들어 평양 좌수 김내윤金乃胤의 안내를 받고 만경대 아래로 내려갔다. 그곳은 행재소에서 겨우 10리 떨어진 곳이었다.*

과연 히데요시란 놈이 무모한 놈인가, 우둔한 놈인가, 명나라를 처녀와 같은 나라라고 했다. 명나라 정도야 산으로 계란을 깔고 앉는 것과 같다는 것이었다.*

하여간에 얼마나 꿈이 야무진지, 명나라를 정복해 고요제이後陽成 천황을 북경으로 이주시켜 주변 10개국을 진상하고,

---

* 時鎰所率江原道軍 僅數十餘人 益以他軍 鎰坐含毬門 點兵不卽行 余念事急 遣人視之 猶在門上 余連語尹公使催之鎰始去 旣出城 無指路者 誤向江西 路遇平壤座首金乃胤自外來 問之 使前引 馳至萬頃臺下 距城纔十餘里 望見江南岸 賊兵來聚者 已數白 江中小島居民 驚呼奔散. 懲毖錄

* 그대들이 수십만의 군대를 처녀와도 같이 힘없는 대명국을 토벌하러 가는 것은 산으로 계란을 깔고 앉은 것과 같다. 다만 대명국뿐 아니라 나아가 천축·남만까지도 이와 같으니, 누가 부러워하지 않을 것인가? 도요토미 히데요시의 조선 침략, 기타지마 만지(北島万次) 지음, 김유성 이민웅 옮김, 景仁文化社, 2008, p68 〈1592년 6월 3일 毛利輝元, 豊臣秀吉 朱印狀 毛利家文書 再引用〉

일본의 귀족 집단에게 중원의 너른 평야를 영지로 선물하겠다는 것이었다. 그놈 참, 쥐구멍으로 소를 몰아넣겠다는 것인지, 호박을 쓰고 돼지 굴로 들어가겠다는 것인지 당최 속을 알 수 없었다.

1592년 5월 초여드렛날, 제1군 고니시 유키나가의 부대가 대동강 가에 진을 쳤다. 그러고는 대사헌 이덕형을 불러내 회담을 가졌다. 유키나가는 종군승 덴케와 역관을 데리고 나타나 '가도입명'을 다시 입에 올렸다.

"우리는 명나라를 치러 가니 길을 빌리자는 것뿐이오."

이덕형이 대답했다.

"그대는 가도입명만 알고 왜 가도멸괵을 모르는가?"

가도멸괵假道滅虢이란, 진晉나라 헌공獻公이 우虞나라 너머에 있는 괵나라를 공격하기 위해 길을 빌리자 한데서 유래된 말이었다. 우나라 왕이 통행료를 받고 길을 빌려 주었는데, 진나라가 괵나라를 멸한 뒤 돌아가면서 우나라까지 병합해 버렸다.*

조선과 명나라는 우나라와 괵나라와 같이 형제의 나라가 아닌 사대만이 일편단심인 어버이 국가였다. 대 상국을 치겠다는 말에 이덕형이 조선 조정을 대신해 "야, 물 먹여 놓고 해장하자는 소리냐?" 아니 될 말, 그러고 탁 끊어 버리니 회

---

*虞, 虢國成為兄弟城邦 這時 晉獻公以美玉, 良馬, 美女利誘虞公 虞公因此借道給晉國 晉國率領大兵攻佔虢國後 虢國滅國 晉國便又占領虞國 虞國沒了救援 也亡滅. 就是趁小國有危難的時候 藉著救援之名而加以併吞.〈春秋時代, 虞國內亂 虢公率兵平息虞國內亂〉

담이 결렬되었다.

회담이 깨지자, 조선군은 북성 부벽루와 중성 대동문을 중심으로 방어전을 펼쳤다. 왜군은 보통문 앞 왕성탄王城灘 건너 동대원東大院에서 진을 쳤다. 한데 왕성탄 앞 물길이 얕다는 사실이 왜놈들에게 알려져, 행재소가 영변으로 피신한다는 계획이 세워졌다. 그 소문이 떠돌아 백성들이 너도나도 피난을 떠난 바람에 성안이 텅 비게 되었다.

선조가 세자를 불러 "성을 지키겠다."고 발표해 피난 간 사람들을 모두 불러들이라 했다. 세자가 대동관 앞에 나가 나이 든 어른들을 모아 놓고 성을 지키겠다는 말을 하니, 씨알맹이도 안 먹혔다. 할 수 없이 선조가 대동관에 나와 승지를 시켜, "성을 지키겠다."는 말을 하니 사람들이 성안으로 들어왔다.

한데 왜놈들이 대동강 가에 모습을 드러내자, 선조를 호종하고 따라온 병조참판 노직盧稷이 종묘의 위판을 들고 성문을 나가는 것을 보고 소란이 일어났다. 어린아이들과 부녀자들이 왜 우리를 성안으로 불러들여 왜적의 손에 어육魚肉이 되게 해 놓고 너희들만 도망치느냐, 소리소리 질러 댔다. 할 수 없이 평양 감사 송언신宋言愼이 선조 앞에서 소란을 피운 백성 세 사람의 목을 쳐 죽인 후 성문을 빠져나갔다.* 어찌 임금이란 자가 입만 벌렸다 하면 거짓말만 늘어놓고 자기 백성들을 쳐 죽이는가.

---

* 宣祖修正實錄 26卷(1592, 壬辰) 6月 1日

서행 행렬이 영변에서 박천을 거쳐 정주로 나아갔다. 가는 곳마다 인심이 무너져 창고의 곡물이 털려 나갔다. 유성룡이 곡물을 털려는 아홉 명의 민초를 붙잡아 머리털을 흩트려 손을 뒤로 묶고 벌거벗긴 뒤 창고 앞에서 본보기로 주뢰를 틀어 보였다. "창고를 약탈하는 도적은 모두 목을 베어 매달겠다."며 꽝 하고 엄포를 놓았다.* 그렇게 해서 창고 곡물을 지키려 한 것은 뒤에 조선을 구원하러 올 명나라 군사들의 군량으로 쓰기 위해서라 했다. 우리 백성들은 굶어 죽더라도, 아직 청군淸軍 협상도 이루어지지 않은 명나라 군사의 군량이라니, 이게 애국 충정인가 사대인가.

임진년 5월 스무이렛날, 경상 우수사 원균이 전라 좌수영으로 공문을 보냈다. 왜함 10척이 사천으로 올라오더니 곤양에 나타났다는 내용이었다. 왜선이 나타났으면 죽기 살기로 맞서 싸워야 할 장수 원균은 덩치만 컸지 뒷심이 물렁해 겁을 먹고 노량으로 도망친 듯했다.

의능은 이순신이 찾는다 하여 대기와 함께 동헌으로 갔다. 한데 삼혜가 먼저 와 자리를 같이하고 있었다. 왜적이 쳐들어오기 전 부산포에서 가리포에 이르는 섬 사이사이 지형과 바닷물의 흐름을 세세히 밝혀 보고해 올렸는데, 또 무슨 일이 일어났는지 이순신의 얼굴이 긴장해 있었다.

---

* 捕九人而至 卽令披髮反接 而赤脫之 徇于倉邊道路 十餘卒隨其後 大呼曰 擒劫倉賊 將行刑 梟首. 懲毖錄

"쌍봉으로 가 성휘를 데려오너라!"

목소리가 높았다. 성휘는 쌍봉 선소에서 거북배를 지은 선장이었다. 성휘뿐 아니라 본영에서 거북배를 지은 신해까지 데려오라는 것이었다.

"지원이란 수좌도 함께 오도록!"

명망 높은 홍국사 승군 부총섭들의 총출동 명령이었다. 왜적이 곤양으로 쳐들어왔다더니 한바탕 싸움을 벌일 기센가. 놈들이 곤양까지 왔다면 목표가 어디이겠는가.

"알겠습니다."

왜놈들이 전라좌도를 넘본다면 좌수사가 나서지 않을 수 없겠지.

"빨리 데려와라!"

목소리가 급했다. 내례포 신해에게는 곧바로 연락이 되었고, 쌍봉 선소로 가니 성휘가 마지막 점검인 듯 거북선을 꼼꼼히 살피고 있었다. 지원 수좌가 마침 거기 함께 있어서 곧바로 연락되었다.

"좌수사가 두 수좌를 찾네."

의능의 말에 신혜가 뒤를 돌아보았다.

"왜 우리들을 찾지?"

"발등에 불이 떨어진 모양이야."

똥 누고 밑 닦을 틈도 없었다. 모두 좌수영으로 돌아와 동헌으로 올라가니, 신해가 먼저 와 있었다. 이순신이 자리에서 일어나 성휘와 지원을 맞았다.

"모두 거북선을 만든 선장들이군."

자리에 앉으라 하고 지원을 쳐다보았다.

"그대가 지원인가?"

"네, 그렇습니다."

이번에는 삼혜를 바라보았다.

"흥국사에 승군이 몇 명이나 되는가?"

"만흥사까지 합치면 칠백 명이 넘습니다."

"만흥사를 빼면?"

"사백이십 명입니다."

그 말이 떨어지기 바빴다.

"경상우도 하동에서 광양으로 들어오는 두치 나루와, 구례로 올라가는 길목 석주를 성휘가 잘 안다는 말을 들었다. 신해는 안의에서 장수로 넘어오는 육십령 그쪽 지형에 밝고, 인월에 연고가 있는 지원은 함양에서 운봉으로 넘어오는 팔양재 지리에 익숙한 것으로 알고 있다."

언젠가 삼혜가 해 준 이야기를 이순신은 잊지 않고 있었다.

"뭍으로 올라온 왜적이 군량을 수급하려고 호남을 노린다는 정보가 있다. 이곳 네 지역이 영남에서 호남으로 넘어오는 길목이다. 두치·석주·팔양재·육십령이 뚫리면, 조선의 곡창인 호남이 적의 수중에 떨어지게 된다. 우리 관군에게는 이 네 군데 통로가 목숨이 걸린 요해처다. 이건 명령이다!"

이순신이 한껏 목소리를 높였다.

"신해가 흥국사 승군 이백 명으로 육십령을 방어한다. 지원은 팔양재, 성휘는 석주, 의능은 백이십 명의 승군으로 두치를 방어한다."

신해, 지원, 성휘에게 200명씩 흥국사 승군을 차출해 지휘권을 주고, 나머지 120명은 의능에게 소속시킨 뒤, 만흥사 승군인 예비 병력을 흥국사에 나누어 배치했다.

"의능은 방처인, 강희열, 성응지와 두치 나루 책임을 맡도록!"

두치·석주·팔양재·육십령 네 군데 요해처 가운데 왜적이 빈번히 침투해 오는 곳이 하동에서 광양으로 들어오는 두치 나루였다. 구례에 사는 방처인房處仁, 광양 활량 강희열姜姬悅, 순천 성응지成應祉가 의병을 일으켜 그들을 의능에게 붙여 두치 방비를 맡겼다.*

명령을 내린 뒤 삼혜를 돌아보았다.

"삼혜를 이 네 군데 요해처 조방장으로 임명한다!"

그리고 이순신은 대기를 바라보았다.

"너는 예전에 하던 척후 임무를 그대로 수행하라!"

사전에 삼혜와 이야기가 된 듯, 남해안 물길에 밝은 자성自性과 원행圓行이 의능을 대신해 대기와 한 조를 이루도록 했고, 나머지 흥국사 승군이 두치·석주·팔양재·육십령 방어의 임무를 맡았다.

---

* 求禮居進士 房處仁 光陽居閑良 姜姬悅 順天居保人 成應祉等 慷慨奮義 糾合鄕徒 亦各起兵 故房處仁 陶灘 姜姬悅及僧 性輝等 豆恥 信海 石柱 智元 雲峰八陽峙 把守要害 與官軍 並力待變事傳令. 分送義僧把守要害狀. 李殷相, 忠武公全書 上, 前揭書, p234

이것을 일전이조一箭二鳥라 한다. 왜적이 북쪽으로만 치달느라 영남에서 호남으로 넘나드는 이곳 네 군데 요해처는 침투가 그리 심하지 않았으나, 흥국사 승군은 바다로 내려오면 수군이었고, 육지로 올라가면 육군이었다. 어찌 되었거나 특수 임무를 띈 수륙 양면의 맹군으로 요즘 해병대와 같은 역할을 하게 되었다.

4대 요해처의 방어 명령을 내리고, 이순신은 군관 이사공李思恭으로 하여금 본영을 지키게 했다. 곧 23척의 전함으로 우후 이몽구李夢龜를 앞세워 노량해협으로 원균을 구원하러 올라갔다.*

---

*軍官 前萬戶 李思恭을 留陣將으로 任命하여 本營 留守를 담당케 하고…左別將 虞侯 李夢龜와 함께 戰艦 23隻을 거느리고 5月 29日에 麗水本營을 떠나 東航出戰의 길에 오르게 되었다. 李烱錫, 前揭書, p310

식량이 아닌 책을 가져간다

승희는 혜은과 신천을 거쳐 벽란도로 올라갔다. 왜놈들이 평양 행재소를 뒤쫓아 간다면 개성에서 평산·봉산·황주·중화로 이어진 길이 지름길이다. 사람 목숨이 서너 개 된다면 모르거니와, 몇 만 몇 천 명씩 떼 지어 오는 놈들과 맞부딪칠 게 뭐 있냐. 그래서 왜놈들을 피해 벽란도로 향했다. 벽란도에서 개성으로 나와 성곽을 돌아 동파역에 닿았다.

동네를 이루고 있던 동파역이 온통 개를 잡아 그을린 막대기꼴이었다. 양반들이 오며 가며 거드름을 피우던 객줏집은 온데간데없고, 주막들도 모두 불에 타 도깨비 나라가 되어 있었다.

"개새끼들!"

뒤따라오던 혜은이 한마디를 툭 쏘아 댔다.

"아무 소리 말고 따라와라."

혜은이 들은 척도 않고 코만 씩씩 불었다. 나루도 형편은 마찬가지였다. 유생들이 시를 짓고 태평성대를 노래했다는 화석정은 불에 타 없어져 버렸고, 뗏목만 새끼줄로 나루 말목에 걸려 있었다.

뗏목을 타고 강을 건너 언덕으로 올라서니, 후덥지근한 바람에 건건 짭짤한 냄새가 코를 찔렀다. 쥐 썩은 냄새도 같고, 간장 달이는 냄새도 같았다. 무슨 냄샌가 싶어 사방을 휘둘러보는데, 무엇이 발에 턱 걸렸다. 내려다보니 시신이었다. 하마터면 시신 위에 배를 맞출 뻔했는데, 건건 짭짤한 냄새는 사람의 몸뚱이가 지수화풍으로 나뉘진다는 징조였다. 언덕 아래로 눈을 돌리니, 수풀 속에 건건 짭짤한 냄새 덩어리들이 쫙 널려 있었다. 엎어져 있는 냄새 덩이, 누워 있는 냄새 덩이, 옆으로 처박혀 있는 냄새 덩이…… 거기에 또 무슨 재앙이라고 까옥까옥 까마귀들이 날아들어 새까맣게 덮여 있었다.

"이 개새끼들!"

개새끼란 혜은이 말에 관형사 하나가 더 붙어 나왔다. 한데 까마귀란 놈들이 저보고 그런 줄 알고 푸드득 공중으로 날아올랐다. 하나 대부분은 시신과 입을 맞추느라 꼼짝도 하지 않았다.

"흥분하지 마라."

"이눔 새끼들 전부 쌔리 쥑여야겠다!"

"무간지옥이 이만 유순 염부재閻浮提 밑이 아니라 바로 요

기다.”

구월산 수리개바위 만한 야차가 꼬라지가 나 야무지게 한 바탕 할퀴고 지나간 자리 같았다. 건너편 화석정 위를 나는 기러기를 바라보며 태평성대의 풍광을 노래했다는 임진 나루는 지옥으로 변해 있었다.

지수화풍으로 분리되는 시신이 또 발에 걸릴까 봐 조심조심 앞만 보고 내려가니, 호미를 든 노파가 언덕 위에 앉아 있었다. 흐트러진 머릿결이 목 뒤로 흘러내려와 은비녀가 빠질 듯 걸려 있는데, 60나마 되어 보인 할머니였다. 할머니는 먼 하늘에 봉우리 봉우리 피어오르는 구름를 바라보고 있었다. 밤을 새워 땅을 파고 대강대강 흙으로 덮은 무덤이 발아래에 있었고, 파리들이 들끓었다.

“혹 구름 속에서 찾고 계신 무엇이 있습니까?”

엉뚱하다 싶은 말을 건네니 대답이 없었다.

“저 구름 속으로 들어가면 연꽃이 있지요.”

동문서답이라 여겼는지 통 반응이 없었다.

“듣고만 계세요. 구름 속 연꽃을 타면 연화장계로 간대요.”

정신을 놓지는 않았든지 할머니가 얼굴을 들고 보이지 않을 만큼 고개를 흔들었다. 그러고는 끝이었다. 갈퀴 같은 할머니의 손등에 파리란 놈이 앉았다가 날아갔다. 인간사에는 반드시 원인과 결과가 있다고 했다. 할머니에게 이런 결과를 가져다 준 원인이 무엇인가. 이런 일은 멀리에나 있는 것으로 여겼을 할머니에게 험상스런 결과가 눈앞에 맞닥뜨려져 있었다.

승희는 할머니와 해결해야 할 과제가 바로 그 점이라고 생각했다. 임금을 잘못 둔 죄로 할머니가 당하고 있는 고통에 승희가 믿는 것은 바랑 속의 목탁뿐이었다. 목탁을 꺼내들고 무덤 앞으로 갔다. 딱, 딱, 딱! 세 번 목탁을 내리고 염불을 시작했다.

원하옵건대 이 생명 다하도록 다른 생각 없이
아미타 부처님만 살펴 나 홀로 따를 뿐이옵니다.
거룩하신 부처님의 옥호광명이 마음과 마음으로 이어져
보고 아는 금빛 모습이 생각 생각으로 떠나지 않게 하옵소
서……*

혜은이 곁으로 내려오더니 요령을 꺼내들었다. 땡그랑땡그랑 승희의 목탁에 맞춰 요령을 흔들며 염불을 따라 했다.

나무서방대교주
무량수여래불
나무아미타불……*

그것이 임진강 전투에서 죄 없이 생명을 앗긴 무주고혼無主

---

* 願我盡生無別念 阿彌陀佛獨相隨 心心常係玉毫光 念念不離金色相…….
* 南無西方大教主 無量壽如來佛 南無阿彌陀佛…….

孤魂 천도재薦度齋가 되어 버렸다. 강가 너른 갈대밭에 때 아닌 염불 소리가 울려 퍼지니, 하늘이 감동했음인지 할머니가 호미를 던지고 아래로 내려와 무덤 앞에 엎어지면서 통곡을 했다.

일단 산 사람부터 살려야 한다. 눈물까지 말라 버린 할머니의 마음을 어렵게 돌려, 이야기를 들어 보니 자초지종이 이러했다. 밤중에 관아의 사령놈이 사립문을 열고 들어와, 아들을 끌고 나가니 며느리가 같이 따라 나갔다는 것. 탕! 탕! 귀를 멍멍하게 만든 총소리와 함께 시작된 싸움이 끝난 지 하루가 지났으나 아들도, 며느리도 돌아오지 않았다. 야들이 틀림없이 죽었구나 싶어 하루 반 동안 강둑 시체들 속에서 겨우 아들 며느리의 시신을 찾아내 묻었다는 것이다. 그러고는 통사정을 하듯 이렇게도 저렇게도 대답 못할, 왜 우리 아들과 며느리가 죽어야 하느냐고 물어 왔다.

그에 대한 답변은 눈물밖에 없었다. 승희가 눈물을 그렁그렁 흘리니, 눈물 덕분이었는지 할머니가 마음이 가라앉은 듯 합장을 했다.

"고맙소. 우리 아들 며느리가 구름 속 연꽃을 타게 해 주어서……."

그 대목에 이르니 깡다구가 모로 튄다는 혜은이도 눈물이 나오는지 코를 팽! 풀었다. 그러고는 고개를 돌리는데, 입술이 들썩들썩했다. 틀림없이 입안에서는 '이 개새끼들!' 그러는 것 같았다.

어렵사리 노파의 손을 잡고 파주로 올라가 분수원分手院으로 들어섰다. 산이 바위였던 모양으로 소나무 사이 바위를 깎아 넓적한 모자까지 씌운 부처님이 보였다. 햐! 얼마나 할 일이 없으면 저 바위산을 깎아 부처를 만들었을까. 저렇게 부처님을 만들고 있을 때가 태평성대 아니었을까. 부처님만 보고 찾아가니 그 아래 작은 암자가 있었다.

그날 밤을 암자에서 은신하고 할머니를 쉬도록 해 드린 뒤 다시 길을 떠났다.

천천히 걸어서 무악현을 넘어 돈의문에 이르렀다. 도성 안으로 들어가야 왜놈들이 뭣들 하고 자빠졌는지 알겠는데, 문 앞에 수문장이 바뀌어 있었다.

승희는 그때 왜놈 군대를 처음으로 보았다. 햐! 놈들의 옷 색깔은 검고, 구부정한 암소 뿔 같은 뿔이 양쪽에 붙은 투구를 쓰고 있었다. 앞에는 빨간 감나무 잎사귀를 닮은 장식이 맴생이 귀처럼 양옆으로 뻗쳐 있었다. 아무리 보아도 저건 도깨비 대가리지 모자가 아니었다. 어찌 저놈들이 저리 해괴하고 괴상한 모자를 썼을까. 아닌 게 아니라 조선 사람들이 보면 간덩이가 토끼 똥만해져 달아나기 바쁘게 생긴 차림이었다.

"야, 저 도깨비 모자를 보고 안 놀랠 놈 있으면 나와 보라고 해!"

승희의 귀에 대고 소곤소곤 속삭이니, 씩 웃었다.

"저게 과부 년 똥가래란 거여."

과부 년 똥가래가 무섭다는 것인지 더럽다는 것인지 집혀오는 것이 없었다. 어쨌거나 배짱하면 혜은이도 알아줘야 했다.

"똥가래나 넉가래나 저 새끼들이 저러고 섰는데 어떻게 들이가냐?"

"가만있어 봐 독 틈도 용소가 있는 법이야."

"가사를 입자. 난 목탁을 칠 테니, 넌 요령을 흔들어."

"살아 있는 저놈들 천도재 지내게?"

"언제 뒈져도 뒈질 거 아니냐?"

그때였다. 혜은의 입에서 "햐! 조 새끼 봐라?" 소리가 터져 나왔다. 그러더니 성큼성큼 괴상한 모자를 쓴 놈 앞으로 걸어가 동저고리에 뒤트기를 입은 놈 어깨를 툭 하고 쳤다.

"오야, 키미 히로모토 쟈나이카? (야, 너 히로모토 아니냐?)"

녀석이 얼굴을 돌리는데, 흰 수건을 감은 머리에 패랭이가 얹혀 있었다. 녀석이 혜은의 위아래를 쭉 훑더니, 손을 덥석 잡았다.

"키미 깽비 데와나이카? (너 깽비리 맞지?)"

혜은이 고개를 끄덕였다.

"지금은 깽비리가 아니고 혜은 대사님이시다."

조선말로 대답하니 놈도 조선말로 물었다.

"오랜만이다. 그런데 그런 모양새로 여긴 웬일이냐?"

그때 도깨비 모자를 쓴 왜병이 "다레데스카? (누구십니까?)" 하고 물었다.

　"무카시 야마토칸데 츠키앗타 토모다치데스. (옛날 왜관에서 사귄 친굽니다.)"

　놈이 부산포 왜관이냐고 물었고, 히로모토가 그렇다고 고개를 끄덕였다.

　"조선 놈 아닙니까?"

　히로모토가 대답했다.

　"조선 사람이라도, 사고무친이어서 왜관에서 살았지요. 그때 니혼마치에 부자로 소문난 소 하루꼬[宗春子] 부인이 양아들을 삼으려고 한 친굽니다."

　그 말은 혜은이도 처음이었다. 판자 울타리 안, 제법 깨끗한 집에서 돗자리를 깔고 살던 아주머니가 '쳇, 쳇, 가와이소나 야쯔다!' (쯔쯔쯔, 불쌍한 것!) 그러면서 옷도 주고, 머리도 빗겨 주고, 배가 고파 찾아가면 밥도 주고, 어떤 때는 참치도 줘서 먹었던 기억은 엊그제처럼 생생했으나, 양아들을 삼으려 했다는 소리는 금시초문이었다.

　"왜 양아들을 삼지 않았나요?"

　"주변에서 말렸지요. 조선 아이라고……."

　도깨비 모자를 쓴 놈이 혜은을 한참 쳐다보았다.

　"너, 스님 됐냐?"

　히로모토가 물었다.

　"부처가 되려고……."

혜은이 고개를 끄덕였다.

"조선에서는 스님 되면 쌍놈 아니냐?"

그 말에 혜은이 언성을 높였다.

"쌍놈이라니? 조선 양반 놈 새끼들이 못돼 처먹어서 그래."

"스님이 돼 가지고 여긴 뭣 하러 왔냐?"

"구경하러 왔다."

"야, 전쟁이 나서 사람이 죽어 자빠지는데, 구경이 무슨 구
경이냐?"

히로모토의 말에 혜은이 손을 흔들었다.

"인마, 넌 잘 알잖냐? 양반들이 한양을 깔고 앉아 스님 옷만
입었다 하면 성안엔 들어오지도 못하게 했다. 도대체 놈들이
도성에서 뭣들 하고 자빠졌기에 그 지랄했는지 보려고 왔다.
너희들이 도성을 차지하니 아무나 들어갈 수 있다는 소문도
들리고 해서."

번드르하게 거짓말을 둘러 붙이니 히로모토가 대답했다.

"지금도 아무나 못 들어온다."

"왜?"

"일본군 증명서가 있어야 해."

"그것이 호패냐?"

히로모토가 씩 웃었다.

"그럼, 호패 하나 만들어 오니라!"

그래서 승희의 이름까지 가르쳐 주었더니, 종이 두 장을 가
져왔다. 그게 바로 '적첩賊帖'이란 것이었다. 맨 위에 통행증

通行證 어쩌고 써 놓고, 일본 글자로 두어 줄 뭐라 뭐라 해 놓은 아래에다 한문으로 우희다수가宇喜多秀家라고 쓰고 수결을 놓았다. 혜은은 속으로 '이 개새끼들' 그러면서 물었다.

"야, 우희다수가가 어떤 놈이냐?"

히로모토의 얼굴색이 대번 파래지더니 곁에 도깨비 모자를 쓴 놈을 힐끗 쳐다보았다.

"너, 뒈지려고 그러냐? 우리 일본군 총사령관 우키타 히데이에 쇼군이시다."

혜은이 모른 척 대답했다.

"햐! 최고 높은 놈이구나?"

"야, 놈, 놈, 하지 마! 누가 들어 인마."

"이놈의 주둥이가 버릇이 돼 갖고…… 몇 살이나 처먹었냐? 사령관은."

"스물한 살."

"햐? 이 새끼 일찍 출세했네?"

"어, 어, 너 우리 군인들이 들으면 칼 맞어. 인마, 어서 가라!"

겁을 주려고 그러는 것 같지는 않았다.

"가는 건 가는 건데, 도성에 들어왔으니 왕궁에서 잠을 자고 싶다. 왕궁은 너희들이 다 차지해 버렸냐?"

"불탔다."

"뭐야?"

"우리가 낸 불이 아니고, 양반 밑에서 종살이하던 사람들이

싹 태워 버렸다고 그러더라."

"그럼, 느그들은 가만있었냐?"

"우리가 오기 전에 그랬다."

"씨팔, 그럼 어디 가서 잠을 자나?"

"가 봐. 너희들 잠잘 집 아직도 많다."

"난테 뭔 일 생기면, 널 찾아가도 되냐?"

혹시 왜놈하고 말썽이 생겨 찾아가면 풀려날 수 있느냐는
물음이었다.

"찾아와라. 여기 없으면 숭례문에 있는데, 주로 여기 서문
에 있다."

정릉동으로 올라갔다. 사람들로 들끓던 도성의 집들이 텅
비어 있었다. 길바닥은 고양이들 거리가 되었고, 피난 못 간
개들이 비쩍 말라 떼를 지어 몰려다니고 있었다. 두 사람은
월산대군月山大君 집 앞에서 육조 거리로 나왔다.

"그러니까 히로모토 그 녀석이 왜놈 길잡이구먼?"

승희가 물었다.

"길잡이가 어찌 고놈뿐이겠냐? 내가 만난 놈만 해도 여럿
이다."

"전에 원당암에서 만난 고놈 말고?"

"하이고! 통도사에서도 만났고, 동화사에서도 만났다카이.
들어 보이 전주에서는 빗장수, 창의문에서는 술장수, 홍인문
에서는 나무장수, 송도에서는 짚신장수, 평양에서는 채소장

수, 패엽사에도 밥 얻어 처먹더라카던데, 우리가 알기나 했
냐?"*

"쳐들어오려고 팔도에다 쫙 깔아 놨었구나."

"씨버럴, 조선 유생 놈들은 돈만 보이지 그런 놈들은 못
봐."

육조 거리에서 종로 쪽을 바라보니 사람들이 제법 왔다 갔
다 했다. 도성이 죽어 버린 줄 알았더니 부지런을 떠는 사람
들이 있어서 신기하다는 생각이 들었다. 두 사람은 의금부가
있는 곳으로 내려갔다. 이거 봐라. 시전거리에 문을 연 점방
들이 눈에 들어왔다. 물건을 사고파는 사람들이 보이기에 뒷
골목으로 들어가니, 문을 연 주막들이 손님을 맞고 있었다.

늙수그레한 주인이 주막 안을 왔다 갔다 하는 밥집으로 들
어갔다.

"오랜만에 한양 국밥 맛이나 봅시다."

주인장이 승희와 혜은을 눈여겨보았다.

"피앗골은 왜놈들 세상이 아니네요. 여경방餘慶坊, 당피동唐
皮洞 그쪽은 집들이 다 불타고, 눈 씻고 봐도 사람이 없더니
여긴 옛 시절이 지금이고 지금이 옛 시절이네."

하니 주인이 대답했다.

"방 못 보셨는가?"

술장사 주제에 중 옷을 입고 있으니 턱하니 하대를 했다.

---

* 全州市中 販梳者二人 京城彰義門 賣酒者一人 興仁門 負薪者一人 松都 販履者 九月山貝
葉寺 有乞飯者 平壤有負朶者. 青鶴集

"못 봤소."

"글자를 모르겠지."

대번 얕잡고 들었다. 조선 놈 새끼들은 전쟁이 나서 왜놈들 세상이 되었건만, 걸레 같은 유가들 풍습은 그대로였다. 하긴 200년이 된 행태가 하루아침에 바뀌겠어, 그러고는 꾹 누르고 대답했다.

"하이고, 중놈이 언문이나 좀 알지 뭘 알겠어."

"허허, 그러겠제. 사대문 밖이고 안이고 방이 쫙 붙었네."

이 녀석은 전쟁 통에도 뭣이 그리 좋은지 입을 쫙 찢었다.

"뭐라 붙었습디까?"

"우리 일본군은 조선 백성을 구하러 왔다. 안심들하고 돌아와 생업에 종사하라. 그러고 우리는 진심으로 조선 백성을 도우러 왔으니, 전과 같이 장사하는 사람은 장사하고 농사짓는 사람은 농사를 지어라. 그렇게 써 붙여 놨네."

"그래서 점방 문을 열었습니까?"

"처음에는 조매조매했지. 솔직히 피난한다고 산속에 숨어 돌아다녀 보니 고생이 말할 수 없었네. 저자들이 저리 안심하라고 그래쌌는데, 설마 죽이기야 하겠나. 그러고 한 사람씩 돌아와 가게 문을 여니, 그자들 말처럼 뭐 별일은 없네."

"그래, 장사를 해 보니 어떻습니까?"

"전처럼 사람들이 많지 않으니 손님은 적어."

"그거야 피난 간 사람들이 다 돌아오면 괜찮겠지요. 내 이야기는, 장사 잘 하려면 받치는 거 있잖아요. 뼁땅이란 거?"

국밥을 소반에 얹어 갖다 주면서 주인이 깔깔 웃었다.

"전날 서리배 놈과 무뢰배 놈들은 그랬었지. 지금이야 뭐 전쟁을 하니 그럴 경황이 있겠는가마는, 나라 안이 안정되면 삥땅 뜯고 상납 받치랄 놈이 왜 또 나오지 않겠나? 어쩌면 지금 왜놈들 하는 걸 보면 서리배, 왈패 그런 놈들 잡도리는 잘 할 것 같네만……."

"그럼, 주인장께서는 왜놈 세상이 훨씬 좋겠네?"

"우리야 뭐……."

가게 주인이 말끝을 흐렸다.

승희와 혜은이 도성에 발을 들여놓던 때는 왜적이 승승장구할 때였다. 고니시 유키나가가 흥인문 앞에 이르니 문이 활짝 열려 있더라는 것, 관군이 함정을 파 놓은 줄 알고 학이 다리 구멍 들여다보듯 살피니, 성안이 텅 비어 있었다고 했다. 사대부라는 것들, 돈 좀 가졌다는 놈들, 성을 지켜야 할 관군까지 모두 달아나고 도성이 빈 도깨비집이 되어 있었던 것이다.*

승리가 이리 확실해지자 적도들은 마음 놓고 성으로 들어와 부녀자 겁탈에 들어갔다. 총칼을 든 전쟁이라는 환경에서 죄의식 없는 짐승이 된 그들에겐 부녀자 겁탈이 전쟁의 피로

---

* 흥인문(동대문) 밖에 이른 소서행장의 부대는 도성이 텅 비어 있으나 도성문이 열려져 있는 데다 아무 방어 태세도 갖춰져 있지 않자 의심하고 먼저 군사 수십 명을 들여보내 수십 번이나 탐지하였으며 鐘樓에 이르러 1개 군사도 없음이 확실히 판명된 연후에 들어갔다고 한다. 李章熙, 壬辰倭亂史硏究, 아세아문화사, 2007, p55

를 쫓는 '날 가심' 같은 것이었다. 거기에는 스릴도 함께 따라붙었다. 군인은 계급사회다. 이럴 때 계급은 누가 겁탈을 많이 했느냐로 결정된다. 그러다 보니 치마만 둘렀다 하면 고쟁이를 벗겨 내렸다. 하여 유생들이 '사녀다피오욕士女多被汚辱'이라 했단다. 천것들이야 겁탈을 당하거나 말거나 상관없지만, 배꼽이 두 개 달린 것도 아닐 터인즉, 선비집 규수와 선비집 안방마님들이 몸을 많이 더럽혀 똥 씹는 얼굴이 되었다는 것.

못난 것들! 전쟁에서 승리한 나라의 수뇌부는 이런 것을 요령 있게 요리한다. 그것이 대민위무對民慰撫요, 선무공작宣撫工作이다. 승희와 혜은이 도성으로 들어온 때가 바로 그런 때였다.

"일단 잠자리를 봐 두고 돌아다녀야 하지 않겠나?"

국밥을 먹고 도로 종로로 나왔다. 저절로 발걸음이 전에 휴정 큰스님께서 잠시 머물러 계셨던 사직동 덕흥군 집으로 향했다. 집집마다 대문이 활짝 활짝 열려 있고, 안을 들여다보니 방문도 열려 있었다. 사람은 개미 새끼도 없었고 문짝들만 마당에 나뒹굴었다.

덕흥군 집도 마찬가지였다. 불한당을 치른 집구석처럼 사랑이고 안채고 모두 문짝이 뜯겨 난장판이 되어 있었다. 아니 어느 놈이 임금의 친아비요, 종실 어른인 대갓집을 이따위로 짓밟아 놨느냐. 그러고는 쭉 훑어보니, 수난을 제일 많이 당한 곳이 곳간이었고 그다음이 광이었다. 곳간에 가득 쌓였을 쌀자루는 온데간데없고, 쥐들이 뚫어 놓았을 구멍으로 쌀알이 졸졸 흘러 대문 밖으로 가지고 나간 흔적만 있었다. 광에도 당모시, 노방주, 고로, 공춘, 문돈이 베, 무명 베, 꺼끄렁 베 그런 것들이 가득 쌓였을 터인즉, 그것을 묶어 간 새끼줄 토막만 어지러이 널려 있었다.

"요건, 왜놈들 짓이 아니다."

도장방 문을 열어 보니, 촛대, 향로, 색깔이 파란 청자로 보이는 갖가지 모양의 매병, 주자, 문발, 대접, 겉이 오돌토돌한 항아리, 접시, 그런 것들은 그대로 있고, 그림이며 글씨 액자도 그대로 걸려 있었다. 덕홍군이 썼다는 사랑도 마찬가지였다. 벼루, 연적, 서안, 난 그림, 곰팡이 핀 것 같은 종이에 휘갈겨 쓴 초서 액자도 그대로였다. 벽장 속 서책도 그대로 있었다.

"하여간에 조선 놈들은 목구멍 풀칠할 것만 챙긴다니까."

어지럽혀진 덕홍군 집안을 대충 치우고, 전에 휴정 큰스님께서 쓰셨던 사랑을 거처로 잡았다. 부엌에 들어가면 솥은 그대로 있고, 간장, 소금 그런 것들은 없어졌겠으나 숟갈, 그릇, 사발, 장 종지가 살강에 가지런히 엎어져 있었다. 하나 남의 집 빈 주방에서 청승을 떨며 밥을 해 먹는 것도 그렇거니와 쌀이고 보리쌀이고 다 털려 그러고저러고 할 것도 없었다. 승희와 혜은은 사랑에 누워 퍼질러 늦잠을 자고 일어나 종로 뒷골목에서 아침 겸 점심을 먹고 나왔다.

"자, 어디로 갈까?"

"경복궁이 여 위 아냐?"

경복궁으로 향했다. 허! 한양이 내 세상이 되었구나. 냅다 활개를 치며 광화문 앞으로 갔다. 대궐의 커다란 문짝이 활짝 열려 있었다. 옛날 같으면 삼지창을 들고 서 있을 수문 졸개는 보이지 않고, 대신 왜놈 졸개들만 드나들었다.

일단 문 안으로 들어섰다. 왜놈 졸개가 뭐라고 시비를 걸면, "야, 나도 쓰시마에서 왔다."고 냅다 왜놈 말을 집어 쏘려고 했는데, 놈들이 닭 소 보듯 본체만체했다. 예전에 이층집처럼 담 너머로 불쑥 솟아 보이던 전각은 불에 타 없어져 버렸고, 그 앞에 또 무슨 집이 있었던 듯, 그것까지 타 버려 남은 것은 거대한 나무토막과 숯덩이들뿐이었다.

"안됐다⋯⋯."

거드름 피우는 유생들이 밉기야 했지만, 불타 버린 궁궐을 보니 괜히 울화통이 치밀었다.

"씨팔 새끼들, 이런 집 하날 못 지키고 도망가?"

생각을 해 보니 전에 높은 담장 밖을 내다보던 이층 같던 집이 근정전이었던 것 같았다. 가만히 보니 근정전만 탄 것이 아니고 주변 집들까지 불이 옮겨 덩달아 타 버린 듯, 모닥불을 피우다 물을 부은 것처럼 궁궐터가 온통 숯 절반 나무 절반이었다. 어떤 것은 불에 타다 뒤로 벌렁 드러누운 것도 있고, 반만 타다 꺼진 집, 처마 밑에 불이 옮겨 붙다가 만 집, 하여간에 가지각색이었다. 맞았어, 궁궐이 불탄 날 비가 억수로 쏟아졌다지. 그놈의 비 때문에 그랬는지 궁궐 담 쪽으로 붙은 자잘한 집들만 타지 않고 그대로 있었다.

궁궐이 아니라 숯 밭이 된 사이를 돌아 올라가니 커다란 연못이 있고, 연못 가운데 어마어마하게 큰 전각이 있었던 듯, 그것도 숯 밭이 되어 있었다. 한데 일개 부대로 보이는 왜놈 군대가 연못가에 빙 둘러 서 있었다. 저놈들이 저기서 뭘 하고 자빠졌나 싶어 가까이 가니, 궁궐에서 타다 남은 책이란 책은 모두 꺼내다 차곡차곡 싸매고 있었다. 조선 사람들은 저런 건 거들떠보지도 않는데, 쪽발이 종자들은 참 별것이다 싶어 살금살금 옆으로 갔다.

틀림없이 전에 양반 노릇을 하면서 거드름깨나 피웠을 조선 갓잡이들을 동원해 불에 안 탄 전각의 서책, 그림, 병풍, 온갖 술병, 온갖 밥그릇, 온갖 접시, 하여간에 글씨가 새겨진 나무판대기까지 싹싹 챙겨다 묶어 짐짝으로 만들고 있었다.

"저놈들이 귀신 붙은 저 물건들을 뭘 하려고 싸매고 지랄인고?"

가만히 보니 귀신 붙은 그것들을 조선 인부들을 시켜 광화문 밖으로 차례차례 빼내 갔다. 사람들이 죽고 도망가고 야단인 판에 저것을 가져가 어디다 쓰겠다는 건가. 혜은이가 도깨비 모자를 쓴 놈 앞으로 다가갔다.

"초센진타치와 손나코토 미무키모시나인데스케도 나니오 시요오토 고미오 하이테이쿠카? (조선 사람들은 그런 것 거들떠보지도 않는데, 뭘 하려고 쓰레기를 쓸어 가는가?)"

손가락으로 가리키며 일본말을 척 들이대니 놈이 찬찬히

처다보았다.

"키미 도코카라 키타노카? (너 어디서 왔느냐?)"

옷은 승복을 입었는데, 일본말을 하니 이상하다 싶은지 눈알을 뒤집어 깠다.

"쓰시마카라 키마시타. (쓰시마에서 왔다니께요.)"

"시소츠자 나인다네? (사졸이 아니구나?)"

"와타시와 칸자. (난, 간자間者)."

씩 웃어 주었더니 자못 대답이 부드러웠다.

"우키타 히데이에 쇼군 명령이다."

씨팔, 이런 걸 가져가려고 전쟁을 벌였나. 속으로는 그랬지만 겉으로는 씩 웃고 침을 칵 뱉았다.

"알았시유."

"네 옷을 보니 넌 스님들 동태를 살피냐?"

"하이!"

그러고는 저만큼 떨어져 구경만 하고 서 있는 승희 곁으로 가 등을 밀어 경복궁을 나왔다.

기요마사를 환영한다

경황없는 것에서 한 발 더 나아가면 허겁지겁이다. 이덕형이 대동강에서 승자 유키나가의 여유로움 속에 배까지 띄워 한잔 빨면서 '가도멸괵'이라는 옛 고사를 들이댄 회담이 결렬되자, 선조의 허겁지겁이 다시 도졌다.

평안도에서는 선조가 올라온다는 소리를 듣고 각 고을에서 전세田稅로 받은 양곡을 성안으로 운반해 군량미로 쌓아 놓았다. 적잖이 10만 석이었다. 평양으로 올라온 선조가 성을 지키겠다고 호언장담하면서 피난 나갔던 사람들을 모두 불러들였다. 한데 대동강 왕성탄 주변의 물길이 배 없이도 건널 수 있다는 사실이 왜적들에게 알려져 선조의 허겁지겁이 극에 달했다.

앞에서도 말했듯 선조가 성을 지키겠다는 약속을 깨고 도망치려 하니, 성민들의 항의가 빗발쳐 송언신을 시켜 백성들

목을 쳐 소란을 잠재운 뒤, 미친년 달래 캐듯 성문을 나가 영변으로 달아났다.* 한양에서 도망쳐 나오면서도 성문을 활짝 열어 놓고 나왔는데, 평양성에서도 그랬다.

고니시 유키나가를 따라 종군한 포르투갈 신부 루이스 프로스는 평양 입성을 이렇게 회고했다.

중국 정복의 과업을 계속해 나가기로 한 그는 매우 크고 수량이 풍부한 강[대동강]에 이르렀다. 이 강은 선박을 이용하지 않고서는 도저히 건널 수가 없었다. 조선군이 그 지역에 600~700척의 배를 두어 감시하고 있는데, 아고스티뉴 휘하의 가장 뛰어난 장수 중 한 사람인 사쿠에몬지앙[小西作右衛門]은 그곳 해안에 있는 낡은 배 몇 척을 연결해 타고 용감하게 돌진하여 감시하고 있던 조선군을 쳐부수고 그곳 대부분을 장악했다. 아고스티뉴는 빼앗은 선박을 이용해 무사히 강을 건넜고, 중국에 인접한 주요 도시인 평양이란 곳에 이르렀다. 그곳에서 중국 국경까지는 이틀 정도 거리에 지나지 않았다. 이 도시는 돌을 겹겹이 쌓아 만든 성벽으로 둘러싸여 있었다.*

유키나가가 왕성탄을 걸어서 건넌 것이 아니라 배를 빼앗아 타고 건넜다고 적고 있다. 역사의 기록이란 게 누군가 거짓말을 한 것도 참말이라고 적어 조작이 많으니 누구 말이

---

*宣祖修正實錄 26卷(1592, 壬辰) 6月 1日
*임진난의 기록, 루이스 프로이스 지음, 정성화 양윤선 옮김, 살림, 2010, p88

옳은지 알 수 없다. 이런 것이 교과서 왜곡에서 온 것 아니겠는가? 어쨌든 선조는 호랑이 앞에 개가 되어 달아났고, 유키나가는 열려 있는 대동문과 장경문으로 천천히 걸어 들어가 평양성을 깔고 앉았다. 되는 놈은 나무를 하다가도 산삼을 캔다더니, 보너스로 군량미 10만 석까지 손에 들어왔다.* 그래서 성민들이 말하기를, 선조대왕 하는 꼴 좀 봐라, 저것도 임금이라고 꼬부랑 뭣으로 제 발등에 오줌만 싸고 자빠졌다. 이놈의 나라는 누워 있는 강아지 옆구리 채이듯 짖지도 못하고 망할 것이라며 얼굴들이 사색이었다.

그래도 선조는 백성들을 일곱 배로 잘 살게 해 준다든가, 가진 놈들 세금을 깎아 주면 그 돈을 물 쓰듯 펑펑 쓰게 될 테니, 물이 아래로 줄줄 넘쳐흐르듯 없는 놈들 주머니 속으로 들어가게 된다. 그러니 저잣거리에 돈이 제멋대로 굴러다니게 가만 놓아 두어라, 그런 말은 하지 않았다.

한데 가진 놈 속성은 없는 놈들 정신을 뺑뺑 돌게 하는 이것저것 허영을 발라 놓는다. 껍데기에 달콤한 엿까지 발라 놓으니 엿의 속성이란 찐득거린 것이라, 찐득찐득한 엿 덩이가 저잣거리로 떼굴떼굴 굴러가면 온갖 잡것들이 들러붙어 주먹만하던 것이 집채덩이만해지고, 나중에는 삼각산만해져 '문어발'이라는 것이 생겨난다. 그러다 보니 있는 놈은 온갖 있는 것을 다 갖게 되고, 없는 놈은 없는 것까지 빼앗겨, 백성

---

* 始車駕至平壤 廷議皆以糧餉爲憂 盡取列邑田稅 輸到平壤 及城陷 幷本倉穀十餘萬石 皆爲賊所有. 懲毖錄

들의 배가 개미 허리가 되어, 나라 안은 가진 놈과 못 가진 놈 두 조각으로 쫙 갈라져 버린다.

갈등은 이런 데서 생긴다.

갈등, 이게 골 때리는 거다. 갈등은 내가 내 행동을 조절하고 통제할 수 없을 때 생긴다. 직면한 어떤 목표에 선택을 못 하고 이럴까 저럴까 망설이는 '비비교성[incomparability]'을 갈등이라 한다면, 단연코 그 뒤에 따라붙는 것이 불확실성이다. 한마디로 꼭두각시가 아닌 어떤 대의에 내 생명을 던질 확실성이 주어지지 않았을 때, 갈등이 일어난다. 이럴 때의 갈등은 개인의 갈등보다 세대나 지역적 갈등이 더 크게 작용한다.

개인의 갈등은 공정치 못한 소득의 격차 같은 데서 온다고 해도 된다. 저놈은 가졌는데 나는 왜 못 가졌냐. 저놈이나 나나 배꼽 하나 다른 것 없는데, 나는 엎어지면 궁둥이요, 자빠지면 왜 불알이냐. 똑같은 잘못을 저질렀는데, 저놈이 법 앞에 서면 죄가 안 되고 나는 왜 죄가 되느냐. 가진 놈, 못 가진 놈으로 나라가 두 조각이 나면 형조라고 하는 공권력을 가진 놈들이 울타리가 되어 주지만, 못 가진 놈한테는 너 도둑놈 아니냐고 되레 윽박지르는 협박이 되어 돌아온다. 협박으로 안 되면 고문이라는 것이 있어서 억지로 자백을 받아 내는데, 이런 것들이 골 때리는 갈등이다. 이런 갈등들이 상대적 소외로 이어진다.

그래도 개인의 갈등은 저 혼자 그러다 심하면 목을 매거나 강물에 뛰어들면 끝장이 나지만 지역이나 계급의 갈등은 양상이 좀 달랐다. 두 말할 필요 없이 그런 갈등들은 지역적 격차에서 연유된 경우가 많은데, 한때 전라도 '개땅새', 경상도 '보리문뎅이' 그랬듯 정치와 밀접한 관계가 있었다. 특히 조선왕조는 함경도를 정치적으로 소외시켜 갈등을 부추겨 왔다. 중앙에서 가장 무겁게 죄를 진 놈들만 함경도로 보냈다. 그래서 함경도 백성들은 유배지의 죄인이나 다를 것이 없었다.

함경도는 두만강과 압록강을 경계로 야인들과 마주하고 있다. 중앙에서 파견된 병사, 부사, 현령과 같은 관직 있는 벼슬아치들을 빼면 나머지는 말만 백성이지 기실 야인인지 조선인인지 구분이 묘했다. 백성들을 보호한다는 명분하고는 별 관계도 없는 성리학의 학연으로 높은 벼슬자리를 꿰차고 호의호식을 즐기는 사대부들께서 저희들이 정치를 잘 못해 그리되었다는 소리는 안 하고 '임금의 덕화가 미치지 못해' 북방 사람들이 개구리밥처럼 떠돈다고 그랬다. 그렇다면 임금의 덕화가 무엇인가. 왜놈들이 쳐들어오니 허겁지겁 달아나는 그것이 임금의 덕화란 것인가. 그런 나라의 백성들이 왜적에게 달려들어 생명을 내던질 이데올로기가 무엇인가.

차치하고, 황해도 안성安城역에서 유키나가와 '가위바위보'를 해서 함경도로 내려온 가토 기요마사는 조선 사람들을 길잡이로 안변으로 가 본영을 삼았다. 다시 해안을 따라 덕원·문천·영흥·함흥·홍원까지 여섯 지역에 나베시마 나오시게의 가신들을 주둔시켰다.*

애초에 임해군은 함경도로 내려가 회령에 있었다. 순화군은 장인 황혁을 따라 강원도로 갔는데, 일본 제4군 모리 요시나리가 해안을 따라 강원도로 들어오니, 마천령을 넘어 회령으로 내려가 임해군과 합류해 함께 머물렀다.

조정에서는 함경도를 북관北關이라고도 했는데, 이곳 속사정이 좀 복잡했다. 복잡하다는 말은 북방 오랑캐와 한통속이 된 지 오래였다는 것으로, 그 이유는 임명장을 받은 벼슬짜리들이 침을 퉤 뱉고 왼발 구르고 내려와, 고을 일은 똥 싸고 매화를 타령하듯 하면서, 중앙 실세들에게 뇌물을 주어 까투리 북한산 다녀가듯 떠나갔기 때문이었다.

왜놈들이 쳐들어오니, 임해군과 순화군이 그런 지역으로 와서 피난을 하겠다고 머물렀다. 그것이 가당키나 한 일인가. 그랬으면 가만히 자빠져 있기만 했더라도 신트림이 덜 올라왔을 터인즉, 닭 잡아라, 소 잡아라, 돼지 잡아라, 오리 잡아라, 밤은 밤대로 낮은 낮대로 술타령만 벌였다. 어찌 하루살이가 두꺼비 속을 알겠는가. 지금 나라가 뒤집어져 가는 판에, 술을 처먹으려면 곱게나 처먹지 북관이 도성의 무슨 궁원宮苑인 줄 알고, 기생 데려와라, 악공 데려와라. 그것까

---

* 가토는 함경남도 안변을 자신의 본영으로, 마찬가지로 함경남도의 함흥을 나베시마의 본영으로 하고, 함경도의 덕원(德源)·문천(文川)·영흥(永興)·홍원(洪原) 6개 지역에 나베시마의 가신들을 주둔시켰다. 기타지마 만지(北島万次), 앞의 책, p71 〈高麗日記 1592년 9월 25일, 선조수정실록 선조 25년 5월 壬申 再引用〉

지도 임금의 자식이니 눈감아 줄 수 있었다. 한데 기생이 왜 이리 못 생겼냐, 예악이 왜 이리 깜깜하냐, 트집을 잡더니 백성들 집에 가서 이쁜 규수로 바꿔 오라는 것이었다. 하여간에 임금님 두 아들 행패가 바닥이 어딘지 알 수 없었다.

막말로 북관 분위기는 살쾡이와 오소리들이 사는 들녘이라해도 과언이 아니었다. 조선 조정을 개똥으로 본 지 오래였고, 전쟁이 나 도망 다니는 선조를 임금으로 알지도 않았다. 한데 임해군과 순화군을 임금 새끼로 취급이나 해 주겠는가.

그때 회령에 국경인鞠景仁이란 토관土官이 있었다. 토관은 그 지역 절도사가 본바닥의 유력한 토착민을 추천해 임명한 특수 관직이었다. 국경인의 공식 관직 명칭은 토관진무土官鎭撫로, 진무는 천호千戶 이하의 지방·행정과 군사조직을 맡아 다스리는 직책이었다.

국경인이 보니 임화군과 순화군의 버르장머리가 과붓집 문고리를 빼들고 엿장수를 부르는 꼴이었다. 그렇다면 그들을 호위하고 따라온 자들[宰臣]이라도 잘 타이르고 주의를 주어 자중토록 해야 할 터인즉, 계집애가 오랍아 하니 사내새끼도 오랍아 한다고 덩달아 함께 깝죽거렸다.

국경인은 참을 수가 없었다. 갑옷 입은 군사 5천을 풀어 임해군과 순화군, 그들 여편네와 나인, 몸종, 그들을 호위하고 따라다닌 김귀영, 황정욱, 황혁, 그놈들 가솔까지 성을 지킨다는 명목으로 밖으로는 나가지 못하게 감금해 놓았다.*

* 宣祖修正實錄 26卷(1592, 壬辰) 7月 1日

그때, 기요마사는 요시무라 키츠자에몬吉村橘左衛門을 북청에, 고로시 시모쓰케小代下總를 이원利原에, 쿠키 시로베에九鬼四郎兵衛를 단천端川에 주둔시켰다. 잰 며느리가 초사흘 달 먼저 본다고, 시로베에란 놈은 그 경황에도 은을 30냥이나 채굴해 기요마사에게 보내 히데요시에게 진상까지 하게 했다.

기요마사는 북진을 계속하면서 마천령摩天嶺에서 함경 북병사 한극성韓克誠과 마주쳤으나, 단숨에 요절을 내고 곤도 시레에몬近藤四郎右衛門을 주둔시키고 회령으로 향했다.*

기요마사가 회령으로 쳐들어가니, 순변사 이영李瑛과 부사 문몽원文夢轅, 그리고 용맹하기로 소문난 고령 첨사 유경천柳擎天까지 모두 달아난 뒤였다. 왜놈들이 국경인의 안내를 받아 성안으로 들어가 보니, 웬걸 북관 사람으로는 보이지 않는 얼굴 반반한 연놈들이 딴 세상을 살고 있었다. 왜놈들 군대가 발기부전중에 걸린 장졸들이 아닐 터인즉, 그것도 눈에 삼삼, 귀에 쟁쟁, 향기 그윽한 조정 암컷들이 백모래밭에 금자라 걸음으로 오락가락하는지라, 꼬리를 치켜든 수탉처럼 달려들어 무지막지한 겁탈이 자행되었다.

국경인은 방탕한 행실로 노략질을 일삼고 수령들을 핍박해 크게 인심을 잃어* 원성이 높은 임해군과 순화군을 그 자리

---

* 함경남도의 북청(北靑)에 요시무라 키츠자에몬(吉村橘左衛門)을, 이원에 고로시 시모쓰케(小代下總)를 태수로 주둔시키고, 단천에 쿠키 시로베에(九鬼四郎兵衛)를 주둔시켰다. 이때 쿠키는 은산을 채굴하여 가토는 은 30냥을 히데요시에게 진상시키고 있다. 7월 중순, 가토는 함경북도 성진(城津)에서 함경북도 병사 한극성(韓克誠)을 부수고, 곤도 시레에몬(近藤四郎右衛門)을 주둔시켰으며, 이어서 회령(會寧)으로 향하여…… 기타지마 만지(北島万次), 앞의 책, p75

에서 꽁꽁 묶어 기요마사에게 넘겨 버렸다. 김귀영은 나이가 70이 넘어 정신마저 흐릿한 주제에 젊은 첩까지 달고 다녔다. 김귀영이 누구인가. 전조에 홍문관 부제학으로 있으면서 기생 언련이로 하여금 좌의정 심통원과 우의정 이명의 불알을 만지게 해 놓고, 성균관 유생들을 동원, 보우를 '요적'이라 하여 제주도로 귀양 보내 장살당하게 한 장본이었다.

하여간에 조선 최고의 원수인 가토 기요마사를 이 대목의 사서에서는 현인군자로 적고 있다. 한쪽에서는 기요마사 졸개들의 무차별 겁탈이 자행되는 가운데 기요마사가 성안으로 들어와 국경인에게 점잖은 말로 아니 "너희 국왕의 친아들과 조정 신하들을 그렇게까지 곤욕을 치르게 해도 되느냐?" 인품을 갖춘 선생님이 잘못을 저지른 제자 나무라듯 점잖게 나무란 뒤, 임해군과 순화군 손목을 풀어 주고, 후히 대접했다는 것이다.*

그것이 선무공작의 일환이었을까. 바로 그 뒤에 앞뒤 안 맞는 이야기가 따라붙어 있다. 왜놈 군졸이 김귀영의 젊은 첩 이씨를 겁탈하려 하자, '병풍을 세운 기둥에 목을 매 자결했단다.[卽就館中屛柱縊死]' 손목이 묶인 왕자들의 포승줄을 풀어 주고 후히 대접이 이루어진 마당에 어찌 겁탈을 하려 했다는 것이며, 설령 은장도라면 모르거니와 억센 왜놈 품에 안겨

---

* (임해군과 순화군이) 회령에 이르러 몇 달을 머물렀는데, 사나운 하인들을 풀어서 민간인에게서 노략질하고 수령들을 핍박하니 크게 인심을 잃었다. 연려실기술 제15권, 선조조 고사본말 북도(北道)의 함락과 정문부(鄭文孚)의 수복

* 宣祖修正實錄 26卷(1592, 壬辰) 7月 1日

이미 치마끈이 풀렸을 여린 여자가 어떻게 병풍을 세운 기둥에 목을 매 자결했다는 것인지, 눈으로 보지 못했으니 알 수는 없으나, 사서에는 국경인을 역도라고 적어 놓았다.* 이래서 동방삭이는 백짓장도 높다고 하였다.

기요마사는 함경도에서 조선을 지배한 것으로 처신했다. 고을 곳곳에 방을 써 붙였는데, 첫째, 일본군은 조선 국정을 개혁하러 왔다. 둘째, 우리의 행위를 이해하는 조선인은 안심을 보장한다. 셋째, 일본군은 장수를 파견해 팔도를 다스린다. 도리에 벗어나는 일은 결코 없을 것이다.*

말씀이 '빤드롬' 해서 그랬던지, 함경도 백성들은 가토 기요마사가 오기를 학수고대했다고, 히젠 나고야에 자빠져 있는 히데요시에게 보고서를 써서 보냈다.* 기요마사의 이 보고서를 믿어야 할지, 말아야 할지 이것 또한 골 때리는 일이 아닐 수 없다.

함경도는 왜적이 쳐들어오자 이미 조선 땅이 아니었다. '반민'이 일어나 강원도에서 경흥까지 5리 간격으로 말뚝을 박

---

* 宣祖修正實錄 26卷(1592, 壬辰) 7月 1日

* 함경도에 침입한 가토는 곧바로 함경도 백성들에게 방(榜)을 써서 붙였다. 그것은, ①도요토미 히데요시는 조선 국정의 개혁을 위해 군대를 파견했으나, 조선 국왕은 서울을 벗어나 버렸다. 그러나 우리는 조선 국왕을 처벌하지 않는다. ②우리의 행동을 이해하는 조선인에게는 마을에서 안주할 수 있도록 보장한다. ③일본군은 많은 장수들을 조선에 파견하여 다스리기로 했다.[朝鮮八道經略] 함경도는 가토 기요마사가 다스리며, 도리에 벗어나는 일은 없을 것이다. 조선의 농민은 속히 집으로 돌아가서 농경에 힘쓰라. 기타지마 만지(北島万次), 앞의 책, p77 〈1592년 6월 함경북도 백성 전 加藤淸正 榜文寫 '泰長院 文書' 再引用〉

* 가토는 "(함경도 백성)은 제가 오기를 학수고대했다고 합니다." (1592년 6월 24일 長束正家·增田長盛 전 加藤淸正 注進狀 '韓陣文書', 기타지마 만지(北島万次), 앞의 책, p80

고, '이덕형이 왕이 되고 김성일이 장수가 된다.'고 써 붙였다. 일본에 '항복하면 죽이지 않는다.'고 하여 병사 한극함韓克咸을 결박해 왜놈들에게 바치고 항복하는 사람들이 속출했다.*

이 어찌 불행한 일이 아닌가. 경성부 호장戶長 국세필鞠世弼이 경성 판관 이홍업李弘業을 잡아다 기요마사에게 넘겼고, 함경 병마사 한극함이 마천령에서 패해 야인 지역으로 달아났으나, 야인들이 받아들이기는커녕 되레 경원으로 내쫓아 북관 사람들에게 붙잡혀 기요마사에게 넘겨졌다. 명천·길주 백성들은 임해군 일행이 지나가는 곳마다 일일이 임해군이 지나갔다고 써 붙여 알려 주었고, 토병들이 관군[主將]을 죽이는 일이 다반사로 벌어졌다. 어찌 이것뿐이겠는가, 조선 사람들이 조선 관군을 잡아다 왜군에게 갖다 바친 일이 하루가 멀다 하고 일어났다.*

오호 통재라! 왜 이런 일이 벌어졌는가. 하삼도 사람들이 나라 일을 한답시고 저희들끼리 짜고 다 해먹으면서 타 지역 사람들의 중앙 진출을 막아 조정에 대한 뿌리 깊은 불신과 반감이 응어리져 있기 때문이었다.* 그 응어리가 왜놈들이 쳐들어오자 한꺼번에 터진 이것이 반정부적 지역감정이라

---

* 함경남북도에 반민(叛民)이 크게 일어나 강원도에서부터 경흥에 이르기까지 5리마다 말뚝 하나씩을 세우고, "이덕형이 왕이 되고 김성일이 장수가 된다."고 써 붙였다. 이 까닭에 인심이 흉흉하고 겁을 내어 다 말하기를, "항복하면 반드시 죽이지는 않는다." 하고 병사 한극함 등을 결박하고 적에게 항복하였다. 〈기재잡기〉연려실기술 제15권, 선조조 고사본말, 북도(北道)의 함락과 정문부(鄭文孚)의 수복

* 宣祖修正實錄 26卷(1592, 壬辰) 7月 1日

할 수 있었다.

이렇게 함경도가 등을 돌린 가운데, 기요마사는 안변에서 압록강 상류 육진에 이르기까지 수하 장수들을 각 고을에 배치시키고 두만강을 건너 노토[老土部落]로 들어가 야인들과 맞닥뜨렸다. 한데 일본이 군대를 일으킨 것은 조선과 명나라를 겨냥한 것이지, 나라도 뭣도 없는 노토 야인들을 겨냥한 전쟁이 아니었다.

기요마사는 곧 두만강을 건너 온성·경원·경흥을 거쳐 경성으로 돌아왔다. 다시 북청으로 들어가 풍산을 거쳐 갑산·삼수까지 내려갔는데, 압록강 남쪽 무창·여연·우예·자성 고을이 앞에 고古자가 붙어 이미 야인들 땅이 된 지 오래였다.

"쯔쯔쯧, 병신 같은 새끼들!"

삼수 서쪽 땅을 야인들에게 빼앗긴 것을 알게 된 기요마사는 도로 함흥으로 올라갔다.

이몽학李夢鶴은 마전교[馬前橋; 馬廛橋]에서 가까운 벌우물골[伐井洞]에서 태어났다. 그의 어머니가 꿈에 학을 보고 낳았대서 이름을 몽학이라 했다. 아버지는 일찍 세상을 떠났고, 숙부 이익李杙 밑에서 유년을 보냈다. 이몽학의 숙부 이익은 이

---

* 조선 시대에 평안도·함경도 출신은 그 지방에서 양반이라고 자처하는 자들마저도, 사실상 삼남(三南) 지방(충청·전라·경상도)의 양반 문벌 출신들이 꽉 잡고 있는 관직에 등용된다는 것은, 극히 제한되어 있었다. 기타지마 만지(北島万次), 앞의 책, p84 〈김형석, 조선봉건시대 농민의 계급구성 158쪽 再引用〉
* 宣祖實錄 77卷(1596, 丙申) 7月 27日

괄李适의 아버지였다.* 어렸을 적에 어머니를 따라 충청도 비홍산飛鴻山 아래 홍산鴻山으로 옮겨가 살았다. 그는 왕실 서자로서 혈통으로 따지면 국왕인 선조와 하나도 다를 것이 없는 종실 후손이었다.

체격이 크고 용맹스러웠으며 총명한 아이로 자랐다.* 철이 들 나이에 홍산에서 금천金川 내를 건너 덕림산德林山 자락에 있는 서당으로 스승을 찾아가 글을 배웠다. 눈이 오나 비가 오나 아침 일찍 서당으로 달려온 부지런함까지 보였다.

금천은 비홍산과 거차산居次山에서 내려온 물이 미조천彌造川에서 합수를 이뤄 구랑포九浪浦로 흘러 백마강으로 나가는데, 장마철이면 역류로 물이 바다처럼 넘쳐 배 없이는 건널 수 없는 상습 침수 지역이었다. 도대체 바다나 다름없이 잠긴 물을 어떻게 건너오는지, 한 번도 서당을 빠지거나 지각을 한 적이 없었다. 훈장님은 하도 신기해 들판에 망망하게 잠긴 물을 어떻게 건너는지 보려고 하루는 뒤를 따라가 본 적이 있었다. 놈이 물가에 이르더니 바짝 마른 메밀대 두 묶음을 양 옆구리에 끼고 헤엄쳐 물을 건너는 것을 보았다.

'저리 영민한 아이를 내가 무엇을 더 가르치겠는가.'

훈장님은 다른 스승을 찾아 지도를 받으라 하고 서당을 파했다. 그리고 임진년에 왜란이 터졌다. 바다를 건너 내륙으로 올라온 왜놈들이 현군장구懸軍長驅 전국을 휘젓는데, 조정

---

*글을 배우러 다니는데, 이 이몽학이라는 자가 어찌나 총명한지 한 자를 알려 주면 열 자를 알 정도로 총명했대요. 姜賢模, 李夢鶴 說話의 研究, 韓國學論集(第13輯), p89

은 속수무책이었다. 이몽학은 선조가 그렇게 무능한 인간인 줄 몰랐다. 저나 나나 엎어 놔도 서손이고 뒤집어 놔도 서손이다. 쥐뿔이나 아무것도 내놓을 것 없는 연[昖; 宣祖]이란 놈이 어쩌다 세손이 끊긴 왕실의 인순왕후 눈에 들어 왕의 자리를 꿰찬 것은 누가 보아도 미꾸라지가 용이 된 것인데, 이 놈이 왕의 자리를 움집 떡 광주리 취급한다고 생각했다. 용상에 오르더니 유생들에게 빙글빙글 휘둘려 왜놈 하나를 못 막아 내고 선왕들이 정성들여 가꾸어 온 200년의 태묘太廟를 불타게 했을 뿐 아니라 경복궁·창덕궁·창경궁·왕실의 심장을 잿더미로 만들었다.

선조만 생각하면 울화가 치밀어 머릿골이 들쑤셨다. 하나 발등에 불부터 끄자 싶어 의혈 장정들을 모았다. 홍산에는 한씨, 임씨, 김씨 성이 많았다. 하지만 왜적이 한양을 점령해 버리니 난국에 뜻을 같이하겠다는 장정들이 없었다. 그는 정여립이 '대동'이란 명분으로 조정을 뒤엎자 하여 사람을 모았듯, 나이가 같은 동갑내기들을 찾아가 설득해 '동갑계'를 만들었다. 홍산을 중심으로 비인庇仁·남포藍浦·청양靑陽·정산定山·부여夫餘·임천林川·한산韓山·서천舒川 등에서 100여 동갑장이를 모아 비홍산 자락에서 훈련에 들어갔다. 다행히 왜적이 홍산을 비켜 한양을 거쳐 어가를 따라 평양으로 가는 바람에 뜻을 같이한 이몽학의 의병은 점차 탄력을 받기 시작했다.

1592년 6월 스무이튿날 행재소가 의주에 도착했다.

열매 될 꽃 첫 삼월에 알아본다고, 선조가 야반도주할 때, 입 달린 사람이면 이놈의 나라는 다시 일어서지 못할 것이라 했다. 머리에 먹물이 들어 벼슬자리를 꿰차고 호의호식했던 자들도 조선이 망하는지 안 망하는지 눈 빼기 내기를 맺자고 했다.

자, 봐라. 수찬 임몽정任蒙正은 선조가 돈의문을 나서기 하루 앞질러 도망갔고, 정언 정사신鄭士信은 반송정까지 따라갔다가 달아났다. 지평 남근南瑾은 연서까지 왔다가 달아났고, 별로 중요하달 직책이 아닌 관리[郎署]들과 말단 창고지기들마저 제멋대로 흩어져 버렸다.

원래 인간은 사슴, 쥐, 소, 맴생이, 여우, 토끼, 그런 짐승들과 다르게 태어났다. 인간이 소와 다르고, 사슴과 다르고, 토끼와 다른 것은 말을 할 줄 알고, 문자도 읽을 줄 알며, 의사를 고상하게 소통하고, 효도도 알고, 나라를 위하고 지킬 줄 알기 때문이다.

행재소가 평양에 이르니, 대사성 임국로任國老는 어미가 병이 났다고 쪽지를 남기고 달아났고, 한림 조존세趙存世 · 김선여金善餘, 주서 임취정任就正 · 박정현朴鼎賢, 선전관 성우길成佑吉은 안주에 당도하기 전에 쥐도 새도 모르게 새 버렸다. 헌납 이정신李廷臣은 평양까지 따라와 부모를 뵈러 간다며 달아났고, 판서 한준韓準은 낙상했다는 핑계를 대고 양덕으로 도망가, 하는 소리가 이제 대가가 요동으로 건너갈 테니 가망이 없다는 소문을 퍼뜨렸다.

순찰사 홍여순洪汝諄, 병조좌랑 김의원金義元, 조개껍데기처럼 비슷비슷한 자들이 한준의 말을 듣자 주막집 강아지 내닫듯 달아났고, 승지 민준閔濬, 참판 윤우신尹又新은 정주까지 따라갔다가 뭣 빠진 놈 도망치듯 흔적도 없이 사라져 버렸다. 그래서 선조를 따라 의주까지 온 조정 신료라는 작자들이 열 명 남짓이었다.* 사슴, 쥐, 소, 맴생이, 여우, 토끼들 무리 속으로 호랑이가 뛰어드니, 저만 살겠다고 사방팔방으로 뛰어 달아나는 것과 무엇이 다른가.

유가들이 출사를 하면 입술에 붙이고 사는 것이 군신유의였다. 태평성대라고 주둥이를 나불거릴 때는 '군신유의'가 조선 땅덩어리를 덮고도 남았다. 한데 왜놈들이 조총을 겨누고 들어오니, 선조 곁에 그 잘난 군신유의가 열 명 안팎이었다. 이것이 조선을 움직여 온 실세들의 모습이었다.

이 꼴이 된 게 누구의 잘못인가. 조정이 그 모양이니 경상 관찰사 김수는 패전을 거듭해 수하에 군졸이란 것이 없었다. 왜적이 쳐들어오지 않았던 전라 관찰사 이광은 암하노불이었다. 활을 든다든가 낫을 든다든가 하다못해 쇠스랑이라도 들고 뭘 어떻게 해보겠다는 생각은 하지 않고, 태생이 입술만 움직이는 겁쟁이로 초상집이나 다를 바 없는 행재소에 대고 내가 무엇을 어떻게 했으면 좋겠느냐고 물어 왔다.*

---

* 宣祖實錄 27卷(1592, 壬辰) 6月 21日
* 宣祖實錄 27卷(1592, 壬辰) 6月 21日

네미랄! 숭례문 밖 까리 갈개발이 의주까지 도망쳤더라도 부하 열 명은 더 따라왔을 것이다. 그래도 의주 목사 황진이 판관 권탁權晫과 관비들을 불러 수라간을 만들어 탈출하시느라 애쓰신 선조와 행재소 신료들이 입에 풀칠을 할 수 있게 조처한 것까지는 좋았다. 한데 땔나무가 없고, 말을 먹일 풀이 없어서 문제가 되었다.*

사태가 여기에 이르니 선조의 허겁지겁이 허둥지둥으로 바뀌었다. 야! 의주가 안전한 곳이라더니, 이거 안 되겠다. 요동으로 가자! 요동은 한양을 떠나면서부터 도망갈 곳으로 찍어 둔 구멍이었다. 명나라가 무슨 대원본존 지장보살이 황제로 계신 곳도 아닐 터인즉, 제 나라 백성 총칼 맞아 모두 꼬꾸라져 죽게 만들어 놓고 도망쳐 온 놈을 '하이고 수고하고 무거운 짐 진 자들아 어서 오너라.' 그럴 줄 안 모양이었다. 입바른 이덕형의 입이 그랬을까, 유성룡의 입이 그랬을까, 명나라에서 압록강을 건너오라고 허락이나 해 줄지 모르겠다는 말을 들이대니, 명나라가 천국이요, 어버이 국가요, 상전의 나라로 섬겨 왔던 선조의 얼굴이 대번 땡감 씹은 몰골이었다.

과연 이자가 임금이 맞는가. 25년이나 왕의 자리에 앉아 있고서도 아직 나라가 뭔 줄 몰랐다. 아무리 생각해도 의주는 목숨을 담보할 장소가 아니라는 생각뿐이어서, 의주 말고 "다른 곳으로 갈 터이니 어서 결론을 내라."고 몇 명 되지도

---

* 宣祖實錄 27卷(1592, 壬辰) 6月 22日

않는 신하들을 다그쳤다. 글쎄 다른 곳 어디로 가자는 것인가. 나라도 없는 오랑캐 지역 만주로 가자는 말인가.

이럴 때 필요한 것이 임기응변이었다. 지금 비빈妃嬪께서 뒤떨어져 따라오고 계시므로 다른 곳으로 갈 수도 없거니와 요동이나 만주 사람들은 무식하고, 옷 모습도 다르고, 말씨도 순 상말로 무례하게 덤비고, 비웃고 업신여기면 어찌할 것이냐고 들이미니, 상말로 선조의 얼굴이 '씹주그리' 해졌다. 씹주그리해진 선조의 얼굴에다 대고 요동으로 간다고 해도 놈들의 풍토가 '되놈'과 한 종자라 밀가루 떡이나 부쳐 먹고, 돼지감자만 먹는 놈들인데, 어찌할 것이냐고 하니 비로소 조용해졌다.*

이 사람이 선조다. 이런 것을 고상한 말로 고립무원孤立無援이라 한다던가. 유식한 말로 이것이 나라 없는 설움이었다. 그래도 이까짓 나라 같은 것 없어도 된다는 무리가 있었으니, 돈 많고 이재에 밝은 자들이 그랬고, 나머지는 아주 무식해 두더지처럼 땅이나 파는 천민들이 그랬다. 전쟁이라고 해봐야 돈 많고 저만 아는 놈들은 다른 나라로 튀면 그만이지만, 두더지처럼 땅이나 파는 천민들은 어차피 개 취급을 당해 왔으니, 어느 놈이 다스리던 본전이라는 생각이었다.

문제는 적당하게 유식해 간에 붙었다 쓸개에 붙었다 돌이질을 잘하는 이놈들이 문제였다. 조선이 없어지면 이놈들은 칼 팔아 소 사듯 얼른 왜놈한테 붙으면 그만이었다. 제 목숨

---

* 宣祖實錄 27卷(1592, 壬辰) 6月 24日

살아나는 구멍은 빠꿈이처럼 밝아 낮에는 올빼미요, 밤에는 솔개였다. 저보다 힘이 약하다 싶으면 꽉 밟아 버리고, 힘이 세다 싶으면 등창도 빨아 주고 치질도 핥아 준다. 아마 이놈들 후손이 반민족 세력으로 딱지가 붙은 놈들이지 싶은데, 어차피 나라라는 것이 맨날 이래라 저래라 뜯어만 가려고 하니, 만일 왜놈들 나라가 들어서서 골목골목 점방을 사들여 장사를 하건 말건, 돈놀이로 고리채를 뜯건 말건, 멋대로 내버려만 둔다면 훨씬 더 좋은 나라라고 생각했다. 사람이 돈을 모으자면 어차피 상대편의 손해가 불가피한 구조로 되어 있다. 저놈이 속이 쓰린 손해를 보아야 나한테 이익이 돌아온다. 생존경쟁이 바로 그런 것이다. 그래야 내가 잘나 많이 가진 내가 있고, 저 못나 아무것도 못 가진 저놈이 있는 것이 나라다. 그것이 자연의 법칙이다. 누가 감히 불평등 어쩌고 고약스런 말을 하느냐? 상전과 종놈이 영원히 존속되어야 사는 맛이 나는 법이고, 그래야만 사회가 안정된다고 철석처럼 믿는 부류들은 조선이라는 나라 이까짓 것 없어져도 눈 하나 까딱하지 않았다.

이것이 작간作奸이란 거다. 이자들은 선조가 다스리는 나라나 왜놈들이 다스리는 나라나 평 그것이 그것이었다. 조국이 어떻고 이웃이 어떻고 그런 소리는 개가 짖는 소리 같았다. 까놓고 말해서 돈만 잘 벌게 해 주면 왜놈들 나라가 훨씬 더 좋은 나라다. 이런 작태가 어디서 왔는가. 선조와 조선의 유생들이 아두阿斗처럼 어리석어 그렇게 만들어졌다. 아두가

누구인가. 현웅으로 알려진 촉한의 황제 유비劉備의 아들 유
선劉禪의 어릴 적 이름이다. 이 자식은 아비가 죽은 뒤 자리
를 이었으나, 워낙 무능하고 멍청해 제갈량이 어떻게든 붙잡
고 일으켜 세워 보려고 온 힘을 기울였으나, 끝내 나라를 말
아먹고 말았던 것이다.

어찌 됐건 신하들이 선조께 이르기를, 왜 필부와 같은 행을
하려 하느냐는 소리를 서슴지 않았다. 거기까지는 좋았다. 한
데 그 나물에 그 밥이라고 떡 줄 사람은 끄떡도 않는데, 신료
라는 자들이, 명나라 병사가 올 터이니 명나라 군사를 향도할
관군을 과거를 보여 뽑자는 것이었다. 군사를 보내 달라고 명
나라와 협상도 해 보지 않은 마당에, 내참! 도망 다니는 행재
소에서 과거를 보아 향도를 뽑는다? 곧 죽어도 장죽 두드린다
고, 이 사람들 번지수가 기특하다 하지 않을 수 없었다.

이자들은 선조를 둘러싸고 꿈을 꾸듯 의주에 잠시 머물고
있다가 형세가 좋아지면 압록강을 타고 벽동으로 내려가 강
계로 해서 설한령薛罕嶺을 넘어 함흥으로 가자고, 달래고 얼
렀다.*

그랬으면 '망명' 문제가 다시 입 밖에 나오면 안 된다. 함
에도 미련이 담벼락을 뚫는다고 선조께서 망명 문제를 다시
타진해 보라 했다. 아니나 다를까 명나라 조정[內附]에 망명하
겠다는 의견을 전달하니 답변[咨文]이 왔는데, 압록강 건너 만

---

* 宣祖實錄 27卷(1592, 壬辰) 6月 24日
* 宣祖實錄 27卷(1592, 壬辰) 6月 26日

주 관전보寬奠堡가 비었으니 그리로 가라는 것이었다. 그래서 선조가 압록강을 건널 생각을 접었다.* 어찌 됐건 선조가 의주에 머문 것은 다행스러운 일이나, 유가들의 사대가 뼛속까지 깊어져 그래도 명나라에 손을 벌리자는 소리뿐이었다. 그 귀에 개혁이라니 염병에 보리죽 같은 소리 아니겠는가.

윤두수의 제의로 명 황제에게 왜놈들의 조선 침략 사실이 알려졌다. 명황제가 요동과 산동을 방어하라는 지시를 내렸다. 함에도 명나라는 조선이 왜놈들과 한통속으로 수작을 부린다는 생각을 버리지 않았다. 행재소에서는 그런 분위기를 파악도 못하고 명나라에 군사를 청원하자는 의견과, 명나라 군사가 들어와 봐야 별 볼일 없다는 의견이 팽팽하게 맞서 지지부진 날짜만 보냈다. 그래도 유키나가의 움직임은 명석 구멍에 생쥐 눈이라, 놈이 움직인다는 소문이 퍼지니 부랴부랴 정곤수鄭崑壽를 명나라로 보내고, 이덕형을 청원사請援使로 임명, 요동으로 파견했다.*

문제는 명나라가 꼼짝도 하지 않았다. 왜냐하면 조선이란 나라가 불과 며칠 사이에 장마에 토담 무너지듯 어찌 의주까지 쫓겨났느냐고 고개를 갸우뚱했다. 돌림병에 까마귀 울음이라고 '일본 놈 앞잡이가 된 가짜 조선 왕이 요동으로 향하고 있다.' 는 소문까지 돌아 아예 귀조차 기울이지 않았다.*

---

* 조정은 논란 끝에 정곤수(鄭崑壽)를 먼저 보내고 곧이어 이덕형도 청원사(請援使)로 임명하여 요동으로 파견하였다. 한명기의 -420 임진왜란 ⑮, 앞의 신문, 2012. 4. 28

* 명에서는 '조선이 일본군의 앞잡이가 되고 가짜 조선왕이 요동으로 향하고 있다.' 는 등의 소문이 힘을 얻고 있었다. 한명기의 -420 임진왜란 ⑮, 앞의 신문, 2012. 4. 28

명나라 병부상서 석성石星은 요동도사遼東都司에게 지시해 최세신崔世臣과 임세록林世祿을 정탐꾼으로 보내 사실을 검증하라는 지시를 내렸다. 전에 조선에 와서 선조의 얼굴을 본 적이 있는 송국신宋國臣을 들여보내 진짜 선조가 맞는지 직접 낯바닥을 확인하라고 의주로 보냈다.*

답답한 자들만 쥐처럼 모여 시간을 끌던 끝에 우여곡절, 명나라 군사가 움직이기 시작했다. 명나라의 첫 번째 전략은 왜군이 압록강을 넘어오지 못하게 하는 데 있었다. 두 번째 전략은 조선군이 조선 땅에서 왜군을 물리치게 한다는 이이제이의 전법이었고, 세 번째 전략은 만일 이 전법이 여의치 않을 때는 협상을 통해 전라·경상·충청 하삼도를 일본에 떼어 주고, 나머지 북쪽은 명나라에 통합시킨다는 전략이었다. 이쯤 되면 구구한 변명이 필요 없다. 조선은 망했다고 봐야 한다.

* 명은 또한 서울이 너무 쉽게 함락되었던 사실에 대해서도 의심을 품었던 터라 선조의 파천 사실과 원조 요청을 쉽게 받아들일 수 없었다. 급기야 명의 병부상서 석성(石星)은 1592년 6월 요동도사(遼東都司)에 지시하여 조선에 정탐꾼을 들여보낸다. 최세신(崔世臣)과 임세록(林世祿)이 그들이었다. 두 사람은 일본군의 실정을 살피는 한편, 조선의 보고 내용이 사실인지를 검증하는 임무를 맡고 있었다. 명 조정은 이어 과거 조선에 왔던 적이 있는 송국신(宋國臣)이란 인물을 들여보내 선조의 얼굴을 직접 확인하는 작업까지 벌인다. 그가 대동했던 화가는 선조의 화상을 몰래 그려 명으로 가져간다. 한명기의 -420 임진왜란 ⑮, 앞의 신문, 2012. 4. 28

본도에 고승 휴정이 있다

1592년 7월, 윤두수가 '고승 휴정이 본도에 있다.' 는 말을
했다. 선조의 귀가 번뜩했다. 정여립 옥사로 잡아들였다가
하마터면 조선왕조 옥새를 넘겨줄 뻔한 그 사람이었다. 졸지
에 나라가 불가로 넘어갈 아찔했던 일이 머리에 떠올랐다.

숙장문 앞 친국장, 임금이 보는 앞임에도 위관이 한마디 물
으면, 정연하게 논리가 선 답변을 내놓는데, 기상이 조금도
수그러들지 않는 장부의 장대한 모습 앞에, 그야말로 정철은
새끼 곰으로 보였다. 휴정은 정여립의 모역이 부당한 권력에
제압당한 옥사라는 뜻을 굽히지 않았다. 정치가 위기에 빠지
면 그 체제는 이미 사장된 것이라는 논리로 유가의 정치이념
이 노화되었음을 역설했다. 그래서 개혁을 해야 한다는 것이
었는데, 개혁도 처음부터 나라를 다시 세운다는 각오로 싹
뜯어고치지 않으면 안 된다는 말을 거침없이 내뱉었다. 그렇

게 못하겠으면 차제에 친히 정치 구조를 바꾸겠다는 것이었다. 불가에서는 공空을 추구하므로, 공의 사상으로 나라를 다스리면 주체의 행위가 없으니 누가 소유하는 것으로 볼 수 없어서 공명정대한 통치가 이루어진다는 것. 여러 말 할 것 없다. 불가는 유가들처럼 나랏돈을 개인 호주머니에 쓸어 넣는 그런 일은 없을 것이라 했다. 왜 그러하느냐, 활동이 쉬지 않으면서도 활동하는 것이 없으므로 만인의 소유, 만인의 자비가 바탕이 되는 '무의무애無疑無愛'가 바로 그것이라는 답변이었다.

정치에 있어서 권력의 속성을 배제하기 쉽지 않은 불가 쪽 이념은 텅 비어 있으면서 활동하고 활동하면서 비어 있기 때문에 근본적으로 차별이 없고 본질적으로 깨끗하다는 것, 그것이야말로 참으로 있어야 할 것을 있게 하는 온전한 가치이므로, 오래 머물러도 소멸되지 않고 오래 놔두어도 침전되지 않아 밝고 깨끗한 세상이 된다는 논리였다.

그 말을 직언하면, 정권을 내놔라 우리 불가가 인수하겠다, 그런 말이었다. 그래서 승군을 모았느냐고 했더니, 한 발 더 나가 승군을 강군으로 훈련시켰다는 것이었다. 그 말은 겁박이었고 사실로 드러났다.

두 번째 만나서, 좀 도와 달라는 말을 하니, 끝내 대답은 하지 않았으나 묵죽 한 폭을 그려 건네니 '산승이 향을 사르는 산사에 가을 소리로 잎잎에 매달렸다.'는 그의 응답[答詩]은 그야말로 깨끗한 성품을 여과 없이 드러낸, 천생 수행자의 그것이었다. 그만한 인품에 그만한 장부의 기개를 가진 사람이니, 지금 나라가 이리 어려운 지경을 이야기하면 어찌 묵묵부답으로 꽁무니야 빼겠는가?

선조는 그 자리에서 명을 내렸다.

"묘향산 휴정을 행재소로 모셔라!"

그래서 발 빠른 말을 탄 관아의 군관이 묘향산으로 달려갔다.*

묘향산 꼭대기 능인암, 휴정은 산문 출입을 끊고 언기에게 화엄경을 가르치고 있었다.

"모르는 것이 있으면 물어라."

"예!"

언기가 읽는 대목을 보니, 세주묘엄품世主妙嚴品 가애락광명천왕可愛樂光明天王 게송이었다. 유가의 여씨춘추呂氏春秋는 하늘이 구야九野로* 나뉘어졌다고 적고 있다. 하나 팔십화엄八十華嚴에서는 우주의 삼라만상이 훤히 트여 막힘이 없다는 것인데, 그런 내용을 언기가 별 어려움 없이 소화해 내고 있었다.

가애락광명천왕 게송은 바가바가 불가사의한 위력[威神力]

---

* ①당시 佛敎界의 領導者였던 妙香山普賢寺의 西山大師 休靜이 宣祖의 招致를 받고 老軀를 몰아 義州 行在所로 달렸던 것은 바로 이때의 일이었다. 安啓賢, 韓國佛敎思想史硏究, [附編] 朝鮮前期의 僧軍, 東國大學校出版部, 1983, p335 ②壬辰ノ大役俄然トッテ起リ, 宣祖平安道ニ蒙塵ツ, 義州龍灣ニ至リ, 一日忽チ西山大師 ヲ憶起ッ, 召ッテ懇ニ國難ニ當リ力ヲ致スベキヲ告グ. 高橋亨, 朝鮮思想史大系 第一 朝鮮佛敎, (株)寶文館 昭和四年, p372

* 中央-鈞天, 東-蒼天, 東北-變天, 北-玄天, 西北-幽天, 西-顥天, 西南-朱天 南-炎天, 東南-陽天

으로 욕망이 끊어지긴 했으나, 아직 빛을 비추는 힘이 미약한 경지[少廣天], 대중의 몸에서 빛이 방사되어 헤아릴 수 없이 퍼져 나가는 경지[無量光天], 대중이 입으로 빛을 내면 음성으로 변하는 경지[極光淨天], 이 세 경지의 대중을 돌아보고 읊은 게송이었다.

깨달음이란 형상이 없으므로 더럽다고 하는 그 자체를 떠나 있으면서, 그러지 못한 생명 있는 것들을 가엾고 안타깝게 여긴다. 그들이 사랑을 필요로 하면 그들의 땅으로 가 깊고 그윽한 사랑으로 머문다. 욕망의 끈을 놓지 못해 생겨난 그들 세상의 근심 걱정을 깔끔하게 없애는 행동을 보여 주는 그것이 묘광천왕 해탈이었다.*

휴정이 가만히 염念을 해 보니, 땅이란 필요로 한 모든 것을 갖추고 있는 현상의 존재였다. 왜 그러하냐? 그 속에 무수한 생명의 꿈틀거림이 그것을 입증하고 있었다. 이렇게도 저렇게도 갖가지 생명들이 꿈틀대는 경계를 축소하고 축소해 들어가면 여러 개의 나라가 된다. 눈에 보이는 나라에서 눈에 보이지 않는 나라까지 불가설 불가설 나라들이 있다. 조선도 그 속에 있는 하나의 나라로, 문득 백성들이 고통스러운 처지에 놓여 힘들어하고 있음이 작금의 현실이었다. 조선을 이런 처지에 놓이게 한 것은 바다 건너 왜군이 쳐들어와 전쟁의 먹구름으로 덮어, 보이느니 우는 모습이요, 들리느니

---

* 佛身無相離衆垢 恒住慈悲哀愍地 世間憂患悉使除 此是妙光之解脫. 大藏經 第10卷, 華嚴部下, p7

아우성이었다.

마음이 어두웠다. 으흠! 으흠! 두어 번 잔기침을 하고 암자 밖으로 내려가 먼 하늘을 바라보고 서 있는데, 묘향산 승군 총섭 장곡이 동달이에 전복을 걸친 낯선 군관을 데리고 올라왔다.

"의주에서 대사님을 모시러 오셨다 하옵니다."

다소곳이 합장으로 건넨 장곡의 말에 군관이 허리를 굽혔다. 나를? 하는 시선으로 군관을 바라보니 한 발 앞으로 다가섰다.

"전하께서 급히 모시라 하셨사옵니다."

"전하라 했소?"

"예—!"

환도를 찬 군관이 전립이 얹힌 머리를 숙였다.

"흐음…… 알았네."

휴정은 암자로 들어가 장곡에게 산길을 올라온 군관에게 차 대접을 하게 하고, 선실로 들어가니 언기가 장삼을 받쳐 들고 서 있었다.

"읽다가 모르는 것이 있거든 표시해 두었다 내가 돌아오면 물어라."

화엄경을 열심히 읽고 기다리라는 당부였다.

"예! 그리하겠사옵니다."

휴정은 곧 군관을 앞세워 보현사로 내려갔다. 그리고 산 입구 객사에서 세마를 내 의주로 향했다.

말 위의 공명은 한가롭지 않는 법
지나간 사십 년에 얼굴만 핼쑥하구나
고향 만 리 가을 하늘은 깊어 가건만
청산 사이로 지는 해 아득히 멀어지는구나

馬上功名不得閑
年來四十已衰顔
故鄕萬里秋天遠
一髮靑山落照間 —寄邊帥

　의주에 당도해 보니, 보잘것없는 변경 요새가 행재소로 되어 있었다. 우의정 윤두수의 안내를 받아 안으로 들어가니, 고을 일을 챙기며 변경 업무를 관장했을 목사 자리에 선조가 융복을 입고 앉아 있었다. 위세 드높고 화려 장엄한 궁궐에서 만났을 때도, 휴정의 눈에는 선조가 자기의 뜻이 이루어진 것보다 자기의 일이 이루어진 것을 더 기꺼워할* 작은 위인으로 비쳐졌음을 상기해 내고, 내심 안타까움을 감추지 못했다. 아쉽게도 군자적 풍모가 대단히 모자란다고 생각했는데, 융복을 입고 변경 관아에 앉아 있는 모습은 참으로 딱하기 그지없는 몰골이었다. 어찌 이런 사람이 가엾고 불쌍한 백성들을 깊은 사랑으로 감싸 티끌만한 근심까지 죄다 쓸어 편안하게 해 줄 지용智用을 갖춘 군왕이겠는가!

---

* 君子樂得其志 小人樂得其事. 上略

휴정이 선조를 마주 보고 자리에 앉자, 얼마나 급했던지 앞소리 싹 빼고 곧바로 물어 왔다.

"나라의 형편이 이리되었소. 국난을 타개할 대책이 없겠소?"*

휴정은 언기가 읽던 가애락광명천왕 게송이 머리를 스쳐 지나갔다. 사랑을 필요로 하면 그들 땅으로 가 그윽한 사랑으로 머문다…….

그렇게 하려면 어떻게 해야 하는가. 나라의 안위가 선행되어야 한다. 나라의 안위란 백성들에게 생명의 위협을 없애 주고, 그들의 근심과 걱정을 덜어 그들이 필요로 하는 사랑을 주어야 한다. 지금 조선은 그것을 필요로 한 절박한 나라였다. 땅은 나라다. 나라라면 어찌 은혜가 없겠는가.

참선하는 사람은 네 가지 은혜를 돌아보아야 한다. 즉, 부모, 나라, 스승, 시주…….* 사문에게 시주는 백성이니, 부모와 스승과 한 덩어리를 이뤄 나라가 된다. 사람 목숨이 잠시 들이쉬고 내쉬는 숨 사이에 있다 하거늘, 이 세상에 나와 부처와 조사를 만났다 함이 무엇인가.

"알겠습니다."

휴정도 구차한 소리 싹 빼고 대답했다.

"국내의 사문 가운데 늙고 병이 있는 사람은 그들이 머문 사찰에서 향을 사르고, 나라를 위해 호국인왕[仁王護國般若波羅

* 世亂如此 爾可弘濟也. 李廷龜, 月沙集 卷45, 西山淸虛堂休靜大師碑銘
* 大抵參禪者 還知四恩 深厚廋, 四恩者 父母君師施主恩也. 禪家龜鑑

蜜經]의 계송으로 기원하게 하고, 소승이 젊은 사람들을 통솔해 전쟁터로 나가 충절을 다하도록 하겠습니다."*

말씨가 뚜렷했고 태도가 분명했다.

"고맙소!"

선조는 귀가 번쩍 뜨였다.

"고맙소!"

급하기는 급했던 듯, 고맙다는 말을 두 번이나 되풀이하면서 가까이 앉으라 하더니 손을 꼭 잡았다.

"승통을 설치할 테니 나라를 구해 주시오."*

그 자리에서 '팔도십육종선교도총섭八道十六宗禪敎都摠攝' 직첩을 내리고, 방백들을 불러 우대해 예의를 갖추게 했다.*

휴정은 곧 묘향산으로 돌아와 사사들을 불러 전국 산문에 격문을 띄웠다.

아, 하늘의 길이 막히도다. 조국의 운명이 위태롭도다. 극악무도한 적도賊徒가 하늘의 이치를 거슬러 함선 수천 척으로 바다를 건너오니, 그 독기毒氣가 조선 천지에 가득한지라. 삼경三京이 함락되고 우리 선조들이 누천년 이룬 바가 산산이 무너지도다. 저 바다의 악

---

*國內緇徒之老病 不任行伍者 臣令在地焚修 以祈神助 其餘 臣皆統率 悉赴軍前 以效忠赤. 李廷龜, 月沙集 卷45, 西山淸虛堂休靜大師碑銘

*휴정은 묘향산 보현사(普賢寺; 평안북도 영변 부근에 있다)의 승통(僧統; 僧軍을 통솔하는 자)이며 그가 배출한 뛰어난 제자들이 조선 팔도의 사원(寺院)에 산재해 있다. 1592년 7월, 휴정은 의주의 행재소로 와서 승군을 통솔하여 국왕에 대한 충절을 다할 것을 다짐했다. 도요토미 히데요시의 조선 침략, 기타지마 만지(北島万次), 앞의 책, p98

*諭方伯禮遇之. 李廷龜, 月沙集 卷45, 西山淸虛堂休靜大師碑銘

귀들이 우리 조국을 무참히 짓밟고 무고한 백성들을 학살하는 광란을 벌이나니, 이 어찌 사람의 할 짓이랴? 살기가 서린 저 악귀들은 독사 금수와 다를 바 없도다.

조선의 승병들이여!

깃발을 치켜들고 일어서시오! 그대들 어느 누가 이 땅에서 삶을 이어받지 아니 하였소? 그대들 어느 누가 선조들의 피를 이어받지 아니하였소? 의義를 위해 나를 희생하는 바, 또 모든 중생을 대신하여 고통을 받는 바가 곧 보살이 할 바요 나아갈 길이라. 일찍이 원광법사께서 임전무퇴臨戰無退라 이르시니, 무릇 나라를 지키고 백성을 구함은 불법佛法을 따른 우리 조상들이 대대손손 받들어 온 전통이오.

조선의 승병들이여!

우리 백성이 살아남을지 아니할지, 우리 조국이 남아 있을지 아니할지, 그 모두가 이 싸움에 달려 있소. 목숨을 걸고 우리 조국과 백성을 지키는 일은 단군의 피가 혈관에 흐르는 한 누구나 마땅히 해야 할 바라. 이 땅의 나무와 풀마저 일어나 싸워야 할 터, 하물며 붉은 피를 지닌 이 땅의 백성이야 새삼 무슨 말을 하리오? 또한 세상을 구하는 제세濟世가 바로 불법佛法이 아니리까? 백성들이 적도의 창칼에 죽임을 당하고 그 피가 조국을 붉게 적시오. 조국이 사라지고 백성이 괴로워할진대, 그대들이 살아남은 바가 곧 조국과 백성에 대한 배신背信이 아니리까?

조선 팔도의 승병들이여!

나이가 들고 쇠약한 승려는 사찰을 지키며 구국제민救國濟民을 기원하게 하시오! 몸이 성한 그대들은 무기를 들어 적도를 물리치고 조국을 구하시오! 모든 보살의 가피력으로 무장하시오! 적도를 쓰러뜨릴 보검寶劍을 손아귀에 움켜 쥐시오! 팔부신장八部神將의 번뜩이는 천둥번개를 후려치며 나아가시오! 참변에 울부짖는 백성들이 분하고 원통하오. 촌각寸刻도 머뭇거릴 수 없소. 지체 없이 일어나 불구대천의 원수를 토벌 격멸하시오!

조선의 승병들이여!

조정 대신들은 당쟁 속에 헤매고 군 지휘관들은 전선에서 도주하니 이 아니 슬프오? 또한 외국의 세력을 불러들여 살아날 길을 꾀한다 하니, 우리 민족의 치욕이 아니리까? 이제 우리 승병만이 조국을 구하고 백성을 살릴 수 있소. 그대들이 밤낮없이 수행 정진하는 바가 생사를 초월하자 함이오. 또한 그대들에겐 거둬야 할 식솔이 없으니 돌아볼 바 무엇이오? 모든 불보살佛菩薩이 그대들의 나아갈 길을 보살피고 거들지니, 분연히 일어서시오! 용맹의연하게 전장으로 나아가 적도를 궤멸하시오! 적도의 창검포화가 두려울 바 무엇이오? 전투가 없이는 승리도 없소. 죽음이 없이는 삶도 없소.

조선 팔도 승병들이여! 일어서시오! 순안의 법흥사로 집결하시오! 나 휴정은 거기서 그대들을 기다릴 터이오. 우리 일치단결하여 결정의 싸움터로 용약 진군합시다!*

* 현대불교신문 제697호 해외불교칼럼, 2008. 9. 17(수) 7면, 출처, 김득해(Samuel Dukhae Kim) 컬럼비아대학 박사학위 논문 부분 인용.

Alas, the way of heaven is no more. The destiny of the land is on the decline. In defiance of heaven and reason, the cruel foe had the temerity to cross the sea aboard a thousand ships. The miasma is filling the air. The innocents are falling dead at their sword by the thousands. With the three capitals taken, a thousand years of our forebears' achievements are brought to nought in one fell swoop. The ruthless enemy as the devil and sea monster laid the land to waste, slaughtering the people. The ancestral land is taken. Can this be the way humans behave? These poisonous devils are as virulent as snakes or fierce animals.

Hold your banners high, and arise, all you monk-soldiers of the eight provinces! Who among you have not been given birth in this land? Who among you are not related by blood to the forefathers? Who among you are not subjects of the king? Confucius taught us to lay down our lives to achieve Benevolence. Sacrificing oneself for a just cause and suffering in the place of the myriad souls is the spirit of Bodhisattvas. Master Wongwang enjoined us not to retreat from battle. To defend the country and save the people is the tradition of ancestors and Buddha's teachings.

You monk-soldiers of all the monasteries! Abandoning a just cause and swerving from the right path in order merely to survive in hiding - how can this be the proper way? The cunning enemy, the monster, will never take pity on you. Once the land perishes how then do you propose to stay alive? Put on the armor of the mercy of the Bodhisattvas, hold in hand the treasured sword to fell the devil, wield the lightning bolt of the Eight Deities, and come forward. Only then can you do your duty. Only then can you find the way to life. Let the aged and the weak pray in the monastery. Let the able-bodied come out with their weapons to destroy the enemy and save the land.

Whether or not the people will survive, whether or not the land will remain, depends on this battle. It behooves everyone with the blood of Tan'gun flowing in their veins to defend the country with their lives. When even the trees and grass rise as warriors, how much more should red-blooded people? The people are indignent. Lose no time but arise, beat back the sworn enemy. Buddhist law is just this - to save the world. People fall victim to the foe's weapon, their blood staining the land. How can you just sit back in the mountains and watch? When the land is no more and the people are in distress, your survival would be betrayal of the people. I regret to hear that famed ministers are locked in partisan feud and that commanders flee before the battle. They seek survival by asking for aid from abroad. Deplorable, indeed.

Only our monk-soldiers are able to save the country and deliver the people. You have been training night and day to rise above life and death. You are not burdened with families. Bodhisattvas will give you protection. Arise, onward to the battlefield to destroy the enemy. There can be no victory without fighting. No life without death. Why be afraid of the enemy's weapons? Monk-soldiers, arise. Assemble at Pophung Monastery in Sunan. I expect you to be there. Unite, and onward to the battlefield!

June 15, 1592.

(Samuel Dukhae Kim. Submitted in partial fulfillment of the requirements for the degree of Doctor of Philosophy in the Faculty of Philosophy, COLUMBIA UNIVERSITY. 1978)

휴정은 격문을 띄운 뒤 장곡을 불러 묘향산 승군을 소집하라 이르고, 틈을 내 백운암으로 풍회선자를 찾아갔다. 예의를 갖추고 앉으니, 풍회선자가 차를 데우려고 다관을 화로 위에 얹었다. 단전까지 내려온 수염은 재작년까지만 해도 검정색이 하나씩 섞여 보였으나 이제는 완전히 은백색이었다. 수염은 은백색이나 얼굴은 주름 하나 없이 맑고 투명했다.

"학발에 동안을 보니 내순승천乃順昇天이 가까이 있나 봅니다."

머리와 수염은 학의 깃처럼 하얀데, 얼굴이 동안이니 수행의 덕이 천상의 도를 이어받았다는 덕담이었다. 그 말에 풍회선자가 다관을 들어 보이며 대답했다.

"불로차에 고량강高良薑을 넣어 마셨더니 그러나 보오."

우스갯말이었다.

"곤원坤元의 지극한 음기가 고량강이라는 말씀으로 들립니다만?"

휴정의 그 말에 풍회선자가 껄껄 소리 내어 웃었다.

"늙은이 오래 사는 것이 무슨 자랑이겠소?"

그러고는 고량강을 넣었다는 차를 따라 주었다.

"이번에 의주를 다녀왔습지요."

찻잔을 집으면서 화제를 바꿨다.

"알고 있소이다. 그래 도끼는 받아 왔소이까?"

'도끼'를 받아 왔느냐는 말은, 군왕이 위란을 만나면 목욕재계하고 간소한 차림으로 제전에 나아가 장군은 남쪽에, 원로대신[太師]은 북쪽을 향해 세운다. 장수가 '도끼 모양'의 의장을 군주에게 올리면 군주는 도끼 모양의 의장을 받아 다시 장수에게 건네주면서 삼군을 통솔할 재량권을 부여하는 상징으로서의 도끼였다.*

"예, 팔도십육종선교도총섭 교지를 받아 왔습니다."

휴정의 대답에 풍회가 엷은 웃음을 입술에 물었다.

"허허! 무슨 조화가 이러는고? 불가를 그리 욕되게 한 조선이 다 망해 숨줄이 끊어질 찰나에 대사가 잡은 칼끝에서 다시 살아나 숨을 쉬게 되겠구료. 허허허, 이 어찌 부처님 가르침을 크다 하지 않으리!"

"나라 없는 부처님 가르침보다 나라 있는 부처님 가르침이 더 옳은 일 아니겠습니까?"

"아암! 입대공이 불구소량入大功而 不拘小涼이라 했소. 이교異敎는 어느 시대, 어느 사회에나 있었지. 조선을 이상적인 사회라 할 수는 없으나, 조상이 지켜 온 나라 안에다 다시 여래의 뜻을 받들어 세우려면 작은 폐단에 구애받지 않는 것이 큰 가르침에 합당한 답이자 호국이란 것 아니겠소?"

휴정은 웃기만 했다.

"그러면 어떻게 움직일 참이오?"

풍회선자가 물었다.

"전국 산문의 승군을 법흥사로 모이라 했습니다."

---

*古者國有危亂 君簡賢能而任之 齋三日入太廟 南面而立將 北面而太廟 進鉞於君 君持鉞柄以授 將日從此之軍 將軍其裁之復命日. 諸葛亮心書 出師

"순안 법흥사 말이오?"

"그렇습니다."

"서도에서부터 수복해 가겠다, 그 말씀이시구면."

"왜군 선봉장이 서도에 있습니다."

풍회가 고개를 끄덕였다.

"선자님께서 좀 도와주십시오."

"나한테 그럴 힘이 있겠소?"

"노이갱장老而更壯 아니옵니까?"

"허허허, 누가 들으면 웃겠소."

풍회는 선도를 닦아 젊었을 적 기력이 그대로였다.

"그렇다면 내 한번 찾아가 보리다."

전투가 벌어지면 찾아오겠다는 이야기였다.

휴정은 고량강을 넣었다는 차를 한 잔 더 마시고, 능인암으로 돌아왔다. 주사위는 던져졌다. 하나 조선 승가의 뒷날을 생각하지 않을 수 없었다. 태능을 불러 뒷일을 맡기자. 곧 태능이 머물고 있는 해인사로 사람을 보냈다.

이순신 함대는 당포에 정박해 있었다. 연화도 봉우리에서 연기가 피어오르고 있었다. 대기는 한 조를 이루라 하여 삼혜 승군총섭이 추천해 준 자성, 원행과 척후선 뱃머리를 연화도로 돌렸다. 급한 상황이 아니라도 그간의 경험이 연화도를 먼저 들러 봐야 왜적의 움직임을 더 소상히 파악할 수 있었다.

연화도로 배를 모는데, 머릿속에 멈춰 선 생각이 엘러지꽃이었다. 비구니로는 여겨지지 않은 왈가닥 유발有髮의 여승에게서 한 송이 엘러지꽃 같은 느낌이 무엇일까. 가슴을 압박하면서 다가오는 그것은 늘 어렴풋함이었고, 청초한 여운을 남겨 주었다. 그 끝은 푸르름으로 가슴을 아리게 하면서 멀어져 가는 알 수 없는 아련함, 그것이 무엇일까…….

연화도에 이르니, 눈길을 끌던 일엽편주가 보이지 않았다. 선착장에 배를 대니, 의능 수좌가 '도사님'으로 이름을 붙여 놓은 보운 비구니가 논개의 손을 잡고 기다리고 있었다. 도사는 도사다, 우리가 오리라는 것을 어떻게 알고 마중을 나온 겐가.

"기다리셨습니까?"

논개가 수줍음을 타는지 보운의 소맷자락 뒤로 얼굴을 가렸다.

"네."

선착장으로 뛰어내리니 손부터 저었다.

"지금 바로 견내량으로 가세요."

자성과 원행이 인사할 틈도 주지 않았다.

"무슨 일이 있습니까?"

"가덕도 주변에 백여 척 왜선이 숨어 있습니다."

자성과 원행이 초행이므로 겨우 통성명만 하고 도거리 난전 몰리듯 배에 올랐다.

"이순신 함대랑 붙어 보겠다 그거군요."

보운이 그 말을 흘려들으면서 뱃길을 안내해 줬다.

"소비포로 가지 말고 한산도 기슭으로 곧장 올라가세요."

사태가 그만큼 급박하다는 것인데, 그래 봤자 고양이 앞에 쥐지 뭘, 이순신은 남해안의 사자였다. 사천·당포·당항포·율포해전에서 연전연패한 왜적들은 이제 이순신 소리만 들어도 삼십육계가 바빴다. 대기는 손을 흔들고 자성과 원행이 뱃머리를 돌렸다.

한산도 기슭을 타고 견내량으로 올라갔다. 여전히 일엽편주는 눈에 띄지 않았다. 물길이 좁은 견내량에서 다시 칠천도로 향했다. 저도[猪島; 돼지섬] 가까이 이르러 바람 방향에 돛을 맞춰 구산포龜山浦로 뱃머리를 돌리고 파도를 가르는데, 일엽편주가 이쪽으로 오고 있었다.

"그러면 그렇지."

돛을 내리고 천천히 다가가 손을 흔드니, 보월은 돛을 내리고 보련이 노를 잡고 가까이 다가왔다.

"오랜만이오."

인사를 건네니, 자성과 원행을 보면서 물었다.

"의능 스님은 안 오셨나요?"

"워낙 유능한 분이라 차출되셨습니다."

"차출이라뇨?"

"좌수사 영감이 육군으로 데려갔어요."

자성과 원행의 선상 인사가 끝난 뒤였다.

"연화도 봉화를 보셨습니까?"

보련과 보월이 왜놈들 정보를 곧바로 보운에게 가져갔고, 보운이 연화도 꼭대기에 봉화 피운 것을 말하는 것 같았다.

"연화도를 들러서 왔습니다."

참으로 발 빠르게 정보가 이루어졌다.

"잘 하셨어요, 저길 보십시오."

보련이 웅천 포구를 가리키는데, 가물가물 떼를 지은 범선 같은 배들이 이쪽으로 움직이고 있었다.

"왜선입니다! 가덕도로 오르내리는 배가 삼십 척, 웅천에 정박해 있는 배가 사십 척쯤 되지요."

왜선이 뱃머리를 돼지섬으로 향하고 있었다.

"우리 함대를 받아 보겠다 그거군요?"

"움직이기 시작했어요. 장군님께 빨리 알리세요."

장군님은 이순신을 말했다.

"알겠소. 연화도에 봉화가 그래서 올랐군?"

보련이 웃었다. 대기는 배를 돌리고 자성과 원행이 돛을 올려 당포로 향했다. 다행히 북동풍이 한 방향으로 불어 줘 생각보다 빨리 당포에 도달했다. 대기는 곧바로 지휘선으로 올라가 왜선이 움직이는 정황을 세세히 보고했다.

"틀림없으렷다?"

이순신이 다짐을 놓았다.

"예! 이쪽으로 선수를 향하고 있습니다."

그때 군관 송희립이 농부 한 사람을 데리고 들어섰다. 김천손金千孫이라는 사람이었다. 김천손이 대기와 똑같은 내용을 이야기해 주니, 이순신은 입술을 굳게 다물었다.

평양의 유키나가에게는 보충병과 군수물자 보급이 시급했다. 군수물자 운송이 꼬불꼬불 돌고, 가파른 고갯길을 꼿꼿이 기어서 오르는 육로보다 바닷길을 뚫는 것이 훨씬 수월하다는 것을 놈들이 더 잘 알았다. 한데 이순신이 길목을 막아선 지 오래였다. 조선 수군은 육지의 오합지졸처럼 도망치지도 않았다. 도망은커녕 뾰족뾰족 쇠창이 꽂힌, 눈구멍 없는 뱃머리에 입을 쫙 벌린 귀신 대가리를 냅다 들이밀고 천자총통을 쏘아 대면서 휘젓고 돌아다니면, 힘을 좀 쓴다는 아타케부네[安宅船]와 세키부네[関船]는 금방 판자 조각으로 널브러졌다.

그러함에도 유키나가는 바닷길을 여는 것이 발등의 불이었다. 조선을 삼키느냐 마느냐의 문제가 거기에 달려 있었다. 어떻게든 이순신 그놈을 조총으로 벌집을 만들어야 한다. 그래서 용궁과 금화 전투에서 연전연승을 거두고 용인 전투를 대승리로 이끈 악발이 와키사카 야스하루[脇坂安治]에게 대선단을 만들게 해 웅천으로 내려보냈다.

여러 말 필요 없다. 이순신 그놈을 조총으로 구멍을 뚫어 남해안 고기밥을 만들라. 유키나가의 그 전갈에 악발이 야스하루가 의기양양, 부장 마나베 사마노조[眞鍋左馬允], 와키자카 사베에[脇坂左兵衛], 와키사카와 와타나베[渡邊七右衛門] 이 세 놈을 앞세워 세키부네 36척, 아타케부네 24척, 하고야[小早] 13척, 도합 73척의 군선을 띄워 웅천 앞바다에서 전의를 다지고 있었다.

대기로부터 보고를 받은 이순신은 전라 우수사 이억기와 작전을 짰다. 40척의 이순신 함대와 25척의 이억기 함대에 원균의 전함 7척을 보태 72척의 선단으로 한산도 앞바다에 이르렀다. 이순신은 전쟁이 발발하기 전 의능과 대기가 샅샅이 조사한 남해안의 지형과 물의 흐름을 낱낱이 보고받아 견내량의 물길이 좁고 암초가 많다는 것을 알고 있었다.

"견내량은 대형 전함이 움직이기 불리한 곳이다."

휘하 장수들에게 주변 지형과 물길을 소상히 알리고, 한산도 기슭을 타고 위로 올라갔다. 광양 현감 어영담에게 견내량에 들어와 있는 적선들을 유인해 내라는 명령을 내렸다.

중부장中部將 어영담이 판옥선 6척으로 견내량 입구에서 천자총통 한 방을 꽝! 터뜨리면서 급습해 들어갈 것처럼 배를 기우뚱거리니, 적선들이 일제히 돛을 올리고 북을 둥둥 울리며 나각鑼角을 불고 쫓아왔다. 적선이 가까이 이르자 어영담은 이것 잘못 건드렸구나! 쇠뿔 잡으려다 되레 받치게 생겼네, 그런 속임수로 겁을 잔뜩 먹은 모습을 보이며 뱃머리를 돌려 도망쳤다.

판옥선 6척이 후퇴해 오니, 후미의 이순신 본 함대가 덩달아 뱃머리를 돌려 도망치는 쇼를 연출했다. 얼씨구나! 야스하루의 함대가 신이 나서 바짝 따라붙었다. 허영청에 단자 내걸 듯 왜선들을 한산도 앞 너른 바다로 이끌어 냈다. 이것이 독화살을 속에 감춘 강이시약强而示弱의 전법이었다.

쫓기는 척 도망가던 이순신 함대가 갑자기 호랑이처럼 180도로 돌아섰다. 처음에는 일자진一字陣을 취할 듯 쭉 늘어서더니, 좌우 끝에서 둥그렇게 안으로 감아들면서 초승달 모양으로 왜선을 포위해 들어갔다. 초승달 중심부 바로 뒤에 이순신이 탄 장군선이 따르고, 장군선 양쪽에 거북선 두 척이 받치고 올라왔다. 거북선 뒤로 배들이 학의 꼬리처럼 여덟팔八字 모양으로 늘어섰는데, 이것이 이른바 학익진鶴翼陣이란 진법이었다.

일순간 일본 전선들을 포위망 안에 몰아넣고, 거북선 두 척이 앞으로 나가 천자총통, 지자총통, 장군전까지 와장창 쏘아대면서 왜군 선단 한가운데로 들어가 치고받으니, 놈들의 모양새가 볼만한 구경거리였다. 성난 황소가 맴생이 떼 속에서 무지막지한 뿔로 치고받는 모습이 저럴까. 여기에 무슨 조총이 필요하며, 장창은 또 어디에 쓸 것인가. 얇디얇은 판자에 물만 새지 않게 아교를 바른 것 같은 놈들의 배가 한순간에 판자 조각이 되어 물 위에 둥둥 떠다녔다. 결국 놈들이 그토록 자랑하던 '니뽄도'는 제 스스로 제 목숨을 끊는 무기로 바뀌었다.

적장 마나베 사마노조가 한산도로 올라가 대패한 전함을 바라보더니 그 자리에서 배를 갈라 자결했다. 사베에와 와타나베는 부하 군졸들 수백 명과 함께 칼에 맞아 죽었고, 나머지 군졸들은 모두 물귀신이 되었다. 겨우 몇 놈이 헤엄쳐 한산도로 올라갔으나, 한산도가 무인도인지라 뗏목을 만들어

가까스로 탈출해 성공한 놈도 있었지만, 대개는 굶어죽어 쪽박을 들고 다니는 귀신이 된 것으로 확인되었다.*

이 전쟁에서 적장 와키사카 야스하루가 조선군 순변사 이아무개처럼 뭣 빠지게 도망쳐 목숨을 부지했다. 조선 조정이었다면 삭탈관직은 기본이고, 참수나 효수를 당했을 터인즉, 히데요시는 참패를 이해하는 너그러운 적장답게 전군이 전몰하지 않은 것만으로 위안을 삼는다나, 어쨌다나…….*

한산대첩의 승리로 길 가운데 떠 있던 행재소는 선조가 살아 있음을 증명이라도 하듯, 이순신을 정헌대부正憲大夫로 올리고 이억기와 원균에게도 가의대부嘉義大夫로 벼슬을 올렸다. 커다랗게 도장이 찍힌 '종잇장[敎旨]'은 임진왜란 내내 빛좋은 개살구처럼 남발되면서 때로는 음모와 술수의 표적이 되기도 했다.

---

* (300척의 배로 구성된 일본의 대군은) 수많은 소총과 창, 활, 화살 등 해전에 필요한 모든 무기와 탄약을 적재하고 정예 병사들을 승선시킨 일본군은 자신들이 갖춘 우수한 군사력을 굳게 믿고 훨씬 적은 수의 배를 가지고 있는 조선 해적들을 격파하기 위해 출격했다. 바로 이때만을 기다리고 있던 조선군은 함성을 지르고 기뻐했으며 배로 일본 함대를 향해 공격을 퍼부었다. 그들의 배는 장대하고 튼튼했기 때문에 일본 배를 장악하며 우위를 차지했다. 조선군은 화약으로 공격하면서 괴롭혀 일본군에게 대단히 애를 먹게 했다. 결국 일본 병사들은 목숨을 구하기 위해 앞뒤 생각도 하지 않고 바다로 몸을 던져 조선군의 성가신 공격으로부터 벗어났다. 조선군은 일본군이 노를 저어서 도망가지 못하도록 튼튼하게 생긴 갈고리가 달린 쇠사슬을 위에서 떨어뜨리면서 포위했다. 루이스 프로이스, 앞의 책, p86

* 朝鮮 같았더라면 곧 罷職, 削奪官職, 白衣從軍, 심지어는 斬首, 梟首 등으로 법석을 떨었을 것이 아니겠는가. 主將 脇坂이 弱將인 까닭으로 진 것이 아니라 李舜臣이 너무 名將인 까닭으로 慘敗를 당하였던 것을 洞察하고 그의 全水師가 一時에 모두 覆滅되지 않았다는 것만으로서 스스로 慰勞하고 大海와 같은 度量을 보여 준 豊臣秀吉의 統帥에 同意할 수밖에 없다. 李烱錫, 前揭書, p400

가죽 갑옷에 옷을 입어라

고니시 유키나가가 우려했던 일이 기어이 일어나고 말았다. 말이 전쟁이지 조선은 빈집 털기나 다를 바 없을 것이라는 예상이 처음에는 잘 맞아떨어졌다. 신유교의 법계관이라는 조선의 주자학을 수중식물에 비교하면 개구리밥 비슷한 것이었다. 이와는 반대로 명나라 주자학은 붕어마름에 비교된다. 붕어마름은 물속의 흙에 뿌리를 내리고 제자리를 지키고 있지만, 개구리밥은 물 위에 둥둥 떠 바람이 불면 이리 밀리고 저리 밀렸다. 그런 나라 덮치는 것쯤 전쟁이랄 것도 없었다.

아닌 게 아니라 처음에는 그랬었다. 한데 히데요시는 오랜 세월 조선 사람들 밑바닥에 부도의 정신이 뿌리를 내려 침전되어 있다는 사실을 몰랐다. 조선 놈들이 그 속살을 드러내면 일본 칼잡이 다이묘 집단은 게임이 안 된다는 우려가 현실로 나타났던 것이다.

경상도 의령에서 곽재우란 자가 사재를 털어 의병을 일으키더니, 전라도 담양에서는 고경명이, 나주에서는 김천일, 충청도에서는 조헌, 그리고 참선이나 하고 자빠져 있어야 할 승려 영규가, 경기도에서는 우성전이, 황해도에서는 이정암, 김진수, 김만수, 황하수……

이런 것을 우후죽순이라 한다. 평양에서는 임중량, 평안도에서는 양덕록, 함경도에서는 유응수와 정문부가 의병을 일으켜 일어났다.* 웬걸 그 모양새가 조선 방방곡곡에 벌집을 쑤셔 놓은 것 같았다.

의병이라 하는 자들은 관군하고 달랐다. 아첨에는 등급이 있는 것인데, 밤낮 발꿈치가 닳게 문안을 드리며, 돗자리에 구멍이 뚫리도록 뭉개고 앉아 안색을 살펴 가며 입만 뻥긋하면 지당한 말씀이십니다, 하이고 훌륭한 말씀이고 말고요. 달콤한 소리만 골라내 맞장구치는 것은 낮은 수준의 아첨이다. 선조가 낮은 수준의 아첨을 즐기니, 정치판이 개는 개끼리 쥐는 쥐끼리 깽깽거리고 돌아갔다. 한데 하이고 마, 그러고는 벼슬에서 물러나 앉아 있던 사람들이 의병을 일으켜 의병장이 되었다.

---

* 곽재우 궐기에 의해서 전라도에서는 고경명(高敬命), 김천일(金千鎰), 충청도에서는 조헌(趙憲), 승려 영규(靈圭), 경기도에서는 우성전(禹性傳), 황해도에서는 이정암(李廷馣), 김진수(金進壽), 김만수(金萬壽), 황하수(黃河水), 평안도에서는 이주(李柱), 함경도에서는 유응수(柳應秀), 정문부(鄭文孚)가 조선의 오지로 침범하는 일본군을 맞아 각각 의병을 조직하여 궐기하였다. 기타지마 만지(北島万次), 앞의 책, p92

이렇게 되면 올 것이 온 것이다. 이 전쟁은 졌다. 유키나가는 일본이 진 전쟁이라고 생각했다. 질 수밖에 없는 명백한 사실이 하나 더 있었다. 대동강 물길이 막혔다는 점이었다. 일본이 명나라로 밀고 올라갈 뒷심을 받으려면 보충병이 와야 하고 군수물자가 뒤를 대 줘야 한다. 한데 이순신이란 작자가 바다를 콱 막아서, 서해안에서 대동강을 타고 들어와야 할 뱃길이 동맥경화증에 걸렸던 것이다. 까놓고 말해서, 말만 평양성을 함락시킨 것이지 기실은 뒤주 속에 갇힌 꼴이 되었다. 여기에 가을이 시작되었으니 겨울이 멀지 않았다. 조선은 겨울 추위를 '동장군' 이라 했다. 따뜻한 지방에서 '사루마다' 만 차고 살아온 일본 병사들이 바야흐로 고드름이 될 수밖에 없는 운명에 처해져 있었다. 거기에다 설상가상으로 명나라 군사까지 가세한다면, 함정에 빠진 일본군은 돌멩이로 뒤통수까지 얻어맞게 된다.

어떻게든 이덕형이란 자를 불러내 협상을 만들어 내야 한다. 유키나가는 걱정이 태산이었다.

청련암에서 왜병들 움직임을 관망하던 영규가 가산사로 올라왔다. 누가 보아도 선조가 국왕임은 조선의 현실이었다. 조선 백성들의 안위가 제 손에 달려 있음에도, 제 목숨 살겠다고 의주로 도망치니 조선 땅덩어리가 왜놈 나라나 다름없게 되었다. 임금은 선조일지 모르나, 큰스님께서도 시로 읊으셨듯이, 하늘과 땅이 어찌 선조 한 사람의 것이겠는가. 임금 구실을 못한 선조가 한심스럽긴 했지만, 어떻게든 이 땅에서 왜놈들을 몰아내야 한다고 생각했다. 가산사로 들어온 영규는 도연道沇을 찾았다.

"도연은 지금 어디에 있느냐?"

시자한테 물으니 활터에 있다는 대답이었다.

"가서 데려오너라."

키가 작고 얼굴까지 곱상해 서안에 책을 펴놓고 앉아 있으면 누가 보아도 얌전한 학승이었으나, 기실 속살을 들여다보면 고단의 무예에 병장기라고 생긴 것은 사당패 접시 돌리듯 못 다루는 것이 없었다. 녀석은 일치감치 갑사 강원에서 대교를 마쳤고, 주자학 학식까지 남달랐던 대 강백 벽암 노스님을 모시면서 정주학을 익혀, 한다하는 유가들도 입을 뻥긋 못할 만큼 박식했다. 그대로 놔두었더라면 벽암 노스님의 뒤를 이었을 도연이 사사에 편입된 것은 생각이 큰 축령 노스님의 영향 때문이었다.

어쨌거나 유가나 불가나 머릿속에 먹물이 좀 깔려야, 닭이 족제비를 찾아가 세배를 드리는 너스레를 떨다가도, 백정년이 가마 타고 모퉁이를 도는 재주를 부릴 수 있다. 도연은 거기에다 제 그림자를 무지개처럼 띄웠다 없애는 간능幹能까지 갖고 있었다.

"그래, 활터는 뭣 하러 올라갔더냐?"

인사를 하고 다탁 앞에 마주 앉는 도연에게 물었다.

"손에 녹이 슬었나 해서요."

활솜씨가 그대로인지 화살을 날려 보려고 갔다는 대답이
었다.

"날아가는 새도 맞추는 네 활솜씨가 벌써 늙었느냐?"

"그렇다고 물 건너 대마도가 눈에 보입니까?"

무슨 말이 나오는가 보자 하고 한마디 턱 튕기니, 한참 앞
달려간 대답이 나왔다. 그래서 얼른 화제를 바꿨다.

"널, 보자 한 것은 청주를 좀 다녀오라고 불렀다."

"하이고, 지금 청주는 봉수하간[蜂須賀家政]지 이에마산지 하
는 놈이 성을 차지하고 앉아 배를 통통 두드리고 있습니다."

"그래서 정말 그러는지 보고 오란 것 아니냐?"

그랬더니 도연이 씩 웃었다.

"맞장 뜨시려구요?"

"이놈아, 왜 맞장이냐? 도로 뺏어 와야지."

"하이고, 졸개들이 칠천이 넘는데, 우리 승군이 몇이나 된
다고……?"

도연은 일본 제5군 후쿠시마 마사노리 휘하의 하치스카 이
에마사가 7천 병졸로 청주성을 깔고 앉아 왜놈 성채로 만들
어 버린 정황을 환히 꿰고 있었다.

"토끼가 꼭 나이를 먹어야 희어지더냐?"

그 말에 도연이 눈을 반짝거리고 쳐다보았다.

"잘 뛰는 염소가 울타리를 받는 게여, 이놈아."

하였더니 대번 말뜻을 알아듣고 눈알만 동글동글 굴렸다.

"그러니까 놈들 허점을 세세히 보고 오라 그 말씀입니까?"

"너도 말을 두 번씩 해야만 알아 듣냐?"

"허참! 꿈이 크시네요."

"허, 이눔 자식이⋯⋯?"

눈을 부릅뜨니 엉덩이를 들어 뒤로 한 발 물러앉았다.

"하긴, 고추가 크다고 매운 것은 아니지요."

"하늘에 오를 생각만 하는 놈은 제 키가 몇 잔질 모르는 법이다."

"알아들었다니께요."

"왜놈 어떤 놈이 쌈 좀 하게 생겼는지 잘 보고 오너라."

그렇게 해서 도연을 청주로 보내 놓고 영규는 후율정사로 내려갔다. 일본 놈이라 하면 하수통에 '벌걱지' 보듯 그러는 조헌에게 의병을 일으켜 같이 청주성을 치자고 하면 틀림없이 손바닥을 치면서 나설 것 같았다. 한데 가던 날이 장날이 아니었던 모양으로 조헌이 집에 없었다. 사랑 안을 들여다보니, 제자로 보이는, 별 뾰쪽할 것도 없어 보이는 젊은 몇 놈이 세상 걱정만 하품하듯 그러고 있었다.

"중봉[重峯; 조헌의 회] 어른은 어디 가셨소?"

하니 청주를 다녀오신다고 가셨는데, 자세한 것은 모른다는 대답이었다. 한데 일이 되려고 그랬든지 발길을 돌려 가산사로 오던 길에 그의 아우 조범趙範을 만났다. 조범이 왈, 의병을 모은다며 공주에 가 계신다는 것이었다. 그러면 그렇지!

"잘 되었소. 충청좌도 승군이 청주성을 다시 뺏을 생각이

오. 무기를 갖춰 청주성 인근의 각 사찰에 군을 배치하고, 안심사安心寺에다 본부를 두어 내가 안심사에 가 있을 테니, 형님하고 연락이 닿으면 기다리더란 이야기나 전해 주시오."

그랬더니 조범이 물었다.

"문의文義현 안심사 말씀입니까?"

"그렇소. 국사랑산國師郞山 너머 안심사요."

영규는 곧바로 가산사로 올라가 충청좌도 승군장 소집령을 내렸다. 각 사찰에 발 빠른 사사들을 보내 통보하니 승군장들이 번개를 타듯 속속 모여들었다. 되는 집은 수탉도 알을 낳는다고, 청주성으로 왜적의 전세를 살피러 간 도연이 때를 맞춰 돌아왔다. 자세한 이야기를 들어 보니, 그야말로 살판이 났더라는 것이었다.

"뭣이 살판이 났더냐?"

"고놈들 안중에는 조선군이 없습디다."

"그럴 것이다. 있다고 해도 놈들 눈엔 콩 싸라기 아니겠느냐?"

"이에마사 그 녀석 하는 것을 보니 제가 눈 똥에 주저앉게 생겼습디다. 마음 턱 놓고 성 밖으로 나가 노략질을 해다 소 잡고, 돼지 잡고, '간빠이' 어쩌고 술잔 부딪치며 흥청망청 노는 꼴을 보니, 전쟁을 하러 온 것이 아니라 조선으로 '산보'를 나왔습디다."

"그럴 것이다. 청주까지 올라오도록 변변한 방어선 하나 없었으니, '산보' 하는 기분 아니었겠느냐?"

"아예 성문까지 활짝 열어 놓고 조선말로 '지화자!' 그러던데요."

영규는 도연의 말을 흘려들으면서 물었다.

"내가 작년에 조직해 놓으라는 특공대는 어떻게 됐느냐?"

"건달바乾闥婆 말입니까?"

이런 기회가 올 줄 알고 무예가 고단인 사사를 '건달바'로 이름을 붙여 특공대로 조직해 놓으라고 지시를 한 적이 있었다.

"그래, 건달바!"

"특수 전투부대로 강훈련을 하고 있습니다."

"그럼, 잘 됐다. 이번에 건달바를 동원해 청주성을 싹 쓸어 버리자."

영규는 특공대 말고도 평소 훈련이 잘 되어 여우볕에 콩 볶아 먹듯 모여든 승군장들을 활터에 집합시켰다.

"자네들을 이리 모이라 한 것은 청주성을 차지한 왜놈들 밑구멍에다 불을 싸질러, 뱃속에 든 똥이 도로 목구멍으로 넘어오게 해서 청주성을 접수하자고 모이라 했네!"

그러고 운을 떼니, 모두 박수를 쳤다. 그래서 차근차근 승군 배치에 들어갔다.

공주·회덕·옥천·영동·청산·보은·회인 관내 사찰에 적을 둔 승군을 문의현 석암사石巖寺, 견불사見佛寺, 묘고사妙高寺, 유마사維摩寺, 봉선암奉先庵, 성불암成佛庵에 분산 배치했다. 연풍·괴산·음성·진천 관내 사찰에 적을 둔 승군은 청안현 귀석사龜石寺, 장갑사長岬寺, 연천사連天寺, 수암사水菴寺에 배치했다. 목천·직산·천안·아산·온양·신창 관내 사찰에 적을 둔 승군은 전의현 원적사元寂寺, 동림사桐林寺, 운점사雲岾寺, 고정암高正庵에 배치했다. 그리고 예산·대흥·홍천·청양·정산 관내 사찰에 적을 둔 승군은 연기현 안선사安禪寺, 홍천사興泉寺, 동림사桐林寺에 배치했다.*

이렇게 승군 배치를 끝내고 보니, 청주성을 빙 둘러 포위한 모양새가 되었다. 청주성에서 지척의 거리인 연화사蓮花寺와 보살사菩薩寺에 건달바 특공대를 전진 배치시키고, 문의·청안·전의·연기 각 사찰에 발 빠른 사사를 주둔시켜 긴밀하게 연락이 이루어지도록 정보 체계까지 완전히 갖추었다.

다음은 성을 어떻게 공격할 것이냐의 문제였다. 무기도 무기려니와 공격이라 하는 것은 마음을 얼마만큼 단단히 사려 먹고 덤벼드느냐 하는 것이 관건이었다.

"적은 먼저 마음을 쳐야 한다. 그다음 공격이 성이다.[攻心爲上 攻城爲下] 이 말은 유비의 책사 제갈량이 마속馬謖에게 해준 말이다. 그런데 마속이 제 뚝심만 믿고, 제갈량의 말을 허투루 듣구선 남만南蠻 전투에서 대패했지. 내가 왜 여기서 이런 말을 하느냐 하면, 우리 승군은 언제든지 마속의 패전을 반면교사로 삼자는 것이다. 결론은 반드시 적의 마음을 먼저 공격하라는 것이다. 알겠느냐?"

했더니 대답이 우렁찼다.

---

*新增東國輿地勝覽 文義, 淸安, 燕岐縣篇

"예엣!"

사기까지 하늘을 찔렀다.

"오늘이 칠월 보름이다. 열이렛날 신시까지 지정된 사찰로 승군을 모두 집결시키도록!"

명령이 떨어지자, 승군장들은 소속 산문으로 돌아갔고, 영규는 이튿날 가산사 사사와 갑사 사사를 앞세워 안읍安邑에서 묵령墨嶺을 넘어 문의文義현으로 올라갔다.

신라 진표율사眞表律師가 창건했다는 안심사에 도착해, 제불통청諸佛通請으로 신장님의 가피를 입어 전상자 없이 청주성 수복이 원만히 이루어지기를 기원하는 의식을 올리고 곧 지휘부 설치를 끝냈다. 다음은 연화사와 보살사에 건달바 특공대를 배치해 청주성 주변 지형과 왜군들의 동태를 수시로 점검해 각 승군 진영에 알리도록 했다.

바야흐로 전투 준비가 끝났다. 이젠 언제 공격할 것이냐와 성을 수복한 후 왜적을 어느 선까지 처단할 것이냐 하는 문제가 남았다. 솔직히 머리를 안 깎았다면 모르거니와, 사문이라는 사람들이 적군이라 하여 개구리를 밟아 죽이듯 사람을 잡아 죽이는 것도 생각을 좀 해 봐야 할 문제였다. 따지고보면 유가들이 정치를 개떡같이 하여 변경에 굳건히 세워 두었어야 할 국방의 울타리가 나간 집 울타리로 변해 나라가 이 지경이 되었는데, 상구보리上求菩提요, 하화중생下化衆生한다는 사문이 사람 죽이는 일을 해야 한다고 생각하니, 벌어진 입이 다물어지지 않았다. 그래도 죄 없이 죽어 나간 백성들을 생각하면 손에 피를 묻히지 않을 수 없었다. 그런 번민이 찾아들어 마지막 결단을 힘들게 하고 있는데, 뜻밖에 충청 관찰사 윤선각尹先覺이 찾아왔다.

이 작자는 남의 속도 모르고 떡하니 얼굴을 들이밀더니, 청주성 전투의 총지휘를 맡으라는 것이었다. 그 소리가 뭔가, 사문이라 하면 똥친 막대기 취급을 하던 자들이 이 또 무슨 수작을 하자는 것인가. 충청 방어사 이옥李沃이 청주성 공략에 나섰다가 실패한 뒤라, 성을 수복한다는 핑계로 성안으로 승군을 몰아넣어 떼죽임을 시키자는 수작인가. 그래도 저 잘난 맛에 우쭐댄다는 소문이 자자한 윤선각이 고양이 쥐 사정하듯 그러는 속내는 뭔가 있다 싶었다.

이럴 때는 웃음만큼 좋은 것이 없었다. 묵묵부답 씩! 웃음으로 답해 총지휘를 맡겠다는 것도 아니고, 안 맡겠는 것도 아닌 종잡을 수 없는 태도를 보여 돌려보낸 뒤였다. 조범이 제 형한테 제대로 소식을 전해 준 듯 조헌이 젊은 유생들을 데리고 헐레벌떡 나타났다.

"그렇지 않아도 찾아가 상의 드리려 했지요."

그리고 데리고 온 장정들을 돌아보았다.

"인사들 드리게. 가산사 영규 스님일세."

어깨에 쇠도리깨를 멘 젊은이가 먼저 고개를 숙였다.

"김절金節이라고 합니다."

다음 키가 큰 작자가 고개를 숙였다.

"김약金篇이라고 합니다."

"저는 장덕익張德益이요."

치레 인사가 끝난 뒤 이야기를 들어 보니 김절, 김약, 장덕익, 신란수申蘭秀, 김경우金擎宇는 조헌의 문인들로, 조헌의 의병 부장을 맡고 있었다.

"고양이도 낯짝이 있다고 유가들이 정치를 파탄 내어 나라가 이 지경이 되었는데, 명색이 유생이란 자가 뜻을 같이할 동지를 모아 보지도 않고, 산문에 계신 형님을[사석에서 영규와 조헌은 형 아우하면서 지냈다] 먼저 찾아간다는 것이 도리가 아니다 그리 생각했지요. 우선 가까이 지낸 이우, 이봉, 김경백을 찾아갔습니다."

"그랬습디까?"

"이자들은 지금도 태평성대의 꿈을 못 깼습디다. 그저 어디로든 숨을 곳만 찾는 것 같아서 공주로 내려가 뜻을 같이할 동지를 모았는데, 천 명 가까이 모였지요. 그러던 차에 아우 범이 찾아와 형님 말씀을 해 주기에 부랴부랴 뛰어왔습니다."

"천 명이나 모았다면 아직 조선 백성이 다 죽지는 않았구먼."

"생각 같아서는 몇 천 명 더 모아 보려 했으나 쉽지 않습디다."

"팔자를 잘못 타고난 것도 아닌데, 누가 전장에 나가 죽으려고 그러겠소?"

한데 조헌 이야기의 초점은 다른 데 있었다. 나라를 보호하고 지켜야 할 지방 수령들이 고을고을을 이 지경으로 쑥밭이 되게 했다면, 일말의 부끄러움이라도 갖고 말이라도 의병을 모으느라 수고한다 그러면서 협조를 해 줘야 할 터인즉, 되레 훼방이 이만저만이 아니라는 것이었다.

"거 왜, 모과나무 심사라는 거 있잖소?"

지방 수령들이 왜 그런 심술을 부리는가? 왜적이 한양을 치겠다고 올라가니, 전라 관찰사 이광이 임금을 구원하겠다고, 5만 군사를 거느리고 올라가다 금강에 이르러 임금이 서행했다는 이야기를 듣고 군사를 돌린 일이 있었다. 일이 이렇게 되니, 전주를 중심으로 호남 인심이 달달 끓었다. "어찌 저런 자가 관찰사냐?" 여론의 뭇매를 맞는데, 조방장 백광언白光彦이 "그럴 거면 뭘 하자고 임금의 안전을 지킨다고 나섰습니까? 그러니 백성들이 이 빠진 강아지 언 똥에 덤볐다고 그러는 것 아닙니까?" 얼굴에 핏대를 올려 항의하니, 마지못해 다시 한양으로 올라갔다. 아니 되는 놈이 넘어지면 개똥밭에 넘어진다고 용인에 이르러 만난 사람이 하필 경상 우감사 김수였다. 김수는 왜놈만 보면 도망치기 바빴던 자로, 100여 명의 패잔병을 경호원처럼 달고 다녔다. 한데 거기에 1만 명 넘게 관군을 거느린 충청 관찰사 윤선각까지 가세해 연합을 하게 되니 6만의 대군이 되었다. 거기까지는 좋았다. 뭐 전쟁이란 게 허풍이 따라다니니까 10만 대군이라 부풀려 임금을 호위하는 충군[勤王兵]이라 떠벌리며 한양으로 향했다.

한데 이 겁쟁이 문신들이 용인 근처에 이르러 와키자카 야수하루의 공격을 받았다. 백광언이 야수하루와 붙으면 안 된다고 그리 만류했건만, 우물 안 개구리들이 무슨 병법을 안다고, 왜졸이 몇 명 안 되는 것만 보고, 어디서 그런 개구리를 삼킨 뱀 같은 똥고집이 살아났는지, 야수하루와 맞붙어 단번에 산산조각이 나 버렸다.

그 소문이 전국에 퍼졌다. 전쟁 초부터 의병을 일으켜 왜적과 붙었다 하면 연전연승을 하던 경상도 곽재우가 "김수, 그 자식은 나라를 망하게 한 반역자다. 왜적을 맞아들여 서울까지 내주고 임금을 피난 가게 했으니, 그놈 목부터 쳐야 한다."고* 선포하기에 이르렀다.

고경명은 전라도에서 의병을 모으면서 격문을 돌려 "나라를 망쳐 버린 자"들이 지방 관료들이다. 그러면서 전라 관찰사 이광을 성토하고 나섰다.* 고경명은 의병을 모아 왜적이 전라도로 못 넘게 하려고 관군과 연합해 방어전을 펼쳤다. 결국 금산에서 고바야카와 다카카게[小早川隆景]와 맞닥뜨렸는데, 접전이 시작되기도 전에 관군이라는 것들은 모두 도망쳐 버리고* 의병들만 끝까지 남아 항전하다 그의 둘째 아들 고인후高因厚와 함께 전사했다.

조헌이 의병을 모으기 쉽지 않았다는 말은 지방 관료들의

---

* "김수는 나라를 망하게 하려는 큰 반역자이다. 옛 법도에 따르면 누구든지 그의 목을 베어야 한다. 왜적을 맞아들이고 서울까지 내줘 임금에게 피난 가게 했으니 그를 어찌 감사라 하겠는가?…그의 목을 베어 바친다면 그 공적은 풍신수길의 목을 바치는 것보다 몇 배나 더 클 것이다." 한명기의 -420 임진왜란 ⑯, 앞의 신문, 2012. 5. 12

* 고경명은 각 고을에 돌린 통문에서 우물쭈물하는 지방관들을 '나라를 완전히 저버린 자'들이라고 성토했다. 또 순찰사 이광에게도 각성하라고 촉구했다. 한명기의 -420 임진왜란 ⑯, 앞의 신문, 2012. 5. 12

* 靈巖郡守 金成憲이 겁을 먹고 먼저 말에 채찍하여 달아나 버리고…防禦使 郭嶸은 미처 싸우기도 前에 뒤도 돌아보지 않고 도망쳐 버렸고……. 李烱錫, 前揭書, p404

견제가 도를 넘었다는 소리였다. 의병이 처음 일어났을 때는 행재소에서도 매우 바람직한 일이라고 고무되었다. 한데 날로 그 기세가 높아지니, 솔직히 나라가 망하는 것은 뒷전이고 손가락 길이만도 못한 지방관들이 자기들 기득권을 빼앗길까 봐, 길 가운데 떠 있는 행재소에 대고, 의병들의 행패가 개판이라 못 해먹겠다는 장계가 빗발쳤다. 의병이란 것들이 하나같이 오합지졸로 주둥이로만 떠드니, 관군에게는 도리어 막중한 걸림돌이라는 것이었다.

까치는 때까치 편이다. 의병 활동에 고무적이었던 선조가 아니나 다를까 깨알 만한 머리가 핑 돌아갔다. 반역이 무엇인가, 마음만 바꾸면 의병 그놈들이 반역이다. 제 머릿속에 누룽지처럼 눌어붙은 반역에 대한 감정적 관념을 현실로 받아들였다. 전국에서 왜군과 맞서 피 터지는 싸움 속에서도 선조의 그런 머리는 아주 비상하게 돌아갔다.

그래서 조헌이 윤선각의 방해로 의병 모집에 애를 먹었다고 털어놓았고, 이게 바로 개가 깔리는 오줌이나 맞고 서 있어야 할 장승 같은 자들이 지방 수령들이라고 입에 거품을 물었다. 한 치 앞을 못 내다보는 그런 자들이 이끄는 나라를 소에 비유하면 멍에는 아홉인데, 성한 다리는 하나도 없다는 것이었다. 왜 이 지경이 되었느냐, 조정 대신들이고 지방 관료들이고 성리학이 뒤틀려 미친 개다리가 되었다는 것이다.

하나 영규는 그런 것에 마음을 쓰지 않았다. 불가는 조선이란 나라가 시작되면서 그런 틈바구니 속에서 수모만 받고 살아왔다. 지금 승군이 일어선 것은 앞도 못 보고 뒤도 못 보고 나라부터 내팽개친 선조와 그를 에워싼 개살구 지레 터진 그런 자들을 돕자고 일어선 것이 아니었다.

"잊어버리시오!"

위안조로 들려준 말은 그 말뿐이었다. 고주왈 메주왈 그럴 것 없다. 백성들 고통을 생각해서 눈 닫고 귀 막고 곧바로 청주성 공략에 들어가자고 제안했다.

"내일 동틀 때 성을 공격할까 하오."

그 말에 조헌이 손을 저었다.

"아닙니다. 의병이 천 명 나마 되니 힘을 합칩시다."

그야 어려운 문제가 아니었다. 한데 의병의 전투 준비가 다 갖춰지지 않았으니 며칠 날짜를 늦추자는 것이었다. 그래서 7월을 넘겨 8월 초하룻날 성을 공격하기로 합의가 이루어졌다. 그럼 지휘를 누가 맡을 것이냐, 조헌이 영규더러 '형님이니' 지휘를 맡으라고 했다. 하나 나라 풍습이 승가를 하대하는 사회이니, 의병 대부분이 유생이므로 그들을 통솔하자면 조헌이 지휘를 맞는 것이 좋겠다 하여, 지휘권을 그리로 넘겼다.

"공격 목표를 서문으로 합시다."

조헌의 제안에 영규가 물었다.

"그래야 할 계책이 있소?"

"서문이 경계가 좀 허술해 보입디다."

"그럼, 그렇게 합시다."

시원시원했다. 하지만 서문에만 전투력을 집중하면 성안의 왜놈들 군사력을 분산시킬 수 없다는 결점이 따랐다. 청주성을 중심으로 동서남북 요소요소 사찰에 승군이 포진해 있으니, 허장성세로 동문도 건드리고, 남문도 건드리고 북문 하나만 퇴로로 남겨 두기로 전략을 수정했다.

"좋습니다."

조헌이 이의 없이 받아들였다.

8월 초하룻날 축시에 북문만 남겨 두고 청안현 승군은 동문을, 문의현 승군은 남문을, 그리고 나머지 연기·전의 두 현의 승군이 의병과 연합해 서문을 집중 공격한다는 명령이 사사 연락망을 통해 각 승군 진영에 하달되었다.

영규는 안심사 대웅전 앞에 사사와 승군들을 도열시켰다. 승군이 의병하고 다른 점이 무엇인가. 신장님의 가호로 살생을 최소화해 승리를 하게 해 달라는 제불통청諸佛通請 의식을 올리고, 식사를 끝낸 뒤 곧 서문으로 달려갔다.

일시에 함성이 천지를 흔들며 서문을 향해 몰려드는데, 1천 명이나 되는 승군들의 무기가 볼만한 구경거리였다. 승군들 무기는 곤방과 편곤이 대부분이었고 도끼, 칼, 낫, 활, 쇠스랑, 죽장창에 이르기까지 나름의 훈련으로 단련된 손에 익은 무기를 지니고 있었다.

와—!

이쪽에서 와— 하니, 저쪽 의병들도 와— 하고 달려 나왔다. 졸지에 청주성을 가운데 두고 사방에서 횃불이 일어나 공격해 들어갔다. 성안의 왜놈들도 횃불이 살아나며 펑! 펑! 조총 소리가 새벽하늘을 흔들었다. 승군과 의병들의 사기가 동쪽 하늘의 불그스름한 북새를 찢었다. 왜적들이 성가퀴[女牆]를 방어벽으로 총안銃眼에서 사정거리가 긴 조총을 쏘아 대니 성 가까이 접근이 쉽지 않았다. 저런 왜놈들을 작살내려면 천자총통이나 지자총통이 있어야 했는데, 홀아비 뭣 치레하듯 관군이란 것들이 그런 무기는 다 차지해 버려 승군과 의병에게는 그림의 떡이었다.

이쪽에서 뒤로 물리면 저쪽에서 성문을 열고 쫓아 나와 조총을 쏘아 댔다. 짚단을 총알받이 방패로 삼아 화살을 날리며 도끼와 낫을 들고 밀어붙이니 왜놈들이 성문으로 우르르 쫓겨 들어가 문을 닫아걸었다. 미처 문 안으로 들어가지 못한 왜적들을 포위해 사격을 퍼붓는데, 힘깨나 쓰게 생긴 장정 하나가 깨를 홀랑 벗고 칼을 들고 쫓아가 적졸의 목을 치는데, 난데없이 큰소리가 울려 퍼졌다.

"가죽 갑옷에 옷을 입어라!"

우하하하―! 군사들이 모두 웃음을 터뜨렸다. 가죽 갑옷에 옷을 입으라는 소리는 조헌의 함성이었다.* 웃음소리에 승군과 의병들의 사기가 치솟아 서문 앞까지 진입해 갔으나 성문을 열지는 못했다.

---

* 이날은 날씨가 몹시도 무더웠는데 어떤 壯丁은 半裸體로 敵을 쫓아가니 趙憲이 큰소리로 "가죽 갑옷 위에 옷을 입어라." 하니 義兵들이 일제히 웃으면서 '소가죽' 또는 '말가죽' 이라 외쳐서 凄節한 戰爭터에서 한동안 웃음꽃이 피었다. 李烔錫, 前揭書, p496

날이 저물도록 승·의 연합군이 왜놈들과 밀고 밀리는 싸움이 계속되는 신시쯤, 뇌성벽력을 동반한 7, 8월 여우비가 폭포처럼 퍼부었다. 군사들이 모두 물에 빠진 생쥐 꼴이 되었다.

날도 저문 데다 승군과 의병의 패색이 짙어져 퇴각하려던 때였다. 성안에서 한 여인이 어둠을 뚫고 뛰쳐나왔다. 조헌 앞으로 안내된 여인은, "적들이 시신을 불태우고 도망칠 것 같다."는 정보를 알려 왔다.

타는 닭도 꼬끼오 하는 법이다. 하물며 전쟁터에서랴! 영규는 적군의 간계일지 모른다는 생각이 들어, 발 빠른 건달바 특공대를 성안으로 들여보냈더니 여인의 말이 거짓말이 아니었다. 다시 전열을 가다듬어 성안으로 돌진해 들어가니, 왜군은 벌써 북문으로 빠져 달아났고, 성안은 텅 비어 있었다. 그래서 청주성을 무혈입성으로 다시 되찾았다.

청주에서 이와 같은 전투가 벌어지고 있을 때, 선조는 뭘 하고 있었는가. 강계로 귀양 간 정철을 사면해 의주로 불러 삼도도체찰사三道都體察使로 임명했다. 도체찰사란 국가 비상시 임금으로부터 전권을 위임받아 군사 업무와 민간 업무를 총괄해 다스리는 직책이었다.

청주성에서 영규의 승군과 조헌의 의병이 하치스카 이에마사와 밀고 밀리는 싸움이 계속될 때, 선조는 윤두수와 정철을 불러 앉히고 요동 망명을 논의했다.

"적병이 벌써 전라도를 침범했다."

선조의 말에 정철이 대답했다.

"고경명이 고종후高從厚, 고인후 두 아들과 군사를 나누어 방어하는데, 적세가 엄청나다고 합니다. 원하옵건대 전하께서는 압록강을 건넌다는 말씀을 입 밖에 내지 말아야 하고, 아예 그 생각을 끊으셔야 합니다."

정철의 말은 관직을 떠나 있던 고경명이, 더구나 두 아들을 데리고 전라도에서 의병을 일으켜 방어하고 있는데, 그들이 누구를 위해 그러겠느냐? 그러니 맥 빠지게 요동으로 망명하겠는 말을 다시는 입에 담지 말라는 뜻으로 한 말이었다. 그만큼 알아듣게 이야기를 해 주는 데도 선조가 윤두수를 돌아보았다.

"정철의 말이 어떤가?"

윤두수가 대답했다.

"요사이 자문[咨文: 報告書]을 보면 요동으로 가는 것이 온당치 못한 듯싶사옵니다. 한번 압록강을 건너면 나라를 회복할 희망이 영원히 끊어지옵니다."

선조가 대답했다.

"그렇다고 해도 망명 문제를 미리 결정하지 않을 수 없다."

도대체 이 사람이 국왕이 맞는가. 쥐뿔도 모르면서 고집만 똥고집인 선조에게 윤두수가, 그러려면 차라리 함경도 강계 어디 산골짝으로 올라가자는 대안을 제시했다.

"강계 근처 산골짝이 험조險阻하니, 그곳에 웅거하시면 적을 막을 만하옵니다. 그래도 강계로 가는 것이 요동으로 가는 것보다야 낫지 않겠사옵니까?"

선조가 대답했다.

"강계는 국내 소식이 통하지 않고, 적병이 점점 널리 퍼지고 있으니, 장차 그것을 어떻게 해야 하겠는가?"*

강계는 산이 가파르고 골짜기가 험해 요새로 막혀[險阻] 소식을 들을 수 없으니 갈 수 없다는 대답이었다. 그 말을 뒤집으면 요동으로 가야만 나라 안 소식을 환히 들을 수 있다는 이야기로. 제 나라 산골짜기 험한 것을 탓하는 바로 이 사람이 조선조 14대 국왕이었다.

그 나물에 그 밥인 정철이 삼도도체찰사가 되어 적의 동태를 살핀답시고 배를 타고 평안도 영유永柔현으로 내려갔다. 관아에 들어가 수령을 불러 한잔 거나하게 걸치고 관기를 불러 앉힌 뒤, 그 경황에 시흥이 돋아 강계에서 귀양살이하던 때의 심경을 읊었다.

아름다운 여인이 강계에서 귀양살이를 묻는데,

---

* 宣祖實錄 28卷(1592, 壬辰) 7月 29日

대답을 하려 하니 눈물이 절로 난다

님을 그리는 한밤에 천 리나 먼 꿈을 꾸었으나

북쪽에는 만산이 첩첩하여 돌아가기 어렵더이

佳人欲問淸江事

欲說淸江淚自潛

中夜戀君千里夢

北歸難渡萬重山*

이런 넋 빠진 자가 기축년 정여립 옥사를 멋대로 주무른 우의정 정철이었다.

---

* 宣祖實錄 28卷(1592, 壬辰) 7月 29日

죽을 때가 되면 죽는 것이다

임진년 6월, 일본은 나름대로 조선 분할통치에 들어갔다. 구체적으로 가토 기요마사는 함경도, 고니시 유키나가는 평안도, 구로다 나가마사는 황해도, 시마즈 요시히로는 강원도, 후쿠시마 마사노리와 쵸스카베 모토치카는 충청도, 고바야카와 다카카게는 전라도, 모리 테루모토는 경상도, 경기도와 한양은 일본군 총사령관 우키타 히데이에의 통치 지역이었다.*

임진년 7월이었다. 청원사 이덕형의 설득으로 명나라 부총병副摠兵 조승훈祖承訓과 유격장遊擊將 사유史儒가 조선을 구원하겠다고 3천여 군사를 거느리고 압록강을 건너왔다. 한

---

*다수의 사람들이 모두 조선으로 건너간 후에, 귀족들과 주요 인물들 사이에 협의하여, 조선을 그들 사이에서 여러 지역으로 분할하였다. P. Louis Frόis, S. J. 포르투갈 신부가 본 임진왜란 초기의 한국(HISTORIA DE JAPAM), 강병구 옮김, 까몽이스재단/주한 포르투갈 문화원, 1999, p57

데 난폭하기 짝이 없는 되놈들이 조선 사람들을 우습게 보고 멋대로 휘젓고 다니니, 의주 백성들이 놀라 자빠져 집을 비우고 모두 달아나 버렸다. 놈들이 행재소에 와서 저희들이 무슨 비단에 꽃무늬라고 이리 빼고 저리 빼고 갖은 유세를 부리며 별별 트집을 잡다가, 평양성을 수복한다며 유키나가와 접전을 벌였다. 결과는 대패였다. 왜놈들을 섣불리 집적거렸다가 유격장 사유가 전사하고 조승훈은 다시 명나라로 돌아가 버렸다.

참 더럽고 아니꼽고 별별 추잡스러운 수모를 당하면서도, 사면초가에 몰린 조선은 다시 지원군을 요청하지 않을 수 없었다. 명나라에서는 그럴수록 고자세였다. 그렇건만 왜놈들이 명나라를 치겠다고 떵떵거리는 판이라 손을 놓고 쳐다만 볼 수도 없는 형편이었다.

그때 명나라는 영하寧夏·섬서陝西 지방에서 몽골의 귀화인 보바이[哱拜]가 일으킨 반란에 제독提督 이여송李如松을 보냈으나 진압에 어려움을 겪고 있었다. 말하자면 제 코가 석 자나 빠져 제 앞가림이 어려운 형편에 조선에 구원병을 보낼 처지가 아니었다.* 그렇다고 나날이 치성한 왜적을 내버려 둘 수도 없었다. 안팎곱사등 굽히지도 젖히지도 못하는 것이 이런 것일 거다. 명나라 입장에서 보면 어떻게든 일본군과

---

* 영하(寧夏)·섬서(陝西) 일대에서는 몽골 귀화인 출신 장수 보바이(哱拜)가 반란을 일으켰다. 명은 이여송(李如松) 등을 보내 진압에 안간힘을 쓰고 있는 형편이었다. 이런 상황에서 조선에 들여보낼 병력과 군수물자를 동원하는 일은 만만치 않았다. 한명기의 -420 임진왜란 ⑱, 앞의 신문, 2012. 6. 8

협상을 끌어내거나, 여의치 않으면 조선군을 앞세워 조선에서 전쟁을 치른다는 전략에는 달라진 것이 없었다.

그때 병부상서兵部尚書 석성石星이 꾀를 냈는데, 심유경沈惟敬에게 경영첨주유격京營添住遊擊이라는 명함으로, 왜적을 꾀어내 비밀리 강화에 부치라는 지령을 내려 의주로 보냈다.

한데 심유경은 얼굴까지 못생긴, 근본이 사기꾼으로, 허풍이 얼마나 센지 의주 행재소에 발을 들여놓자마자, "이따 봐라. 내가 유키나가도 잘 알고, 소 요시토시하고는 막역한 사이다. 내 이 길로 왜놈들 본영으로 들어가 조선이 본시 동방예의지국으로 얌전한 나란데, 어찌 침략을 해서 죄 없는 백성들을 죽이느냐, 단단히 혼쭐을 내 빨리 물러가지 않으면 명나라 산동성 군대를 출동시켜 너희들을 개구리 밟듯 단숨에 밟아 섬멸해 버리겠다."고 허풍을 뻥뻥 때렸다. 심유경의 접대를 맡은 조선 접반사 직제학 오억령吳億齡이 납작 엎드렸다.* 그래서 조선은 녀석의 허풍에 깜빡 속아, 시간 끌기 전략에 휘둘려 나라가 두 동강이 날 직전에 다다르게 되었다.

그때 휴정은 73세 노령이었다. 일흔셋이라는 숫자가 주는 이미지는 시간에 주어진 장소에서의 물리적 움직임, 예컨대 생명이 살아 있음을 옳게 뒷받침하는 일로 일관해 왔었다. 그것을 초심이라 하던가. 초심은 모든 편견으로부터 자유로워 세상을 있는 그대로 받아들일 준비가 되어 있음을 말한

---

* 宣祖實錄 27卷(1592, 壬辰) 6月 29日

다.* 지금 나는 모든 것에서 자유로운 그대로를 받아들인 것인가? 휴정은 아니라고 고개를 흔들었다. 그렇다면 이제 마무리를 할 때가 되었다고 생각했다.

해인사에 가 있는 태능을 올라오라 한 것도 생의 마무리를 염두에 두고 취해진 조처라 할 수 있었다. 묘향산뿐 아니라 전국의 승군을 이끌고 전쟁터로 나가면 살아서 돌아온다는 보장도 없었다. 딱히 신변을 정리하겠다는 것은 아니었으나, 잠시 존재감을 내려놓고 정에 들어 있다가 붓을 들었다.

천 생각 만 생각 헤아림이
화로의 붉은 불 위에 한 점 눈이로구나
진흙으로 만든 소가 물 위로 가니
대지가 허공을 찢는다

千思萬思量
紅爐一點雪
泥牛水上行
大地虛空裂 —臨終偈

굳이 임종게라 할 수도 없는 소회를 오언五言으로 적어 서안 위에 올려놓고 있는데, 해인사에서 태능이 올라왔다.

---

*선불교(Zen Buddhism)에서는 '초심(beginner's mind)이라는 개념을 가르친다. 초심은 모든 편견으로부터 자유로워져 세상을 있는 그대로 받아들일 준비가 된 상태를 말한다. 숀 캐럴, 현대물리학, 시간과 우주의 비밀에 답하다, 김영태 옮김, 다른세상, 2012, p120

"먼 길을 올라오게 했구나."

스승과 제자 사이. 태능이 깍듯이 예를 갖춘 뒤 물러나 앉으면서 물었다.

"산문에 승군 소집령을 내리셨더군요?"

어찌된 것이냐고 묻는 말이었다. 긴 말 하고 싶지 않았으나 해인사에 있는 사람을 올라오라 했으니, 올라오라고 한 사정 정도는 설명을 해 줘야 할 것 같았다.

"오랜 세월 세간 형편이 어려워 왔거늘, 태평성대라 하여 손을 놓고 있다가 왜군이 쳐들어오니, 죄 없는 시주들이 고통을 받고 죽어 나가는 모습을 더는 볼 수 없더구나. 미력이나마 승군을 일으켜 나라를 구하는 일에 일조를 하겠다고 행재소에 가서 약속을 하고 왔느니라."

태능이 말을 잊고 한참 눈자위만 붉히고 있다가 입을 열었다.

"뜻이야 그렇다 할 수 있겠사옵니다만, 연세가 있으시온데 하실 수 있는 일이옵니까?"

휴정이 대답했다.

"그것이 그렇더구나, 지나간 날에 무심히 해 왔던 일들이 무명이라면, 선禪은 밝은 지혜[般若]라 하였으니, 밝은 것과 어두운 것이 맞설 수 없다는 것은 당연한 일이언만,* 스스로 속는다고 해야 할지, 이수돈오理雖頓悟요, 사비돈제事非頓除라 했지. 이치는 단박에 깨칠 수 있어도, 한꺼번에 버릇까지 가시지 않는 것은 내가 아직 부족해서 그런 것 아니겠느냐? 번

---

* 業者無明也 禪者般若也 明暗不相敵 理固然也. 禪家龜鑑

갯불처럼 알고는 있되 인연 따라 일어나는 일을 밝히지 못했음인즉, 하는 일이 이리 궁자窮子와 같구나."*

태능이 들어 보니, 산문의 수행자로서 드러내 놓고 할 수 있는 말이 아님을 토로하시는 것 같았다. 그렇다면 무엇 때문에 승군이 전쟁에 나서야만 하는가? 문득 조선이라는 땅에서 산다는 것, 그것이 고리가 되어 왜군들이 쳐들어오니, 애매한 돌에 두꺼비 치이듯 죄 없는 백성들만 저리 고통을 당하고 죽어 가는 모습을 더는 방관할 수 없다는, 현실로서의 인식이 노스승으로 하여금 그리 결단을 내리게 한 것 같았다. 일단 결단을 내리셨다면 더는 할 말이 없었다. 그래서 고개만 숙이고 묵묵히 앉아 있었다.

"내가 너를 보자 한 것은 나 없는 사이 언기를 보살피게 하려 함이다. 데리고 있어 보니 아이가 참하고 성정이 맑아서 잘 깨우쳐 알도록 곁에서 채근을 해 주면 능히 사자상승의 법기法器가 될 그릇을 가지고 태어났더구나. 세상이 이리 어지러우니 그럴수록 잘 지도해 보살펴 주면 부처님의 큰 혜명을 잇겠다 싶어, 네가 곁에 꼭 끼고 때가 묻지 않도록 법을 담을 그릇으로 만들어 보아라."

노스승의 말씀이 차후 불가의 앞일에 관한 이야기여서 생각지도 않게 귀를 꽝 치고 들어왔다. 태능이 노스승을 쳐다보았다. 마음이 아뜩해져 다시 서안으로 눈을 돌리니, 금방

---

* 文殊達天眞 普賢明緣起 解似電光 行同窮子. 禪家龜鑑. 여기서의 '窮子' 는 법화경 신해품에 나오는 빈궁한 장자의 아들과 같다는 뜻으로 해석된다. 〈筆者〉

적어 놓으신 것 같은 시 구절이 눈에 들어왔다. 붉은 불이 담긴 화로 위로 내려온 한 점의 눈이 목숨이라면 바로 우리의 목숨이 그렇다는 내용일까. 진흙 소가 물 위로 지나가듯, 살상이 난무하는 전쟁 속에 당신의 한 몸을 속죄의 재물로 풀어 던져, 무명의 세계가 찢어지고 없어진다면 그리하겠다는 의지가 담긴 내용으로 다가왔다. 그 의미가 가슴속으로 아프게 젖어들었다. 태능은 뜨거운 무엇이 목구멍을 타고 올라온 것을 억눌렀다.

"⋯⋯!"

눈가에 형언할 수 없는 눈물이 맺혀 노스승만 물끄러미 바라보았다. 전해 듣기로는 사사들이 한때 조정을 들이치기 위해 도성을 둘러싸고 노스님의 결단만 기다렸다고 하는데, 그때의 모습과는 전혀 다른 모습이셨다. 그 무엇이 스님의 모습을 저렇게 바꾸어 놓았을까.

암자 밖에서 인기척이 들리더니 보현사에서 장곡이 올라왔다.

"큰스님 준비가 끝났사옵니다."

출정 준비가 완료되었음을 알리러 온 듯했다.

"오냐, 알았다."

노스님께서 자리에서 일어나시더니 장삼을 입고, 벽장문을 열고 석 자가 넘는 본국검을 허리에 매셨다. 그리고 밖으로 나가셨다. 저 칼에 담긴 의미가 무엇일까. 저 검이 세상을 살려 어지러움을 잠재울 위덕삼매威德三昧의 방편이란 말인가?

태능은 노스승의 뒤를 따라 암자 마당으로 내려섰다. 스승께서 앞서 암자 아래 비탈길로 내려서시더니 뒤를 따라온 언기의 손을 잡고, 태능 스님의 가르침을 잘 받들라는 말을 남기고 돌아서셨다. 장곡을 뒤에 세우고 두어 걸음 내려가시다가 다시 뒤를 돌아보시는데, 언기가 손등으로 눈물을 닦는 모습을 보시더니 발걸음을 멈추셨다.

"이놈아, 생사가 둘이 아니다. 밝은 구슬이 바로 네 손안에 있느니!"

그러고는 비탈을 내려가시다 또다시 뒤를 돌아보셨다.

"내 너를 보니 버리고 갈 것이 하나가 더 있구나."

장삼 자락을 젖히시더니 허리띠에 매달린 궁낭[囊]을 풀어 언기한테 건넸다.

"자, 받아라. 이건 나의 모친께서 지니셨던 유품이니라. 부친께서 챙기셨다가 나를 안고 임종하시면서 내 손에 쥐어 주시더구나. 이것이 그간 부모님 생각을 떠나지 못하게 했던 것인데, 이제야 버릴 때가 된 것 같구나."

하시더니 껄껄 웃으셨다.

"네가 가지고 있다가 버리거라."

궁낭을 받아든 언기의 손등 위로 눈물이 뚝뚝 떨어졌다.

"이놈아, 칼로 허공을 치면 칼날에 닿지 않는 것이 어디 있더냐? 그래도 허공은 흔적이 없으니 칼날이 그대로 있는 것 아니더냐?"*

* 譬如擲劍揮空 莫論及之不及 斯乃空輪無跡 劒刀無虧. 禪門拈頌 擲劍

그러고는 발길을 돌리셨다.

언기가 받은 궁낭을 열어 보니, 은입사에 꿰어진 도끼 모양의 기자祈子였다. 한시도 부모님 생각을 떠나지 못하게 했다는 스승의 말씀에 태능은 코끝이 벌에 쏘인 듯 따가움으로 두 눈을 뜰 수 없었다. 스승께서는 부모님 생각까지 내려놓으시고 산을 내려가셨구나! 무엇 때문에 그리하셨는가?

"잘 간직하고 있다가 스님 말씀대로 하여라."

태능이 언기의 손을 잡고 암자로 올라왔다.

보현사로 내려온 휴정은 승군들을 모두 법당 앞에 모이게 하여 향례의 예를 올린 뒤 합창으로 총원總願을 외웠다. 그러고는 다시 깨어난 듯 활기찬 목소리로 "하늘과 땅이 모습을 잃으니 해와 달이 어둡다!"* 묘향산이 떠나갈 듯 할!을 마치신 뒤 보현사를 나섰다. 말을 타고 해탈문을 나서 묘향천을 내려가는 휴정 뒤에는 '팔도도총섭승군장' 깃발이 드높이 펄럭였고, 1천 500명의 승군들이 여러 모양의 깃발을 세워 들고 뒤를 따랐다.

기축년, 의엄이 조정을 접수하려고 도성을 둘러쌌을 때였다. 무술도 그만하고, 머리 돌아가는 것도 그만한 데다 임기응변까지 뛰어난 계홍을 구월산 승군 훈련대장으로 임명해 금강영관에 올려 보낸 뒤였다. 그 뒤 조선과 일본 통신사가 왔다 갔다 한다더니, 조선이 울타리 없는 나라임을 알고 왜

---

* 乾坤失色 日月無光. 禪家龜鑑

군이 쳐들어와 쑥밭이 되어 버렸다. 곧 묘향산으로 큰스님을 찾아가 뵈려던 차에 노스님의 격문을 받았다.

의엄은 계홍을 불러 구월산 승군 소집령을 내렸다.

"해서 각 산문의 승군을 다 소집할까요?"

기축년처럼 해서의 모든 산문 승군을 다 소집할 것이냐고 물었다.

"아니다. 구월산 이쪽 승군만 소집해라."

나머지는 전세를 봐 가면서 필요하면 더 소집할 작정이었다. 그리고 승희와 혜은을 불러들였다.

"네놈들은 도대체 뭘 하는 놈들이냐?"

혜은이가 혜혜, 웃으면서 처다보았다.

"스님, 어찌 마음에 없는 염불을 하십니까?"

마음에 없는 염불, 도성에서 왜놈들이 뭘 하고 있는지 살펴보라 하여, 한 달 넘게 한양에 머물면서 우키타 히데이에가 군졸들을 시켜 저지른 일을 세세히 보고해 올린 것을 두고 한 말 같았다. 승희와 혜은이 보고해 온 바에 의하면, 히데이에는 한양 성민을 제나라 신민臣民을 대하듯 어르면서 뒷구멍으로 조선왕조의 귀중품을 모조리 빼내 간다는 것이었다. 왕실의 고완품이라면 왜놈들은 사족을 못 쓴다고 했다. 어찌 놈들이 왕실 물건만 빼내 가겠는가 싶어 봉은사, 봉선사, 삼각산 크고 작은 사찰들을 돌아다녀 보니, 웬걸 조선 사람들은 부처 귀신이 붙었다고 거들떠보지도 않는 사찰의 오래된 사물寺物을 싹싹 긁어 가더라고 했다. 법당 안의 불화는 말할 것 없고 하다못해 산신당 초상, 은촛대, 금동향로, 호주머니에 넣을 만한 작고 예쁜 여래좌상, 보살좌상, 등에 짊어져야만 옮길 수 있는 법당 부처님까지 모두 쓸어 가더라는 것이었다.

"쪽발이놈들은 말예요, 절집 물건만 보면 사족을 못 써요."

그때는 전쟁 초라 봉은사, 봉선사, 삼각산 사찰들이 불에 타지 않을 때였다. 봉선사에서는 부처님 경전과 경판, 고려 때 큰스님들이 송나라 스님들과 주고받은 서찰까지 모조리 묶어 가져가는 왜놈 졸개들을 승희는 엎어치기로, 혜은은 독사 주둥이로 목덜미를 팡팡 내리쳐 그 자리에 쭉쭉 뻗게 해 놓았다고 했다. 그랬더니, 조총을 쏘며 달려드는 바람에 냅다 도망을 쳐 송도 관음사로 올라왔다는 것이고, 관음사에서도 같은 일이 벌어져 그놈들까지 때려눕히고 올라온 혜은에게 네놈은 뭘 하는 놈이냐고 해 놨으니, 환히 알면서 어찌 마음에 없는 염불을 하느냐는 소리가 나올 만했다.

"도총섭 스님께서 승군을 모아 법흥사로 모이라는 격문을 띄우신 건 알고 있느냐?"

"하이고 우리가 눈감고 삽니까?"

"알았다. 승군을 모아 법흥사로 떠날 것이다."

"제가 스님 곁에 한 발짝도 안 떨어지고 모시고 갈게요."

"또 말썽 피우려구?"

"아이라카니요."

계홍이 금강영관에 소집해 놓은 승군은 1천 200명이었다.

의엄은 좌우에 승희와 혜은의 경호를 받으며 '구월산 승군'이란 깃발을 세워 들고 법흥사로 진군했다.

임진년 7월, 왜장 모리 요시나리와 시마즈 요시히로가 삼척으로 올라와, 요시나리는 해안을 타고 곧장 고성으로 올라가고, 조령으로 내려간 요시히로는 원주로 올라가 춘천 · 양구를 깨뜨리고 금강산에 이르렀다.

그때 유정[사명]은 표훈사에 있었다. 금강산 승군이 왜적을 맞아 대적할 것이냐, 말 것이냐 의견들이 분분해 있던 차에, 요시히로의 졸개들이 유점사로 들이닥쳤다. 유점사의 젊은 스님들은 모두 표훈사로 올라가 있었고, 노스님들만 절을 지키고 있었는데, 놈들이 칼을 빼들고 노승들의 팔목을 묶어 산영루山映樓 앞으로 끌어내 무릎을 꿇려 놓고 노략질을 시작했다.

그 정황을 금강산 사사가 곧바로 표훈사로 알려 왔다. 유정은 곧 승군 여남은 명을 거느리고 유점사로 내려갔다. 산영루 앞에 이르니 노스님들이 묶여 있었으나 돌아보지도 않고, 석장을 휘둘러 능인보전 앞에 이르렀다. 왜놈 적장이 9층 석탑 앞에 뻣뻣하게 서서 유정을 바라보았다. 유정이 검은 수염을 휘날리며 찌를 듯한 푸른 눈으로 적장을 쏘아보고 앞으로 내닫는데, 검은 수염의 비장한 얼굴에 차갑고 냉혹한 기운이 서려서 그랬든지, 왜장이 뒤로 한 발 물러섰다.

"그대는 누구인가?"

할을 하듯 우렁찬 소리로 물으니, 적장이 말을 알아듣지 못
했다.

"함부로 사람을 죽이지 말라!"

글로 써서 보여 주니, 왜장이 유정의 싸늘한 얼굴에 나타난
냉혹한 위엄에 눌려 엉겁결에 뒤로 물러나 허리를 굽혀 합장
을 했다. 왜장이 허리를 굽히니, 놈을 호위해 섰던 부장 두 놈
도 따라 합장을 하면서 고개를 숙였다. 9층 석탑 앞에서 이러
한 광경이 벌어진 모습을 본 왜놈 졸개들이 노략질을 멈추고
산영루 앞 노승들의 손목을 풀어 주었다.

놈들이 노략질해 모아 놓은 물건들을 보니, 법당에 걸린 불
화, 금동여래입상金銅如來立像, 금동보살입상金銅菩薩立像, 옥
제로玉製爐, 금동정金銅鼎, 금동향완金銅香琓, 하나같이 유서
깊은 전통 귀중품이었다. 유정이 적장에게 훔친 물건들을 모
두 제자리에 갖다 놓으라는 글을 써 보여 주니, 왜장이 군졸
들에게 노략질한 물건을 모두 제자리에 갖다 놓으라고 명령
을 내렸다.

수행의 힘이 노기로 나타난 유정의 엄청난 위의에 압도당
한 적장이 허리를 굽혀 합장을 하고 물러가면서 '이 절에는
도승이 계신 곳이니 아무도 들어오지 말라!'는 팻말을 써서
산영루 기둥에 걸어 놓고 유점사를 떠났다.*

그런 일을 겪었던 유정은 며칠 뒤, 스승 휴정 노스님으로부
터 전국 승군장들은 지체 없이 승군을 모아 순안 법흥사로

---

* 申鶴祥, 四溟堂實記, 圖書出版 麒麟苑, 1982, p87

모이라는 격문을 받았다.

"올 것이 왔구나!"

유정은 곧 승군 1천 명을 선발해 법흥사로 출발했다.

나라가 개판이다 보니 오이를 거꾸로 먹어도 제멋이었다. 유생들이 다스리는 나라는 전쟁이 났음에도 전략은커녕 도무지 질서라는 게 없었다. 청주성을 수복한 조헌은 이우, 이봉, 김경백을 가까스로 설득해 1천여 의병을 거느리고 국왕을 호위할 양으로 온양으로 올라갔다. 그 소식을 들은 충청 감사 윤선각은 가슴이 철렁했다. 조헌이 행재소로 올라가면 틀림없이 청주성 전투에서 꽁무니를 뺀 사실을 거론하게 될 것이고, 그렇게 되면 충청 감사 모가지가 그 자리에서 달아나 귀양을 갈 게 뻔했다. 똥줄이 탄 윤선각은 조헌의 부장 장덕익을 불렀다.

"금산에서 고경명이 전사한 뒤 적세가 날로 치성해 호남·호서로 침투하려 한다네. 사실은 나도 조공趙公과 뜻이 같은 사람일세. 나라를 중흥하자는데, 어찌 생각이 다를 수 있겠는가. 듣자 하니 조공께서 전하를 호위하러 행재소로 간다는데, 금산의 적을 놔두고 올라간다는 것이 도리가 아니지 않는가. 금산의 적을 물리치고 떠나도 늦지 않을 터인즉, 나와 함께 금산의 적부터 물리치고 가라고 하게."

행재소로 올라가려는 조헌의 발길을 막으려는 윤선각의 술책은 세살창 돌쩌귀 들어맞듯 착 맞아떨어졌다. 조헌이 워낙 사심이 없는 사람이다 보니, 장덕익의 말을 곧이곧대로 듣고, "허허허, 윤선각의 말이 옳도다." 그러고는 몇 명 안 된, 윤선각이 거느린 관군과 힘을 합쳐 금산성을 치기로 했다.

한데 윤선각이 기다렸다는 듯 의병을 관군에 편입시켜 충청 감사인 자기의 명을 따르라는 것이었다. 이게 닫는 걸음에 발을 거는 술책이었다. 대의만을 앞세운 조헌은 뭣도 모르고 달려들었다가 윤선각의 덫에 덜컥 걸렸다. 썩은 준치가 가시 자랑한다고, 윤선각의 후속 조치는 의병으로 나간 장정들의 부모를 데려다가 겁박을 하면서 관할 군과 관할 현 수령들에게 의병들의 요구에 일체 응하지 말라는 공문까지 띄웠다. 그래서 조헌이 모은 의병이 거지반 흩어져 버렸다.*

할 수 없이 공주로 돌아온 조헌은 전라 순찰사 권율에게* 팔월 열이렛날, 금산성을 칠 테니 협공하라는 서찰을 보냈다. 그러고는 어렵게 700여 의병을 모아 금산성으로 내려가면서 승군장 영규를 찾아갔다.

영규는 그때 동학사東鶴寺로 넘어와 있었고, 스승인 휴정 큰스님께서 각 산문에 띄운 격문을 받았다. 큰스님께서 승군을 모은다는 것은 승가에 그럴 만한 사정이 있음을 뜻하는 것이므로, 충청도 승군을 모아 법흥사로 올라갈 준비를 하던 차였다.

"나라가 제대로 되려면 감사라는 이 작자들부터 죽여야 합

---

* 宣祖修正實錄 26卷(1592, 壬辰) 8月 1日
* 그 무렵 권율은 光州牧使에서 全羅巡察使로 임명받았다.

니다."

조헌이 부장 장덕익을 데리고 동학사로 들이닥쳤다. 인사가 끝나자마자 감사부터 죽여야 한다는 볼멘소리를 뱉어 냈다. 볼멘소리도 소리였으나 전에 볼 수 없던 격앙된 얼굴이었다. 자초지종 이야기를 들어 보니, 청주성을 수복한 뒤 의병을 이끌고 북쪽 행재소로 올라가던 참인데, 의병을 해산시키려는 윤선각의 술책에 말려 1천여 의병이 모두 흩어져 버렸다는 것이다. 그래서 다시 공주로 내려가 700의병을 모아 금산성을 치러 가는 길이라 했다.

"형님, 금산성 왜놈부터 요절냅시다."

조헌이 사석에서만 쓰던 형님이란 말을 불쑥 들이밀었다. 영규가 고개를 들었다.

"저희 큰스님께서 전국에 승군 소집령을 내렸소!"

"큰스님이라면 스승이신 휴정 스님 아니오니까?"

영규가 고개를 끄덕였다.

"어디서 소집령을 내렸습니까?"

"법흥사요. 평안도 순안……."

조헌은 난감한 얼굴로 영규를 바라보았다.

"그러시다면 올라가시기는 해야겠는데……."

교묘하게 말끝을 흐렸다.

"사실은 나도 북쪽으로 올라가다가 돌아왔습니다."

"북쪽이라면 행재소 말이오?"

"네."

조헌이 숱이 많은 턱수염을 쓸면서 대답했다. 조헌이야 유가의 선비이니 북방 행재소로 선조 임금을 지키러 가는 것은 누가 뭐래도 떳떳한 일이고 명분이 서는 일이었다.

"그럼, 가지 않고 왜 이리로 오셨습니까?"

"행재소가 상감께서 계신 곳이기는 하나, 내 고장이 이리 어지러운데, 내 고장을 그냥 놔두고 꼭 행재소로 가야만 되느냐, 그런 생각이 들었지요. 금산성이 지금 적의 수중에 들어 백성들이 죽어 나가는 판에, 금산도 내 나라 내 땅이요, 행재소도 내 나라 내 땅 아닙니까?"

말이야 옳은 말이었다.

"내 고장 내가 지키는 것이 나라를 지키는 것이고, 또한 전하를 지키는 것 아니겠습니까? 일단 금산성부터 수복하려고 내려가는 길입니다."

그 말에 장덕익이 의견을 내놓았다.

"지금 금산성의 적세가 매우 성합니다. 우리 의병의 수로는 어려울 것 같으니, 더 관망을 해 보고 이때다 싶으면 들이치거나, 행조의 분부를 기다려 결정하는 것이 좋을 듯합니다만……."

한데 조헌의 태도가 단호했다.

"그대의 말이 합당하지 않은 것은 아니다. 허나 전하께서 지금 어디에 계신지 그것도 모르거니와 촌각이 여삼춘데, 기고만장, 펄펄 날뛰는 적세를 바라만 보자니 그것이 어찌 치욕 아니겠는가?"

그리고 영규를 바라보았다.

"우리가 금산성을 치면 전라 순찰사가 협공하기로 했소. 아무래도 형님께서 나서 주셔야겠습니다."

영규도 며칠 전, 전라 순찰사 권율로부터 행재소가 있는 북쪽으로 같이 올라가자는 서찰을 받았다. 조헌의 말이 그르다 할 수는 없으나, 영규는 전말의 사정을 이야기하지 않을 수 없었다.

"전라 순찰사가 만군을 이끌고 행재소로 올라간다면서 소승에게 선봉이 되어 줄 것을 청한 바 있소. 다만 출사 기일만 약속받지 못했는데, 우리가 먼저 금산성을 치는 것이 경솔한 행동이 아닐까 염려되오."*

"허! 주군이 욕을 당하는 판에 신하가 왜 살아 있어야 하겠소. 오직 죽음만이 있을 뿐이오."

누구는 조선 백성 아니겠는가마는 조헌의 태도는 완강함을 넘어 강경했다.

"내가 대감의 뜻을 이해 못하는 건 아니오. 전라 순찰사가 올라온다고 했으니 며칠만 기다려 봅시다."

"그럼, 내가 선봉으로 들어가 싸움을 걸 터이니, 형님이 전라 순찰사를 만나 뒤를 받치고 따라오십시오."

이것이 조헌의 약점이었다. 병사들 수로 따져도 전라 순찰

---

*儒城에서 靈圭와 作戰會議를 가진 席上에서 靈圭가 意見을 말하되 "全羅巡察使가 數萬 군사를 이끌고 北上하려 하여 小僧에게 先鋒되기를 청한 바 있사옵는데 이제 出師期日을 확실하게 約束받지 못한 채로 우리가 먼저 個別的으로 錦山을 치려고 나가는 것은 輕擧가 되지 않을까 걱정하옵니다." 李烱錫, 前揭書, p470

사 권율이 거느린 관군과 조헌의 의병, 영규의 승군이 모두 합쳐 철통 같은 전략으로 공격을 한다 해도 승리를 장담할 수 없는 터에 무조건 덤비고 보겠다는 조헌을 보며, 영규는 차분한 목소리로 설득해 들어갔다.

"물론 전쟁이라는 것이 머뭇거려서도 안 됩니다만 얻을 것이 없으면 움직이지 말라고[非利不動] 했습니다. 이럴 때일수록 기회를 보아 책략을 구사해야 할 터에[將機就計], 시어미 밉다고 개 배때기 차듯 해서 될 일이 아니지 않습니까?"

하나 조헌은 영규의 말을 귀담아 듣지 않았다.

"일단 나는 금산으로 내려가겠소, 형님!"

"이봐요, 여든두 근 청룡도를 바람개비 돌리듯이 하던 관운장이 힘이 없어서 여몽呂蒙의 계책에 빠졌겠습니까? 조금만 기다렸다가 순찰사가 올라오면 의논해서 결정합시다."

"이미 순찰사 권율한테 협공하라는 서찰을 보냈으니, 틀림없이 금산성으로 올라올 겝니다."

이것이 조선 유생들에게 익숙하게 길들여진 독선이다. 내가 하면 된다……. 특히 조헌과 같이 고집이 완고한 사람들에게 그런 경향이 더했다. 더구나 금산성을 칠 테니 협공하라고 보낸 조헌의 서찰은, 전라 순찰사 권율과 협의가 이루어져 보낸 것이 아닌 조헌의 일방통지였다. 혼자 결정한 내용에 의당 권율이 따르리라는 자기만의 믿음, 그것은 지나치게 완고한 조헌의 성격에서 비롯된 것이었다. 조헌은 말릴 틈도 주지 않았다. 마치 성난 사람처럼 부장 장덕익을 앞세워 동학사 계곡을 내려갔다.

영규는 고개를 흔들었다. 고집 하나는 평양 황고집을 뺨치고도 남겠다 싶었다. 저리 놔두면 조헌은 둘째고, 조헌을 따라나선 700의병이 떼죽음을 면치 못하리라는 사실은 불을 보듯 뻔했다. 영규는 눈을 감고 생각에 잠겼다. 이대로 조헌이 죽는 것을 보고만 있을 수는 없다.

"도연이 있느냐?"

때가 때인지라 득달같이 달려왔다.

"찾으셨습니까?"

"시간이 없다!"

거친 숨을 몰아쉬면서 명령을 내렸다.

"건달바 특공대를 초혼각招魂閣 앞으로 집합시키라!"

바로 이럴 때를 대비해 계룡·채운 두 산에서 무예가 고단인 사사를 특수 전투부대로 조직해 두었던 것이다. 영규의 명령이 떨어지자 푸른 독사들이 수풀 속에서 소리 없이 기어 나오듯 초혼각 앞에 200여 건달바 특공대가 모여 있었다.

"태연泰然이는 일주문 밖에 나가 있다가 전라 순찰사가 전령을 보내오거든 즉시 서대산西垈山 서쪽 요광원要光院으로 데려오너라!"

영규는 사사 태연을 연락책으로 남겨 놓고, 200특공대의 선두에 서서 금산 북쪽 요광원으로 향했다.

임진년 7월 열이레, 조헌이 거느린 700의병이 진산珍山을 거쳐 송원치松院峙에 이르렀다. 송원 고개에서 밤을 새우며 전라 순찰사의 관군을 기다렸다. 하나 조헌의 기다림은 권율에 대한 짝사랑 같은 착각이었다. 이와는 반대로 행재소로 올라가는 관군의 선봉이 되어 달라는, 영규에게 보낸 권율의 서찰은 나름의 전략에 따른 것이었다. 그래서 권율은 조헌에게 전령을 보내 금산성 협공을 뒤로 미루라 했고, 영규에게로 곧장 달려가 1만 관군이 행군 중이니 진령[鎭嶺; 西大田]현에서 합류하자는 명을 전하게 했다. 한데 권율이 보낸 전령이 금산 못 미처 남쪽 진약산進藥山 기슭에 이르러 매복해 있던 고바야카와 다카카게 척후 병졸들에게 붙들려 목숨을 잃은 불상사가 일어났다.

권율이 보낸 전령의 죽음이 금산성 전투의 패배를 불러들였다. 송원치에서 관군을 기다리던 조헌은 권율이 나타나지 않자, 700의병으로 금산성을 치겠다는 최종 결단을 내렸다.

"우리에게 남은 것은 죽음뿐이다!"

일사一死의 결의를 나쁘다 할 수는 없겠으나, 결과는 덜미에 사잣밥을 짊어진 꼴이었다. 숫돌로 달걀을 깰 듯 결의에 찬 의병들이 함성을 지르면서 연곤평延昆坪으로 달려가니, 고바야카와 다카카게가 성문을 열고 1만 5천여 왜병을 한꺼번에 쏟아 내 격전이 벌어졌다.

조헌의 군령대로 한 번 죽음밖에 없다는 각오로 똘똘 뭉친 700의병이 큰 칼 휘두르는 관운장처럼 돌진해 들어가니, 아니나 다를까 그 기세가 걷잡을 수 없이 당당해 하늘이 열 조각 날 지경으로 왜놈들 모가지가 한 칼에 두 개, 세 개씩 나가 떨어졌다. 하나 시간이 지남에 따라 판세가 달라졌다. 병법에도 돌아가는 것이 지름길[以迂爲直]이라는 말이 있다. 그렇지만 조헌과 같은 강직한 사람에게는 그런 전략이 쇠코에 경이었다.

요광원에서 권율의 전령을 기다리던 영규는 사지에 들어가 있는 조헌의 모습이 눈앞에 어른거려 더 이상 권율의 관군을 기다리고 있을 수 없었다. 작은 솥으로는 소머리를 삶지 못한다. 700의병은 애초에 1만 5천 명의 '사무라이' 상대가 아니었다. 조헌을 구해야 한다!

영규는 주먹을 불끈 쥐었다. 순간 한 생각이 머릿속을 스쳐 지나갔다. '미묘한 기미는 간직하기 어렵다 그랬더이!' 언젠가 스승 휴정 큰스님과 함께 청련암을 찾은, 선도를 닦는다는 풍회선자의 말이 떠올랐다. 그때 선자는 삼략에 나오는 '선능수미'라는 구절을 들이대면서, '마음이 저리 여려서야……!' 그러고는 어디론가 가 버렸다. '선자님 말씀을 새겨들으라!'는 큰스님의 얼굴이 떠올라 영규는 고개를 들었다. 요광원 개울 건너편 버드나무 가지에 굴뚝새가 앉아 있었던 듯 쏜살같이 공중으로 날아올랐다. 지상의 새가 하늘로 솟구침은 영혼을 부르는 그 어떤 것의 표징이라 했던가. 표징은 아직 알려지지 않은 어떤 사실을 예시하는 상징이라 하였다. 하지만 영규의 생각은 거기까지 미치지 못했다.

건달바 특공대의 무기는 대부분이 환도였고, 허리춤에는

표창으로 무장했다. 무예가 고단인 그들은 육탄전에 능해 손에 잡히는 주변의 모든 것이 무기이자 방패였다. 영규는 서행 중인 임금을 호위하는 것도 중요하지만 우선 이웃부터 구해 내자는 조헌의 말에 귀가 잡힌 듯 지체할 수가 없었다. 발빠른 사사 두 사람을 요광원에 남겨 권율의 전령이 당도하면 금산성으로 달려오라 해 놓고, 영규는 특공대를 인솔해 금산으로 향했다.

처음부터 무모한 게임이었던, 연곤평 싸움은 시간이 갈수록 참깨는 참깨고 녹두는 녹두라는 결과를 가져왔다.

"불개미 같은 놈들!"

말을 탄 김절이 마지막이라는 듯 적중으로 뛰어들었다.

"야, 왜놈 새끼들아. 조선의 창을 받아라!"

단숨에 붉은 전투복을 입은 적장의 목을 날렸다. 이어 김절 뒤의 변계邊繼가 단기필마로 쫓아 나와 여남은 놈의 왜졸 목을 초개같이 날렸다. 의병들이 한 덩어리로 똘똘 뭉쳐 진격해 들어가 밀고 밀리는 싸움이 계속되었다. 전쟁이 막바지에 이르니, 메뚜기 등에 당나귀 짐을 얹을 수 없듯 불가항력의 현실이 눈앞에서 펼쳐졌다. 왜놈들 숫자가 너무 많은 데다 조총을 콩 볶듯 볶아 대어 700의병은 전멸을 눈앞에 두고 있었다.

그때 영규가 이끈 특공대가 나타났다. 왜적의 중심부로 200여 건달바 특공대가 뛰어드는데, 사람이 움직이는 것이 아니라 바람이 움직이는 것 같았다. 그림자처럼 공중을 날아

멈추어 섰다 하면 그들이 일으킨 바람이 여포의 창날로 변해 휘몰아치는데, 많게는 다섯, 적게는 두어 명씩 짝을 지어 서로 등을 맞대고 왜놈들과 대적해 맞서니, 더펄개 줄방죽 건너듯 '사무라이' 놈들이 앗! 아이쿠! 외마디 소리를 내지르고 퍽퍽 꺼꾸러졌다. 특공대의 손에 잡히는 것은 놈들의 조총이었고, 발에 닿는 것은 턱주가리였다. 왜놈들도 상황이 급하니 "타스케테 쿠다사이! (살려 주시오!)" 어쩌고, 불탄 강아지 옳는 소리를 내다가 악! 하고 최후의 비명을 지르며 모가지가 날아가, 명부 세계로 줄줄이 심판을 받으러 떠났다.

고도로 훈련된 건달바 특공대는 생사를 떠난 수행의 삶을 살아온 무사들이었다. 1만 5천 명의 '사무라이' 칼잡이들 한가운데가 구멍이 뚫려 육박전으로 치달으니 놈들의 자랑스러운 조총은 부지깽이만도 못했다. 놈들이 건달바 특공대가 뭔 줄 모르고 달려들었다가 맹렬한 사자 떼와 마주쳤음을 알고 "코타이! 코타이! (후퇴! 후퇴!)" 그러면서 달아나기 시작했다.

금산성 성루에서 전세를 관망하던 다카카게는 나각을 불게 해 왜졸들을 성안으로 불러들였다. 이렇게 되면 전세가 달라지게 된다. 놈들이 다시 성가퀴에 늘어서서 조총으로 응사하니 천하무적 특공대도 손을 쓸 수 없었다.

"후퇴하라!"

영규는 특공대를 재빨리 송원치 아래로 물렀다. 목숨이 살아남은 조헌의 의병들도 특공대와 함께 뒤로 물러났다. 영규는 조헌이 적병들에게 둘러싸여 장렬히 싸우다 총에 맞아 죽었다는 사실을 비로소 알게 되었다. 조헌이 의병들에게 마지막 남긴 일갈은 "이 땅이 바로 내가 순절할 땅!"이라 했다는 것이다.

강하면 피하라는[强而避之] 말은 병법에도 있다. 무모한 사람 같으니라구……. 영규는 눈을 감았다. 정의감에만 사로잡히면 전쟁에서는 진다. 군사를 움직일 때는 면밀히 저울질을 해 봐야[懸權而動] 하는데, 참으로 안타까운 일이 아닐 수 없었다. 영규는 지그시 입술을 깨물었다.

"우리 특공대가 오늘 밤 성안으로 진입한다!"

송원 고개로 물러난 영규는 밤이 깊어지기를 기다렸다.

"도연이 앞에 나가 성문을 열라!"

영규의 명령이 떨어졌다.

"옛!"

특공대는 10명씩 조를 짰다. 목표는 적장의 본영이었다. 게릴라 전법으로 각 조장의 지휘를 따라 무기고, 창고, 놈들의 요소요소 병영 주변에 매복해 있다가 동헌에 불이 붙는 것을 신호로 성안의 모든 집채에 불을 지른 뒤 단숨에 적장을 기습한다는 작전이었다.

팔월 중순, 달이 떴더라면 대낮처럼 밝았을 밤이었다. 한데 구름이 낮게 내려앉아 그믐 못지않게 어두웠다. 도연은 선발로 10명의 대원을 앞세워 연곤평으로 내려갔다.

"모두 왜놈 복장으로 변복하라!"

특공대 전원에게 명령을 내렸다.

"환도가 익숙하지 않은 사람은 왜검으로 바꿔 들어도 좋다!"

명령이 떨어지자, 건달바 특공대는 들판에 나뒹구는 왜놈들 모자를 주어 쓰고, 즐비하게 나자빠진 놈들의 시신에서 윗도리를 벗겨 몸에 걸치니, 순식간에 겉모양이 왜놈 군대로 바뀌었다. 조별로 분산된 특공대는 낮은 포복으로 몸을 숨겨 뒤를 따르고, 도연이 무술에 능한 요원 두 사람만 데리고 성문 앞으로 다가갔다.

"성문을 열 테니 모두 안으로 잠입한다!"

뚜벅뚜벅 앞으로 걸어 나갔다. 아니나 다를까 보초를 선 왜놈 두 놈이 조총을 들이대고 목소리를 낮췄다.

"다레나노카?"

보나마나 누구냐고 묻는 것 같은데, 왜놈 말을 모르니 대답할 방도가 없었다. 그렇다고 심산에 발을 들여놓은 포수가 호랑이를 피할까? 앞으로 한 발짝 다가들어 가슴을 탕탕 내리치니, 복장이 왜놈 군복인 것을 보고 머뭇머뭇했다. 그 사이 곁에 두 사사가 소리 나지 않게 보초 세 놈의 주둥이를 막고 뒷목을 쳐 혼절시킨 뒤, 성 아래 수풀 속에 처박아 넣고 성 안으로 들어갔다. 참으로 번개 사슴하듯 벌어진 일이었다.

놈들도 하루 종일 전투에 시달리다 소강상태가 되니 긴장이 풀렸음인즉, 번을 선 놈들도 모두 고개를 꾸벅거리고 졸고 있었다.

200특공대와 성안으로 잠입한 영규는 요소요소에 각 조의 배치를 끝낸 뒤, 화전을 날려 동헌 처마에 불을 붙였다. 작전이 빈틈없이 맞아떨어져 타다닥! 동헌에서 불이 치솟자 성안 여기저기에서 불길이 일어났다. 잠에 취해 있던 왜놈들이 아닌 밤중에 칼침을 맞은 꼴이었다. 불길에 놀라 허리 부러진 호랑이처럼 방향을 못 잡고 허둥거리는 그들 사이로 특공대가 들어가 휘두르는 칼에 놈들의 모가지가 메주덩이 나뒹굴듯 나가떨어졌다.

"왜장놈을 죽여라!"

인간사에 탈을 내는 것이 설마라는 것이다. 왜놈들이 승군 특공대라는 것을 모르고 잠자리 부접대듯 설마설마하다가 특공대 사이에서 한마디씩 튀어나온 조선말에 조선군임을 알고, 살 맞은 새처럼 허둥지둥 대적해 나왔다. 어차피 벌어진 육탄전인데, 건달바 특공대를 당할 자 누구겠는가. 수행의 삶을 살아온 사사들이 살생을 하기로 드니, 나찰이 떼로 몰려와 말린다 해도 뾰족한 재간이 없을 듯했다. 아예 바랑째 짊어지고 온 표창을 휙휙 뿌리니, 정확히 적병들 목으로 날아가 된장에 풋고추 박히듯 했다. 어떤 사사는 적병들 앞을 막고 도끼를 바람개비 돌리듯 휘두르니 악! 하는 외마디 고통 소리와 함께 그 자리에 턱턱 꺼꾸러졌다. 목에다 낫을 걸어 잡아당기는가 하면, 쇠스랑으로 등을 턱턱 찍고 다니기도 했는데, 하여간에 성안의 왜놈들 시신이 겹겹으로 쌓여 발길에 턱턱 걸렸다. 시간이 지남에 따라 떼굴떼굴 뒹구는 놈, 무슨 소린지

소리소리 지르는 놈, 허겁지겁 도망가는 놈…… 왜놈들인들 그 경황에 무슨 정신이 있겠는가. 성안의 전각들이 불이 붙어 벌겋게 타다가 벌렁 드러누운 불구덩이 속에 왜놈들이 그대로 갇히는데, 그게 필시 아비지옥이리라.

"왜놈 사령관을 잡아오너라!"

하지만 어떤 놈이 왜놈 사령관인지 알 수 없었다. 투구 모양이 다르고 갑옷 색깔이 요란하다 싶으면 무조건 쫓아가 목부터 베어 던졌다. 병란이란 바로 이런 것이다. 그때서야 놈들이 왜군으로 위장한 조선군의 기습임을 알아채고 호각을 불어 병력을 성 주변으로 물렀다. 이렇게 되니 특공대가 성 주변으로 몰린 왜졸들에게 포위를 당한 셈이었다. 1만 5천의 왜군이 절반은 죽고, 절반은 부상당했다 쳐도 아직 5천 명이 살아 있다는 계산이 나온다. 5,000대 200, 그것은 게임이 아니었다. 어떤 놈이 명령을 내렸는지 갑자기 집중포화가 쏟아졌다.

전세가 한순간에 뒤집혔다. 영규는 조총 탄알에 허리를 맞아 부상을 당해 호위를 하던 특공대원 등에 업혀 성 밖으로 나갔다. 하나 200여 특공대는 금산성 안에 갇혀 모두 목숨을 잃었다. 전쟁용어는 이것을 '전몰'이라 기록한다.

큰 부상을 입은 영규는 계룡산으로 옮겨졌으나 끝내 숨을 거두고 말았다.* 금산성 전투에서 승군이 왜장 고바야카와

---

* 영규는 휴정(休靜)의 제자로 200여 명의 승병을 거느리고 조헌과 함께 싸우다 전사하였는데, 1839년 남아면에 그를 추모하는 의병승장비(義兵僧將碑)가 건립되었다. 한국민족문화백과대사전 4, p259

다카카게와 안코쿠지 에케이[安國寺惠瓊]를 죽이지는 못했지만, 허파에 구멍이 뚫리는 큰 피해를 입혔으므로 놈들은 3일 동안 시신을 수습해 불에 태운 뒤 경상도 성주로 물러났다.

이몽학은 금산성에서 큰 격전이 벌어졌다는 이야기를 듣고 300여 동갑계 의병을 이끌고 금산으로 내려왔다. 하나 전쟁이 끝난 뒤였다.

전사자가 헤아릴 수 없었고, 왜놈들이 시체를 수습해 태우는 냄새가 코를 찔렀다. 승군과 의병의 가족들이 시신을 찾느라 연곤평 들녘을 하얗게 뒤덮었고, 마을 마을이 땅을 치는 통곡의 바다가 되어 있었다.

"늦었군!"

이몽학은 전사한 의병과 승군들 시신 수습하는 일을 돕고 홍산으로 돌아갔다. 나라를 위해 순절한 200승군 특공대는 유가들 통치 아래 단지 승려라는 신분 때문에 순의단殉義壇에 들지 못했고, 종용사從容祠에도 들지 못했다. 장렬하게 목숨을 바쳤으나 그 뒤 700의총七百義塚에 들어가지도 못해 무명 용사의 상징이 되었다.

전쟁 거간꾼

한마디로 명나라 심유경沈惟敬은 사기꾼이었다. 간헐적으로 광기를 나타내는 수다쟁이에 요설가였다. 이 작자는 신속한 연상 작용으로 사고의 비약을 보이며 거짓 논리가 일관성 있게 짜여 망상이 확고부동하게 정신적으로 자리를 잡은 괴상한 놈이었다.

이러한 사기꾼은 지식의 부재에서 오는 것이 아니라, 지식의 주체가 망상을 만들어 내 인식 체계를 자기 멋대로 비틀어 놓고 그것을 정당화한다. 그것을 '착인錯認'이라 하는데, 이것이 체계화되어 나타나 얼토당토않게 포장되어 그럴싸하게 보이게 하는 고등 사기꾼이었다.

석성의 사주를 받고 유격[京營添住遊擊]이란 명함을 들고 행재소로 들어온 심유경은 허풍을 뻥뻥 터뜨리면서 접반사 오억령의 접대를 받은 뒤,* 그래도 겁은 났던지 평양성 안으로는 못 들어가고, 순안현 부산원斧山院에서 고니시 유키나가를 불러내 회담을 가졌다.

회담의 요점은 대동강 이남 조선 국토를 일본에 내줄 테니 친선을 맺자는 것이었다. 그러기 위해서는 이 사실을 명나라 조정에 알려야 한다면서 그러려면 2개월여 시간이 필요하다는 것이었다.*

부산원에서 회담을 가진 심유경은 유키나가와 모종의 묵계가 이루어진 듯 단기필마로 평양성을 드나들더니 친분이 쌓였는지 활동이 눈부셨다.

심유경은 유키나가에게 여러 개의 사기를 쳤는데, 불행하게도 조선을 위한 것은 한 가지도 없었다. 다만 그들 사이에 이슈가 된 것은 조선 국토를 어떻게 분할해 일본과 명나라가 나누어 갖느냐 하는 것이었다.

심유경의 내심은 일본 군사력에 단단히 쫄아 겁을 먹고 있었다. 지난 7월 부총병 조승훈과 유격장 사유가 대동강 변의 싸움에서 겨우 일본 군졸 목 셋을 벤 데 비해 명나라 군사는 270명이 목숨을 잃었다. 무력으로는 안 된다는 것을 알고 평화 협정을 이끌어 내려고만 했다.

심유경은 여기서 한발 더 나갔다.

"우리 명나라는 조선을 별로 좋아하지 않습니다. 예전부터

---

* 宣祖實錄 27卷(1592, 壬辰) 6月 29日
* 심유경이라고 하는 중국군의 또 다른 고위 장수가…강화와 평화를 희망하며…중국 황제에게 보고하지 않고서는 이와 같은 결정을 확실하게 내릴 수가 없기 때문에 자기에게 두 달의 여유를 줄 것과 그동안 양군이 휴전할 것을 요청하였다. 루이스프로이스, 앞의 책, p107

조선 조정을 조선 땅 밖으로 쫓아내려 했는데, 이번 전쟁을 기회로 임금을 사로잡아 의주라 하는 작은 요새에 포로로 가둬 놓고 파수병을 세워 두었습니다."

그의 망상은 확고부동하게 일관성을 갖고, 선조를 의주성에 갇힌 포로로 취급하면서 유키나가에게 관심을 끌며 들어갔다.

"히데요시 관백께서 좋아하신다면 조선 국왕을 일본으로 보내겠습니다. 이 일은 제가 맹세코 약속 드리지요."*

이런 것을 '가지고 논다.'고 한다. 선조를 일본으로 보내주겠다고 큰소리를 뻥뻥 때리며 놀던 계집 엉덩이짓 하듯 하는데, 조선은 심유경의 농간에 떠밀려 50여 일의 휴전협정에* 끌려들었다. 이 협정은 유키나가가 심유경한테 휘둘려 맺어진 것으로, 당사자인 조선은 쏙 빠져 있었다. 조선 땅에서 왜놈들과 조선이 벌인 전투에 심유경이 콩 치고 팥 친 협정이라니, 그래서 선조는 의주 목사나 해야 할 권한으로 추락했고, 평안도만 효력을 갖는 협정이 되었다. 한마디로 선조를 포함해 영의정, 좌의정 하면서 제나라 백성들한테 호랑이 노릇을 하던 조선 통치권이 사기꾼 심유경과 평양성을 장악한 유키나가의 놀이판이 되었다.

---

* "중국인은 조선인을 별로 좋게 생각하지 않고 오래전부터 이들을 조선 땅 밖으로 몰아내고 싶어 했다. 그래서 이 전쟁을 기회로 조선 왕을 사로잡아 성 한 곳에 가두고 수천 명의 감시병을 붙여 놓았다. 관백이 흡족해한다면 조선 국왕을 일본으로 보내 원하는 대로 처리할 수 있게 하겠다." 임진난의 기록, 루이스 프로이스, 앞의 책, p110

* 宣祖修正實錄 26卷(1592, 壬辰) 9月 1日

그래서 조선 조정은 정부의 기능을 상실했고, 국왕은 없어져 버린 셈이었다. 그래도 조선 국토의 방방곡곡에서 전투가 벌어졌다. 고구려 광개토대왕의 기상과 원광법사가 심어 놓은 '임전무퇴'의 정신이 곳곳에서 살아났다. 성주성에서는 의병장 김면金沔이 카쓰라 모토츠나[桂元綱]와 모리 테루모토 [毛利輝元]를 대적해 싸웠고, 경성에서는 의병장 정문부鄭文孚가 기요마사의 부장 가토 우마노조[加藤右馬允]를 상대로 싸웠다. 인동仁同에서는 의병장 장사진張士珍이 대구에 본진을 둔 기노시타 시게카타[木下重賢]와 난죠 모토키요[南條元淸]를 상대로 싸움을 벌여 대승을 거두었다. 임진왜란은 관군이 해야 할 싸움을 의병들이 일어나 대신하는 싸움이 되었다. 이것이 조선 유가들 나라 통치의 모습이었다.

있으나 마나한 행재소에서는 여우 같은 관료들이 입만 살아 선조를 감싸고 송도 계원 해바라기 근성으로 종이쪽지 벼슬만 남발했다. 의병장 김면은 패전으로 관직이나 서훈을 받지 못했으나, 장사진은 통정대부에서 수군절도사로 추증되었고, 정문부는 영흥 부사에서 길주 목사, 호조참의, 예조판서까지 잘 나가다가, 늘발에 이괄의 난으로 고문을 받다 죽었다.

순안으로 가던 휴정은 월림강을 건너 건지산巾之山 자락을 지나다 발걸음을 멈추었다. 북쪽 야인을 무찌르고 야인 땅에서 죽어 야인의 땅에 묻힌, 전설 같은 한 장군의 국토방위의 정신을 옮겨 적은 공적비 앞이었다. 잃어버린 나라를 찾으러 떠나는 대사의 생각이 잠시 비 앞에 멈추어 섰다.

　단심은 고국의 달인데
　죽은 몸은 타향에서 봄을 맞는구나
　길이길이 흘린 땀이 역사에 담겨
　그 이름 길 가는 사람들 입에 오르네

　하늘을 움직일 기세로
　칼 꽃이 서릿바람으로 떨쳤으나
　진영의 큰 별이 떨어지니
　얼어붙은 강을 다시 건너지 못했네

　丹心故國月
　白骨他鄉春
　汗入烟中竹
　名喧路上人

　席捲天疑動
　霜風拂劍花
　軍中大星落
　無復渡氷河 －哭征北將軍

전국 승군들이 법흥사로 속속 모여들었다. 순안 서북쪽 숙천이 멀지 않은, 법흥산法弘山에 위치한 법흥사는 매우 오래된 고찰로 고려 말 나옹懶翁화상이 중건했고, 신라 때는 원효·의상 두 대사가 머물던 수행처였다. 예전에는 80칸이 넘는 대찰로 빙 둘러 담장까지 있었으나, 지금은 담장이 허물어지고 당우는 낡아 폐사나 다름없었다.

전국에 내린 격문을 본, 구월산 의엄이 1천 200명의 승군을 이끌고 제일착으로 들이닥쳤다. 다음 유정이 금강산 승군 1천명을, 행사가 삼각산 승군 500명을, 인오가 해인사 승군 500명을, 인준이 담양 옥천사 승군 400명을 통솔해 법흥사로 올라왔다. 안심사 비구니 사사 200명, 정양사 비구니 사사 150명까지 가세해 승군의 기세가 하늘을 찔렀다.

이들 대부분은 휴정의 고제들로, 법흥사는 당우가 낡아 그 많은 승군을 다 수용할 수 없었다. 법흥사와 이웃해 있는 남암사南菴寺와 천일암天日庵까지 분산 배치했다. 그래도 승침僧寢이 모자라 법흥산에서 마주 보이는 청룡산靑龍山 정양사正陽寺, 심적사深寂寺, 오계사五溪寺를 승군들 병영으로 삼았다. 탕제에 감초랄까, 전략상 없어서는 안 될 비구니 사사는 순안현 동쪽 자화산 용참사龍묘寺를 본진으로 삼았다.

한데 가슴 아픈 소식이 전해졌다. 인준이 계룡산을 들러 올라왔는데, 금산 전투에서 영규 스님이 순절했다는 비보였다. 부음을 들으신 큰스님께서 매우 가슴 아파하시며, 법흥사에 영단을 시설해 시식의례施食儀禮를 베풀었다. "부처님께서 인명은 한 호흡 사이에 있다 하시더니, 오호 통재라! 삼천대

천세계가 한 알의 겨자씨 속에 들었구나. 명하노니 옥죄고 줄어듦 없이 산하대지 일월성신을 남기지 말고 비추라."* 슬프고 아픈 가슴을 토로하신 심경이셨으나, 꾹 눌러 참으시고 모든 승군이 영규와 같은 마음으로 살아 있는 생령을 위한 살아 있는 활동을 하라는 당부 말씀이기도 했다.

영규의 순절로 법흥사 분위기는 무거웠다. 하나 혜은은 스승 유정 스님을 오랜만에 뵙게 되었고, 승희도 혜은을 따라가 인사를 드렸다. 한데 법흥사에 모인 의엄, 유정, 행사, 인오, 인준, 그 모두는 휴정 문하의 승장들로 문중 도제들이었다. 모두 한곳에 모이니 서로 반가워하며 절로 우의를 다지는 자리도 되었지만, 각기 세상을 보는 시각차를 드러내기도 했다.

"들으니 행재소에서 영규 사형님한테 지중추부사知中樞府使 벼슬을 추서했답니다."*

인준이 자랑은 아닐 듯싶은 말을 꺼내니, 거기에 각기 다른 해석이 따라붙었다.

"그거 다행이군."

순국을 하셨으니 작위를 내린 건 바람직한 일이라는 유정의 반응이었다. 행사가 고개를 쳐들었다. 행사는 산 너머가 도성인 삼각산에 살면서 별별 벼슬자리들의 별별스런 거드름을 눈이 시도록 보아 온 사람이었다. 대번 이야기가 달랐다.

"무엇이 다행입니까, 사형님?"

---

*能以三千大天世界 入芥子中 令諸山河日月星宿 悉現如故而不迫迮. 首楞嚴三昧經
*宣祖修正實錄 26卷(1592, 壬辰) 8月 1日

퉁명스러운 목소리였다.

"입적한 뒤이나 공적을 인정해 조정에서 벼슬을 내린 것은 다행한 일이 아닌가?"

"아니, 왜놈들이 무서워 도망을 다닌 행재소가 무슨 조정입니까? 그리고 우리 불가의 수좌가 순절했다고 유가들 종이쪽지 벼슬을 받아야 되겠습니까? 그러려고 우리가 지금 여기 모였습니까?"

다분히 감정이 묻은, 볼멘 답변이어서 유정은 더 말을 하지 않았다. 거기에 빗대기라도 하듯 인준이 조헌한테 내린 가지가지 벼슬을 덧붙였다.

"영규 사형님이 충청도 승군과 조헌의 의병이 합세해 청주성을 수복했답니다. 그런데 조헌한테는 봉상시첨정奉常寺僉正이 내려졌고, 영규 사형님한테는 거 있잖아요? 무라는 거…… 무라고 하니 불가에서 말한 무가 아니라 이거, 이거 있잖습니까?"

손가락으로 가위표를 그려 보였다.

"맹탕이다 그거야?"

"맹탕에다가 돌아가시니 건더기 하날 떨어뜨려 놓았어, 그것이 왜 건더기냐? 자, 보세요. 조헌한테는 봉상시첨정에서 가선대부嘉善大夫로 올리고 다시 이조참판吏曹參判에 동지경연同知經筵, 의금부義禁府, 춘추관사春秋館事까지 벼슬 벼락이 쏟아졌지요. 그런데 영규 사형님한테는 달랑 지중추부사니, 그게 멀국에 건더기 떨어진 것이지 뭡니까?"*

그 말에 인오가 토를 달았다.

"허, 재밌다! 죽고 나니 가선대부, 이조참판, 뭐 의금부, 춘추관사, 벼슬 우박이구만 그래."

"느그멈, 백성들은 뒈지게 놔두고, 임금은 말을 타고 휠휠, 그래도 벼슬은 내린다?"

거기에 의엄이 거들었다.

"그게, 규수 죽은 뒤 혼서지라는 게야?"

한참 분위기가 조용해졌다가 누군가 토를 달았다.

"어느 현에나 말예요, 쌀 한 가마니짜리 참봉이 지천에 널렸답니다. 두 가마니는 진사, 세 가마니는 별감, 네 가마니는 판사…… 쌀가마니 진사, 판사가 수두룩한 세상인데, 나원 참! 전쟁이 없을 땐 벼슬 팔아 고기반찬 먹더니, 전쟁이 터지니 행재소 차려 놓고 참판에, 부사에, 첨정에…… 거, 종이때기[教旨] 장사하느라 행재소가 바쁘게 생겼습니다."

그 말이 끝나자 의엄이 유정을 바라보았다.

"사형님은 행재소에서 주는 종이쪽을 어찌 생각하십니까?"

자못 가라앉은 목소리였다. 의엄의 그 말은 월정사에서 불사를 끝내고 선조한테 썼다는, 승희가 말한 개연소의 여부를 확인하겠다는 물음이었다.

"교지를 내려 군의 사기가 높아진다면 좋은 일 아닌가?"

"그럼, 교지를 주지 않아서 김수나 이일은 적만 보면 달아

---

* 行朝에서는 그(趙憲)가 義師를 일으켰다는 소문을 듣고 下敎宣諭한 다음 奉常寺僉正(從四品)으로 拜하였으나 이미 그가 戰歿한 뒤였고 뒤에 嘉善大夫로 올리고 吏曹參判, 同知經筵, 義禁府, 春秋館事로 追贈하였다. 李烱錫, 前揭書, p472

났습니까? 그러고 하나 물어 봅시다. 듣자 하니 사형님은 선조를 성왕으로 받들고 천세만세 세수를 누리라 하셨다던데, 그게 사실입니까?"

유정이 못마땅한 얼굴로 대답했다.

"그야 나라를 통치하고 계시니 백성 된 자가 그래야 하지 않겠나?"

그때 행사가 유정을 쳐다보았다.

"아니 사형님, 우리 수좌들이 조선 유가들 백성 맞습니까?"

유정은 행사의 말에 대답을 하지 않았고, 의엄이 입을 열었다.

"지난 기축년에 말예요, 우리가 무엇 때문에 조선 조정을 접수해 나라를 개혁하자고 나섰습니까? 그때 우리들이 나라를 도둑질하자고 그랬습니까? 법준화상님 다비식이 끝나, 낙산암에서 큰스님을 모시고 조정을 개혁해야 한다는 승군 총섭 모임에 사형님도 금강산 상주 스님과 산문 대표로 참석하시어 동의하지 않았습니까? 그런데 정여립 사건으로 큰스님께서 의금부로 압송되신 바람에 일이 성사되지 못하고 오늘 이 전쟁을 맞게 되었습니다만, 사형님도 그때 강릉 옥사로 끌려가 곤장을 맞은 걸로 아는데, 성스러운 주상전하 만세토록 세수를 누리라고요?"

유정은 입을 다물고 있었고, 의엄이 유정의 약점을 계속 꼬집었다.

"곤장 맞고 풀려난 지 며칠이나 되었다고 그런 글이 써집디까?"

"사형님, 뭘 그런 이야기를 하세요?"

인오가 분위기를 추스르고 나섰다.

"아니, 한마디만 더 하지. 차후 사형님은 선조가 준 종이쪽지 벼슬을 꼬박꼬박 잘도 챙기시겠네."

그 말에 유정은 밖으로 나가 버렸고, 분위기가 어수선해졌다.

"문자를 너무 많이 아신다 했더니, 유생인지 수좌인지 원⋯⋯."

의엄도 고개를 흔들고 구월산 승군이 있는 곳으로 가 버렸다.

전화가 날로 더해져 방방곡곡 백성들이 왜놈 칼에 맞아 죽고, 굶어죽어 빼빼 마른 살점이 길짐승과 날짐승 보시로 돌아갔다. 그리고 남은 것은 장을 달인 것 같은 건건 짭짤한 냄새를 피우며 흙으로, 물로 나뉘어 흩어지고 산야에는 까마귀만 까옥거렸다.

그래도 가을은 왔다, 벙어리 꿈처럼. 쪽빛으로 하늘이 높아지더니 나뭇잎이 붉고 노랗게 물이 들었다. 계절은 그랬건만 듣자 하니 영유현과 개천군 수령은 유키나가가 평양에 도달하기 전에 도망쳐 버렸고, 왜놈들은 평양성을 깔고 앉은 뒤 움직일 줄 몰랐다. 남쪽 따뜻한 지방에서 살다 온 놈들이라 조선 북방 겨울 추위가 주먹을 쥐면 눈알이 빠질 지경으로 혹독하다는 소문에 정신을 바짝 차리고 생쥐처럼 겨울 준비에 들어간 듯, 좀체 성 밖으로 모습을 내밀지 않았다. 그렇다면 장기전에 돌입하겠다는 것일 터인즉, 행재소에서는 왜적이 움직이지 않는 것도 걱정이라, 하루가 여삼추요 앉은 자리가 바늘방석이었다.

　도대체 놈들이 무슨 꿍심으로 저러는가. 동태를 살피러 내려간 순찰사가 순안 법흥산에 모여 진을 친 승군들이 평양 근교로 이동하는 것을 보고, 숫자를 불려 머리털 없는 1만의 군사가 평양성 가까이 내려가더라는 이야기를 행재소에 알렸다.

　오라! 승군이 길을 막고 있으니 왜놈들이 꼼짝 못했나 보다, 행재소에서는 안도가 안 되던 차에 똥 싸 놓고 제자리에서 뭉개듯 내심 승군의 움직임을 반기는 기색이었다. 한데 그때 심유경과 유키나가 사이에 휴전협정이 성사되었던 것이다. 휴정은 그런 것에 개의치 않았다.

　전국 산문에서 올라온 승군들은 모두 휴정의 법손法孫들이었다. 죽든 살든 조선 시주들을 죽음으로 몰아넣은 왜놈들을 작살을 낼 요량으로 장하게 일어섰던 것이고, 휴정은 그런 승군장들을 한자리에 모아 지시를 내렸다.

　"용악산은 평양 북쪽에 있다. 거기에 용악사龍岳寺와 회룡사回龍寺가 있는데, 묘향산 승군은 용학사, 금강산과 삼각산 승군은 회룡사에 본진을 둔다. 대성산은 평양 동북쪽에 있다. 그 산에 두타사頭陀寺가 있는데, 구월산 승군은 두타사를 본진으로 한다. 그리고 해인사 승군과 옥천사 승군은 용천사用泉寺에 본진을 둔다. 용천사는 평양 서쪽 대보산에 있다."

승군을 네 군데 사찰에 분산 배치했고, 비구니 사사는 평양성에서 그리 멀지 않은 용참사에 후군처럼 그대로 주둔시켰다. 눈여겨보면 승군 배치가 보통강을 사이에 두고, 서쪽에서 북쪽으로 이어져 동쪽까지 빙 둘러 성을 포위한 형국이었다.

진지가 평양 근교로 옮겨진 각 산문의 사사들이 적진 탐색에 나섰다. 구월산 사사는 칠성문에서 을밀대를 지나 현무문玄武門에서 모란봉을 돌아 부벽루 아래 북성 전금문轉錦門과 내성 장경문長慶門까지 네 개의 성문 정찰을 맡았다. 묘향산 사사는 보통교를 건너 중성 경창문景昌門과 보통문普通門에서 외성 선요문宣耀門, 다경문多慶門까지 네 개의 성문 정찰을 맡았다. 금강산 사사와 삼각산 사사는 외성 거피문車避門에서 고리문古里門, 중성 육로문六路門에서 내성 대동문大同門까지 네 개의 성문이 정찰 지역으로 할당되었다.

약재에 감초인 비구니 사사도 왜놈들을 홀릴 사건을 만들어 내려고 성 주변을 맴돌았고, 승희와 혜은은 구월산 사사를 진두지휘했다. 그래서 풍광이 죽여 준다는 부벽루를 바라보며 평양성 안으로 들어갈 묘안을 짜내느라 전금문 앞에서 죽치고 살았다. 평양성이라는 것이 성안에다 또 성을 쌓아 소 천엽처럼 북성, 내성, 중성, 외성, 삼중 사중 방어체계로 설계된 철옹성이었다. 크고 작은 문 12개만 닫아걸면 안에서 정변을 일으킨다 해도 알 도리가 없는 구중궁궐이었다.

승군이 그처럼 전세를 가다듬고 있을 때, 심유경과 유키나가 사이에 50일간 휴전협정이 발효되었는데, 솔직히 말하면 남의 사정 봐주다 아이 밴 꼴로, 유키나가가 심유경한테 휘둘려 이뤄진 협정이었다. 한데 행재소에서는 승군이 휴전협정의 걸림돌이라고 야단이 났다. 머리털 없는 군대가 평양성을 둘러쌌으니, 만일 투가리라도 던지는 날이면 산통만 깬다고 탱자탱자 떠들어 댔다. 윤두수는 제 주둥이로 묘향산 고승 휴정이 어쩌고 입방아를 찧었다가 이제는 승군 때문에 몸살을 앓았다.

"전하! 다 된 죽에 코 빠지게 생겼사옵니다."

"그 무슨 소린고?"

"승군을 뒤로 물려야겠사옵니다."

가까스로 휴전협정을 이루어 냈는데, 휴정이란 자가 평행장平行長 턱수염이라도 잡아 뽑는 날이면, 틀림없이 선조의 본병이 도질 게 불을 보듯 뻔했다. 선조의 본병이 본래 월견폐설[越犬吠雪; 속 좁은 사람이 예삿일을 보고도 놀라는 겟]이어서 또 요동으로 건너가겠다고 방정을 떠는 날이면 이제는 방편마저 없었다. 온갖 간교로 겨우겨우 의주에 앉혀 놓았는데, 평행장을 잘못 건드려, '휴전은 무효다!' 그러는 날이면, 다시 압록강을 건너겠다고 잰 발을 놀릴 게 뻔했다. 쐐기를 박아야 한다. 윤두수는 속이 타 똥을 누어도 개가 안 먹을 지경이었다.

"전하 휴정한테 순찰사를 보내시지요."

휴전협정 타당성을 설명해 주고 승군을 뒤로 물리라는 어명을 내리게 했다. 그래서 순찰사를 보내 승군이 다시 법홍산으로 물러나 사태를 관망하라 하였다. 한데 휴정이 고개를 흔들었다. 그 자리에서 붓을 잡더니, 승군이 평양성 가까이 진입해 있으나 용악산과 대성산, 대보산이 깊숙한 산인데다 서·북·동으로 분산되어 전략상 법홍산이나 큰 차이가 없다는, 차자를 써서 행재소로 돌려 보냈다. 이어 승군장들을 불러 정찰은 계속하되 싸움은 걸지 말라는 군령을 내렸다.

혜은은 왜놈들 정보를 캐내려면 성안으로 들어갈 수밖에 없다는 결론을 내렸으나, 왜놈이 1만 명 넘게 주둔해 있는 성이라 쉽지 않았다. 설령 성안으로 들어간다 해도 성문만 닫아걸면 영락없이 초롱 속의 새가 될 판이었다. 빠져나올 구멍이 없는 성안으로의 잠입은 목숨을 걸지 않고는 안 될 일이었다.

"까짓것 죽기 아니면 부서지기다!"

혜은은 문득 묘안이 떠올라 성안으로 들어가겠다고 큰소리를 뻥치고 나섰다. 도성 안도 내 집 드나들 듯 드나들었는데, 이까짓 평양성쯤이야! 그리고는 기축년에 돈의문에서 사대부집 아씨로 위장해 정철의 자부로 내세웠던 안심사 사사 정원과 정은을 데려왔다.

이번에는 정원과 정은에게 옥색 치마를 입히고 트레머리를 틀어 삼회장저고리를 입혀 놓으니, 황진이 너는 저리 가라였다. 한다하는 평양 기생도 명함을 못 내밀 미인을 해 질 녘쯤 부벽루 앞 덕암德巖 가에 나룻배를 띄워 보란 듯이 대동강 풍류에 나섰다. 배 안에 주안상이 놓여졌고, 술은 도화주였다.

혜은은 사공이었고, 승희는 옥색 도포에 통영갓이 달린 월
자를 썼다. 허우대가 그만한 승희가 전모를 머리에 얹은 정
원과 정은을 양팔에 끼고 능수버들이 가을빛으로 물든 전금
문 앞에서 부벽루로 내려갔다.

"허허허, 우리 한바탕 놀아 봅시다."

"스님도 농담은……."

꽃이면 다 꽃이냐, 얼굴 예쁜 것만 보고 침을 삼켰다가는 등
심대가 작신 부러질 팔금희八禽戲까지 연마한 고단의 비구니
무사들이었다.

난 잎으로 배를 만들어 물 가운데 띄웠구나
피리 소리 드높고 노랫가락 흐드러지는데
벗을 맞이해 술잔 드리우니, 헤! 잉어가 뛰고
물새가 날아오르네……. ─정도전*

어디서 들었는지 승희가 시도 아닌 소리를 중얼중얼 뇌까
렸다.

"그거 정도전이 한 소리 아닌가?"

"그걸 어떻게 알았나?"

"들었지. 그 자식이 그따위 소리나 지껄였으니, 문 없는 문

---

*…泛蘭舟兮橫中流 高管激噪兮歌聲發 賓宴譽兮獻酬 或躍兮錦鯉 飛來兮白鷗……. 江之水
辭 鄭道傳

을 열고 소리 없는 메아리를 듣는 청산백운의 수좌들을 무부
무군지 무리라 했겠지."

목소리를 낮춰 배에 탄 사람들만 알아듣게 한 말에 정원과
정은이 킥, 소리를 내고 웃었다.

깊어 가는 가을, 몸을 던져 풍류를 한답시고 배를 띄운 것이
그날 하루만이 아니었다. 다음 날, 다음 날, 그다음 날도 석양
무렵이면 어김없이 나타나 배에 기생을 태우고 나룻배를 깔
고 앉아 도화주에 얼큰히 젖어 부벽루 앞 버드나무 사이를
오르락내리락했다.

난리가 나 전국 곳곳에서 사람들이 죽어 나가는 판에 어느
간덩이 부은 놈이 양귀비 같은 기생을 둘씩이나 데리고, 대
동강이 무릉도원이라도 된 듯 신선주에 흠뻑 젖어 홍얼홍얼
그러고 있으니, 사람들의 눈길이 곱지 않았다.

"더 앙이 디 덩신이 있는 거이요?"

지나가는 사람들이 수군거렸다.

"간나이새끼 팽행댕이 동무나 되가티."

"도선옷을 잘 입었댔수까."

"햄갱도 국갱인이도 있디 안카서?"

하지만 조선 사람들은 가뭄에 콩 나듯 지나다니니 별 문제
가 안 되었다. 한데 전금문과 장경문에서 문을 지키는 왜놈
졸개들이 침을 질질 흘렸다. 육로문 아래로는 내려가지 않았
는데, 소문이 쫙 퍼진 듯 전모를 쓴 조선 기생을 보겠다고 틈
만 나면 왜놈들이 부벽루 앞으로 올라와 정원과 정은은 구경

거리가 되었다.

"아니 노지는 못하리라!"

정은이 일어나 춤을 덩실덩실 추면서 한가락 뽑았다.

"앗싸리 비야!"

"지화자—!"

그렇게 자빠져 놀다가 여동빈 뺨치게 생긴 그 괴상한 자는 해가 모란봉 뒤로 넘실넘실 사라지고 땅거미가 짙어지면, 북성 뒤로 돌아가 감쪽같이 자취를 감춰 버렸다.

이 소문이 유키나가한테까지 알려졌는지 어쨌는지 그것까지는 알 수 없었다. 하지만 웬만한 적장들은 다 아는 화젯거리가 되었다. 하루는 혜은이 나룻배에 청사초롱을 걸었고, 승희는 밤늦게까지 술에 취한 척 기생들을 끼고 시도 아니고 노래도 아닌 소리를 중얼중얼했다.

아아! 젊음은 두 번 오지 않는 것
성큼 다가온 늙음으로 더 무엇을 구하리
호사스러운 벼슬살이 뜬구름이네 그려……. —정도전*

알아듣거나 말거나 자못 심각해진 얼굴로 눈자위에 물방울을 묻혀 가면서 슬픈 시늉을 해대니, 왜놈 졸개들이 떠날 줄 몰랐다. 한데 왜놈 졸개 한 놈이 고놈도 고향이 대동강 비슷한 강가였든지 강물에 손을 담근 채 시름을 놓고 앉아 있었

* …嗟哉盛年不再至兮 老將及兮夫焉求 軒冕兮儻求 富貴兮浮雲……. 江之水辭 鄭道傳

다. 혜은이 초롱불을 껐다. 그리고 삿대로 놈의 귀 밑 천유를
탁 내리치자, 그대로 강물에 코방아를 찧고 굴러 버렸다. 혜
은은 물속에 잠긴 녀석의 겉옷을 벗긴 뒤, 손목을 묶어 배 뒤
에 매달고, 놈들이 조선 사람 겁을 주려고 쓰고 다닌 도깨비
모자와 조총을 배에 싣고 능라도로 황급히 올라갔다.

　술 한 잔 들어 서로 권하니
　만고천추에 이름이 남는 것
　우리도 옛사람의 자취를 부지런히 따르고져 ─정도전*

　글귀가 틀리거나 말거나 승희는 계속 중얼중얼했고, 혜은
은 능라도 건너편 한적한 곳에 배를 대고 지시를 내렸다.
　"두 기생께서는 먼저 올라가시우!"
　구월산 승군 본진인 두타사로 올라가 있으라는 이야기였
다. 나룻배 뒤에 매달린 왜놈 졸개가 정신이 돌아왔는지 "이
카시테 쿠다사이. 이카시테 쿠다사이. (살려 주세요, 살려 주
세요.)" 그랬다.
　"저놈이 시방 뭐라고 그러냐?"
　승희가 물었다.
　"살려 달라는데?"
　"허허허……!"
　승희가 껄껄 웃었다.

---

*⋯名萬古與千秋 擧一杯以相屬兮 庶有企兮前修. 江之水辭 鄭道傳

"이카시테 야루카라 쿠치토지테이로. (살려 줄 테니 주둥이 닫고 있거라.)"

일본말로 대답해 주니 놈이 어리둥절했다.

"구운 게도 발을 떼고 먹으라 했지."

승희가 실수하지 말라며 배에서 내렸다.

"주둥이 못 열게 아구통을 쳐 데리고 올라갈 테니 앞에 가 있어."

승희가 배에서 내린 뒤 혜은은 배 밑바닥 판자를 부수고 돌을 얹어 나룻배를 물속에 가라앉혔다.

왜장 나가오카 다다오키[長岡忠興]와 하세가와 히데카즈[長谷川秀一], 오다 가츠요시[太田一吉], 기노시타 시게카타 이 네 놈이 곡창지대인 전라도를 손에 넣으려고 창원을 경유하게 되었는데, 놈들이 창원에서 경상 우병사 유숭인柳崇仁을 발밑에 뭉개 버리고 치달아 올라가 제1차 진주성 전투로 이어졌다.

그 무렵 평안도에서는 휴전인데, 대동강 이남에서는 전쟁이 줄을 이었다. 선조라는 임금이 국제무대에서 전쟁 거간꾼 심유경의 혀끝에 놀아나 평안도 안에서만 임금 노릇을 했다. 그래도 행재소라고 할일이 벼슬 내리는 것뿐이라 전쟁에 참가해 화살만 날렸다 하면 두 단계 세 단계씩 종이쪽지 벼슬 인심은 풍년이었다.

황금 십자가

왜놈 졸개를 잡아다 평양성 정보를 캐는 데 큰 어려움은 없었다. 잡혀 온 놈이 왜 삿대로 때려 물에 빠뜨렸냐고 까탈을 부려서 인마, 때린 게 아니라 물살이 하도 쎄서 힘껏 내두른 삿대에 네놈이 재수 없게 맞은 거다. 야! 널 죽이려고 했으면 강물에 빠져 뒈지게 내버려 두지, 왜 건져서 이리로 데려왔겠냐? 이리 꼬고 저리 비틀어 설득을 시키니 가까스로 이빨이 들어갔다. 서툴기는 해도 혜은이 왜놈 말을 졸졸 하는 것을 보고 일리가 있다 싶은지 머리가 이리 돌았다 저리 돌았다 운전대 돌리는 대로 돌아갔다. 뻥을 치려면 야무지게 치자. 일본말을 좀 하는 것을 구실로, 혜은이도 기요마사를 따라온 왜놈 군대였다고 둘러댔다. 왜군이었지만 죄 없는 조선 백성을 맨날 죽이는 게 싫어 탈영했다는 것. 그래서 찾아온 곳이 조선 스님들이 사는 절이었는데, 일본 스님들은 다도만

하지만, 조선 스님들은 수행을 많이 해서 마음을 편안케 해 주더라고 너스레를 깠다. 처음에는 긴가민가하길래, 에라! 미운 애한테 엿 하나 더 주자, 그러고는 살갑게 굴었더니 꼭 지가 핑 돌아갔다.

"죄 없는 조선 사람 많이 죽이면 지옥 간다."

양녀로 며느리라도 삼을 듯 그렇게 서두를 꺼냈다.

"누가 그런 거 모르는 사람 있냐."

놈이 대답했다.

"이름이 뭐이냐?"

"다카하시 류우[高橋龍]다."

혜은이 고개를 끄덕였다.

"여기 가만히 있다가 전쟁 끝나면 나랑 같이 본국으로 들어 가자."

살살 달랬더니, 평양성 내막을 졸졸 털어놓았다. 유키나가 는 중성 윗 관아[上衛]에 있고, 부장 요시토시는 대동관大同館 에 있다고 했다.

"야, 겐소 시님도 왔다카던데 함께 있냐?"

겐소라는 이름을 하도 많이 들어 다짜고짜 들이대니 뜻하 지 않은 대답이 튀어나왔다.

"타이코 전하께 사령관님 서찰 가지고 본국 들어갔다."

"그럼, 다른 시님들은 없냐?"

"왜 없겠냐? 있다. 덴케 스님은 대동관에 있고, 루이스 프로 스 신부神父님이 영명사에 있다."

"신부라니 그런 시님도 있냐?"

"야소교는 스님을 신부라고 한다."

"야소교?"

처음 듣는 소리라 물끄러미 얼굴만 쳐다보았다.

"불교를 믿는 기요마사 사령관만 따라다녔으니, 넌 야소교를 통 모르는구나?"

혜은이 고개를 끄덕였다.

"그래, 난 그런 거 모른다."

야소교라는 말을 처음 듣는 소리라 혜은은 그 사람도 조선 스님처럼 생겼냐고 물었다.

"야소교 신부도 머리 깎냐?"

"안 깎는다. 포드아[葡萄牙] 사람이다."

"포드아?"

갈수록 태산이라더만, 뭘 좀 알아야 대꾸를 하든지 말든지 하겠는데, 그 통속이 하도 깜깜해서 놈의 얼굴만 말똥말똥 바라보았다.

"그런 나라가 있다, 바다 건너 먼 곳이라더라."

혜은이 잠자코 있다가 물었다.

"그 사람 날마다 뭣 하냐?"

"몰라서 묻냐? 유키나가 쇼군 전쟁에 이기라고 기도한다."

"목탁도 치냐?"

"목탁은 없고, 끈 달린 향로만 뱅뱅 돌리고 다닌다."

참 희한하다는 생각이 들었다.

"그 사람 일본말 잘 하냐?"

"조금 할 줄 아는데 잘은 못한다."

"역관이 있냐?"

"있다."

"많냐?"

"사령관님 역관은 조선 사람 뺨친다."

"그 사람은 원래 조선 사람이었냐?"

녀석이 고개를 흔들었다.

"소 요시요시라고 있어."

"뭐! 소 요시요시?"

혜은이 깜짝 놀랐다. 그놈은 원당암에서 불목하니를 하던 첩자였다. 다짜고짜 손목을 묶어 합천 관아로 데려갔는데, 결국 그놈이 풀려나와 유키나가의 길잡이가 된 것 같았다.

"요시요시를 아냐?"

혜은의 표정이 달라진 것을 보고 놈이 물었다.

"전에 한번 본 것 같다."

구렁이 담 넘듯 슬쩍 넘겼다.

"그럼, 너도 첩자 활동했냐?"

혜은은 실 웃기만 했다. 그건 네 알아서 생각하라는 듯.

"야, 프로스라는 시님 한번 만날 수 없겠냐?"

"성 밖으로는 안 나온다."

"왜?"

"누가 죽일까 봐. 그러겠지."

"겁쟁이구나."

녀석이 히히, 웃었다.

이야기는 거기서 끝났고, 혜은은 곧 승희를 만났다.

"야, 승희야 프로스라는 이상한 시님이 북성 영명사에 있다는데, 우리 한번 들어가 보자."

"성안엔 맨 왜놈들 세상인데 어떻게 가니?"

"죽기 아니면 까무러치기다."

"좋다!"

"앞장은 내가 설게."

그러고는 풀을 빳빳이 먹여 반칠하게 다리미질을 한 장삼을 입고, 떡하니 가사까지 수하고 전금문 앞으로 갔다. 문밖에 보초를 선 왜놈 졸개들은 거들떠보지도 않고, 다짜고짜 문안으로 쓱 들어서니, 창을 잡은 놈이 앞을 막았다.

"다레데스카? (뉘십니까?)"

"싯테이루 하즈나이! (알 것 없다!)"

"사령관님 허락 받았습니까?"

놈이 일본말로 물었다.

"인마, 나도 일본 사람이야! 프로스 신부님이 조선 시님을 뵙고 싶다고 하시기에 모시고 온 길이야. 안 보이냐?"

곁에 승희를 곁눈질하면서 일본말로 하급 병졸 다루듯 공갈을 빵 때렸다. 문 앞에서 목소리가 높아진 것을 보고 문지기 대장놈이 문루에서 내려왔다. 혜은이 목소리를 낮췄다. 프로스 신부님이 조선 스님을 뵙고 싶다고 하시기에 모시고

온 길이라면서, 곁에 승희에게 인사드리라 하니 합장을 했
다. 축은 축대로 붙는다고 야소교 신부라 조선 스님이 궁금
하나 보다 했든지 통행이 허락되었다.

"오쿠리나사이. (모셔 드려라.)"

그래서 영명사로 올라가 루이스 프로스라는 사람을 만났
다. 그는 장삼 같은 까만 철릭을 입었고, 길이가 발등을 덮을
만큼 길었다. 어깨에 가사 같은 까만 옷이 양어깨를 덮고 있
는데, 내 참! 이자가 사람이 맞는가. 얼굴이 코밖에는 없었
다. 코도 승희의 코처럼 뭉툭하게 생겼으면 힘 좀 쓰겠다 하
겠는데, 염소 뿔처럼 뾰족한데다 눈이 눈썹 밑으로 쑥 들어
가 눈두덩이 눈썹이 되어 있었다. 눈알은 이제 막 맛이 들어
가는 포도 알처럼 파랬고, 머리털은 곱슬곱슬, 상투를 틀지
않은 머리였다. 키는 또 얼마나 큰지, 키라고 하면 승희도 조
선 사람 키로는 모가지 하나가 더 있는데, 프로스라는 이 작
자의 키는 완전히 간짓대였다. 목에는 스님들처럼 염주가 걸
려 있고, 염주 끝에 손가락만한 열십자[十] 모양의 쇠붙이가
아랫배까지 내려와 흔들거렸다.

"와타시오 아이니키테이랏샤이 마시타요? (나를 만나러 오
셨다고요?)"

일본말이 아주 서툴렀다. 일본말 서툰 거야 혜은이도 마찬
가지이므로, "하이!" 그렇게 대답하고 승희에게 눈짓을 보내
니, 황소만한 덩치 승희가 각본대로 합장을 해 보였다.

"예!"

그자도 같이 합장을 해 보이는데, 손가락이 길고 손등은 하얬다.

"나카니 하잇테 춋토 스와리마쇼우."

손을 깍지 껴 어깨를 굽힌 역관이 프로스의 말을 통역했다.

"안으로 들어가셔서 좀 앉으시라 하십니다."

"그러지요."

그래서 법당 건너편 득월루得月樓로 올라갔다. 프로스라는 작자도 일본에서 오래 살아 왜놈들 풍습에 익숙한 듯, 차를 내오라 해 왜놈 식으로 차를 권했다. 승희는 괴상하게 생긴 이 사람하고 도대체 무슨 이야기를 어떻게 꺼내야 할지 차 마시는 것도 잊고 있는데, 혜은이 일본말로 불쑥 물었다.

"닛폰데 우마레데스카? (일본에서 났습네까?)"

그가 고개를 흔들면서 혜은을 쳐다보았다.

"조선 스님이신데 일본말을 하십니까?"

일본말로 물었다.

"예전에 왜관에서 배웠지예."

"난, 포르투갈에서 났습니다."

들은 풍월이 있어서 혜은이 물었다.

"아주 멀리 있다카던데?"

그가 고개를 끄덕이므로 다시 물었다.

"야소교를 믿는다고 듣고 왔습니다만……."

"네, 그렇습니다."

"야소교는 무신 굡네까?"

혜은이도 낯선 사람과의 이야기라 불쑥불쑥 말이 헷갈려 나왔다. 프로스가 곁에 있는 역관을 쳐다보면서 대답했다.

"야소 그리스도교는 부처님을 믿지 않습네다. 하늘에 계신 야화화耶和華와 그의 아들 야소를 믿습네다."

"야화화는 누구고 그 아들은 누굽니까?"

"야화화는 하느님이고 아들은 야숩니다."

"하느님은 알겠습니다만, 야소는 뭘 하는 사람입니까?"

"뭘 하는 사람이 아니고 전능하신 하느님 아들이십니다."

하느님이 아들이 있다? 이 무슨 까마귀 엿 파는 소린가?

"하느님이 아들이 있다고예?"

"세상을 구하러 오신 구세주입니다."

프로스가 열심히 설명했고, 곁에서 역관이 애써 통역을 해 주었지만, 이야기가 이쯤 나오니 혜은이는 아편을 맞은 듯, 엎어 가는 돼지 눈이 되어 쳐다만 보았다.

"그럼, 견성은 했습니까?"

견성이란 말이 나오니, 이번에는 프로스가 무슨 말인지 모르는 듯 역관을 쳐다보았다.

"도를 통했느냐 그 말입니다."

역관이 혜은의 말뜻을 알아듣고 열심히 설명을 해 주니 프로스라는 작자가 빙긋 웃었다.

"야소 그리스도는 신이십니다."

"신이라뇨? 귀신이다 그 말씀입니까?"

"귀신이 아니고 전지전능하신 천신입니다."

이야기가 이쯤 나오면 의엄 스님쯤 배움이 있어야 막히지 않고 척척 대거리가 이루어지지 힘자랑이나 하고, 독사 주둥이로 사람이나 때려눕힌 실력으로는 안 되겠다 싶어 프로스라는 사람 얼굴만 찬찬히 바라보고 있는데, 곁에서 승희가 두런두런 더듬는 소리를 했다.

"저 양반이 말한 천신은 기氣를 말하는가 보다야."

혜은이 승희를 돌아보았다. 천신이 기라고 한다면, 들숨과 날숨에 의식을 모아 거기서 일어나는 몸과 마음의 변화를 감지할 수 있는 수식관을 해 보지 않고서야 어찌 기를 알겠는가? 모를 일이었다.

"그럼, 선생께서는 수식관을 하십니까?"

한데 수식관이라는 말을 처음 듣는 듯, 프로스란 작자가 양쪽 어깨를 으쓱해 보이면서 웃었다.

"해 보시지 않았답니다."

역관이 대신 대답했다. 조선말과 일본말 사이에 장벽이 있어서 그런지, 아니면 역관이 말을 잘못 전달한 것인지, 혜은과 승희는 저쪽 이야기를 못 알아듣겠고, 그 점은 그쪽도 마찬가진 듯싶었다. 혜은은 갈수록 난감해져 거기서 이야기를 끝내기로 했다.

"저희들한테는 저희들을 지도해 주시는 도가 높으신 큰스님이 계십니다. 저희 큰스님께서 만나 뵙고 싶다 하시기에 찾아왔습니다. 저희 큰스님을 모시고 다시 찾아와도 되겠습니까?"

얼른 갖다 둘러대니, 코밖에 없는 자가 호! 소리를 내며 합장을 했다.

"좋습니다. 선생님을 꼭 모시고 오십시오."

계속 합장을 하면서 흔연스럽게 고개를 끄덕이므로, 내일 큰스님을 모시고 다시 오겠다고 그러고는 자리를 끝냈다. 프로스라는 사람이 본래 친절한 사람이었든지 전금문 앞까지 내려와 배웅을 해 주었다.

승희와 혜은은 곧바로 두타사로 올라갔다.

"시님요! 우리가요, 영명사로 가 괴상한 사람을 만나고 왔십니다."

의엄이 승희와 혜은을 쳐다보았다.

"영명사라니, 평양 북성 말이냐?"

"야!"

"니들이 거길 어떻게 가?"

"참 내! 꺼꿀로 가도 한양만 가면 안 됩니꺼?"

의엄이 놀란 얼굴로 쳐다보았다.

"그래, 유키나가란 놈이 어떻게 하고 자빠져 있더냐?"

"유키나가 고놈을 만난 기 아니고예, 도깨비를 만났십니더!"

"도깨비?"

그래서 루이스 프로스란 사람을 만난 이야기를 들려주었다.

"야소교 이야기를 하는데 예, 뭔 소린지 몰라 시님 모시고 다시 들르겠다고 그러고 왔십니다."

그 말에 의엄이 꼬치꼬치 따져 묻더니, 그런 사람이라면 묘향산 큰스님을 모시고 가야 한다고 하면서 용악사로 큰스님을 모시러 갔다.

그때 포르투갈 신부 그레고리오 세스페데스[Gregorio de Cespedes]는 일본 예수회 교구장 코메즈[Pierre Comez]의 요청으로 나고야에 들어와 있었다. 그 뒤 고니시 유키나가의 딸 마리아와 경상도 웅천[鎭海]으로 건너와 잠시 거주하고 있었다.* 그때 루이스 프로스는 웅천에 머물고 있는 그레고리오 세스페데스 신부로부터 두 번째 편지를 받은 때였다.* 일본이 조선과 전쟁을 하는 것은 왜놈들의 일이고, 프로스는 그들 조직[예수회]의 사정에 의해 조선을 떠나게 될지 모르는 상황이었다.

이튿날, 의엄은 휴정 큰스님을 대동강 지류인 합장강合掌江 건너 광청사[光淸寺; 酒岩寺]로 모시고 갔다. 승희와 혜은은 프로스를 데리러 영명사로 갔는데, 프로스가 어제 성 밖까지 나와 배웅해 준 것을 보아서 그런지 영명사로 들어가는 일은 까다롭지 않았다. 문제는 프로스를 데려가려니 절차가 복잡

---

* 일본 예수회 교구장 코메즈(Pierre Comez)에게 종군 신부를 보내 달라는 서간을 발송했다. 코메즈는 이 부탁에 따라 포르투갈 신부 그레고리오 세스페데스(Gregorio de Cespedes)를 일본인 후칸(不干)과 함께 조선에 파견했던 것이다. 閔庚培, 한국기독교회사, 연세대학교출판부, 1998, p39

* 꼬문가이(鎭海) 요새에 아고스띠뇨와 함께 그에 예속되어 있는 자들과 그의 동맹자들 모두가 거주하고 있는데, 즉 마리아, 오무라 고또오(Goto, Gotó), 히라도, 아마꾸사, 수모또 등의 영주들입니다. 모두가 해안을 따라 집을 가지고 있고, 이쪽에 있는 요새에는 아고스띠뇨의 동생인 요시찌도노(Yoxichdond, Yoshichidono)와 비쎈뜨 에이에몬도노가 감시병으로 지키고 있습니다. P. Louis Fróis, S. J. 포르투갈 신부가 본 임진왜란 초기의 한국(HISTORIA DE JAPAM), 강병구 옮김, 까몽이스재단/주한 포르투갈 문화원, 1999, p67

했다. 도가 높으신 큰스님께서 합장강 건너 광청사에 계신다고 했더니, 도 높은 조선 스님을 만나고 싶은 생각은 간절한 것 같았으나, 전금문 수문장이 고개를 흔들었다.

"다메난데스. (안 됩니다.)"

조선군이 성 밖에 자주 나타나 안 된다는 것이었다. 나는 일본 군인이 아니지 않느냐, 조선까지 왔으니 도 높은 조선 스님을 만나고 싶다는 뜻을 굽히지 않자, 그러시면 사령관님 허락을 받으라는 것이었다.

프로스가 역관을 데리고 유키나가를 만나고 왔는데, 칼잡이 사무라이 여덟 놈을 호위병으로 달고 나타났다. 칼잡이들 호위를 받은 프로스가 승희와 혜은을 따라 합장강을 건너 미륵 고개[彌勒峴] 아래 광청사로 들어섰다.

의엄이 선실 밖 마당으로 나와 프로스를 맞이했고, 곧 큰스님이 계신 선실로 안내되었다. 프로스가 스님들처럼 절을 할 줄 모르므로, 큰스님께서는 일어나서서 방석 위에 그냥 앉으라고 자리를 권했다.

선실에는 큰스님과 프로스와 프로스를 따라온 역관과 의엄, 승희, 혜은이 자리를 같이했다. 프로스의 경호를 맡은 사무라이 칼잡이들은 선실 주변을 호위하고 서 있었다.

"나는 조선 승가에 휴정이란 사람이외다."

곧 상견례가 이루어졌고, 통역을 맡은 역관이 큰스님 말씀을 통역했다.

"저는 포르투갈 예수회 선교사 루이스 프로스라 합니다."

곧 차가 나왔다. 어제 영명사에서처럼 일본식 차가 아니라 조선 차는 이렇게 이욕을 버리는 것이라는 듯 깔끔한 찻잔이 다탁 위에 줄을 지어 놓여졌다. 큰스님께서 프로스의 찻잔에 차를 따르면서 말을 건넸다.

"낯선 나라에 오셔서 고생이 많겠구료?"

인사를 겸해 안부를 물으니, 프로스가 대답했다.

"야화화 하느님께서 하시는 일이라 괜찮습니다."

큰스님께서 고개를 들고 프로스를 바라보았다.

"그러시다면 다행입니다만……."

손짓으로 차를 들라 하시면서 말을 이었다.

"차부터 드시고 말씀하시지요."

여기까지는 통성명에 따른 의례인 셈이었다.

"조선에서는 유학이 활발하다는 이야기를 들었습니다. 불교를 신봉하시는 분들께서도 같은 가르침을 받드시는지요?"

프로스가 물었다.

"아닙니다. 불교는 오래전에 선지식들께서 천축국에서 산을 넘고 물을 건너오시어 베풀어 주신 부처님 큰 가르침을 따르고 있습니다."

프로스가 고개를 끄덕였다.

"그러면 유학과는 다른 것이옵니까?"

휴정은 망설이지 않았다.

"크게 보면 하나라 할 수 있겠으나, 좀 다르다고 봐야 합니다."

이번에는 휴정이 부드러운 얼굴로 프로스를 쳐다보았다.

"듣자 하니 선생께서는 야화화 신神을 받드신다고 하시던데, 거기에는 어떤 가르침이 있는지요?"

"예, 잘 물어주셨습니다. 야소께서 나는 부활이요 생명이니, 나를 믿는 사람은 죽어서도 살고, 살아서 믿는 사람은 영원히 죽지 않는다고 하셨지요."

휴정이 고개를 끄덕이면서 대답했다.

"소승이 듣기에 말씀하신 '부활' 이란 우리가 쓰는 말로 풀면 다시 살아난다 하신 것 같은데, 우리의 본성이 본래 소소영영昭昭靈靈해서 항상 그대로 깨어 있어 죽지도, 나지도 않는다는 이야기로 들립니다만, 그리 이해해도 괜찮겠습니까?"

프로스가 눈을 반짝이며 대답했다.

"야소께서 말씀하시기를 나는 세상의 빛이라 하셨습니다. 빛을 따르는 자는 어둠에 다니지 아니하고 반드시 생명의 빛을 얻으리라 하셨지요."

"허허 참, 좋은 말씀이외다. 빛이라 하는 것은 거리낌이 없지요. 언제나 한결같고 어디에 두어도 밝고 자유롭습니다. 그것이 항상 우리 마음 안에 존재하고 있지요. 우리의 본성이 바로 그것인 바, 우리가 그런 빛이 되려면 마음을 텅 비워 스스로 환해져야 한다고 봅니다만……."*

프로스가 밝은 얼굴로 정중하게 합장을 해 보였다.

"우리는 그것을 '로고스[logos]' 라 합니다. 로고스는 야화화

---

* 須虛懷自照. 禪家龜鑑

의 말씀으로 하늘이 지음이 되면서, 견고하게 서 있는 것으로 나타내 보이는 상태 안에 우리들 모든 것의 밑바탕을 이루는 권위를 가지고 있습니다.”

“그러시다면 그것을 도道라 할 수도 있겠습니다만, 우리 인간이 거기에 도달할 수 있는 것인지요?”

“아닙니다. 하늘과 땅을 창조하신 과정에서 지혜로 인간을 내신 것이기에 그 됨됨이를 하느님 다음으로 보는 것이옵니다.”

“왜 그렇게 보시는 겁니까?”

“지혜는 홀로 있으면서 모든 것을 할 수 있고, 스스로는 변치 않으면서 만물을 새롭게 하기 때문이지요.”

“우리 불가에서는 그것을 빛[慧光]이라, 또는 지혜[般若]라 합니다만, 천지우주 삼라만상이 마음 하나로 이루어져 있습지요. 자, 이 손가락을 보십시오!”

휴정이 손가락 하나를 세워 보였다.

“이 손가락을 손가락으로 아는 것이 무엇입니까? 그것은 우리의 마음입니다. 두두물물頭頭物物이 내 마음 아닌 것이 없고, 우주만상이 내 마음으로부터 일어나지 않는 것이 없지요. 마음이라고 하는 그것이 참으로 있는 것인 바, 방금 하신 말씀대로 바로 그것이 홀로 있으나 변하지 않으면서 만물을 새롭게 하는 것입니다. 선가에서는 그것을 한 물건이라고도 합니다만, 본래 밝고 신령스러워 나지도 않고 죽지도 않으니, 모양을 그릴 수도 없고 이름을 지어 붙일 수가 없다 그랬지요.* 그것이 빈 허공에 서린, 하나로 있는 기운[凝然一圓相]인 것이지요."

프로스가 대답했다.

"삼라만상은 하느님의 지혜가 호흡으로 반영되어 흘러나가면서 거울과 같은 형상으로 이루어진 것이옵니다. 그래서 로고스는 인격이라 할 수 없는 존재로 아득히 먼 하느님과 물질적 우주 사이를 연결해 주는 역할을 해 주지요."

이번에는 휴정이 물었다.

"그것을 빛이라 할 수 있겠습니까?"

"빛은 하느님의 얼굴입니다. 태초에 이 세상의 모든 것이 갈피를 잡을 수 없는 어둠 속에 있었지요. 하느님께서 빛을 통해 어둠 속에 있는 것들을 드러내셨습니다. 제가 말씀드린 로고스를 아까 동양 사람들 표현으로 도라 말씀하시던데, 야화화께서는 본래 '도'와 함께 계셨기 때문에 '도'를 좇아 나아감이 곧 야화화인 바, 빛이 세상에 왔을 때, 어둠이 그것을 깨닫지 못했다 하셨지요."*

"허허허……."

휴정이 큰소리로 웃었다.

"깨닫지 못한 것을 빛의 반대편, 어둠이라 하겠군요?"

"예, 그렇게 이야기할 수도 있겠습니다."

---

* 有一物於此 從本以來 昭昭靈靈 不曾生 不曾滅 名不得狀不得. 禪家龜鑑
* 太初有道 道與神同在 道就是神…光照在黑暗裏 黑暗卻不接受光. 漢文 新約全書, 約翰福音 1: 1~5

"빛이 있음에도 그것을 깨닫지 못한 것을 우리 불가에서는 무명無明이라 하지요. 허나 생각해서 알고 궁리해서 터득한 것은 도깨비굴에서 살아나갈 방도를 찾는 짓이라 했지요. 그걸 일러 햇빛 아래 등불이라 그랬습니다. 빛은 빛이로되 광채를 잃은 빛 아니겠습니까?"*

프로스가 합장을 하면서 말을 받았다.

"그래서 야소께서는 너희가 세상의 빛이라 하셨고, 세상의 모든 것이 빛 가운데 드러나게 하라고 말씀하셨지요. 그러니 등불을 켜 말[斗] 아래 두지 말고 모든 사람들이 나아갈 길을 밝혀 주는 등경 위에 두라고 하셨습니다. 바로 그것은 빛이 밝는 데만 있는 것이 아니고, 빛이란 은혜를 나누어 주는 데 있다 하는 뜻이지요."

휴정이 프로스의 손을 잡으면서 웃었다.

"예를 들어 하나만 이야기할까요? 총명한 사람이 사는 집인데 한밤중에 도적이 들었습니다. 집주인이 총명한 사람이다 보니, 도적을 보고 지금은 저래도 잘못을 뉘우치면 괜찮겠거니, 그러고 잡지 않고 그냥 놓아 두었습니다. 그랬더니 이웃집 담을 넘어 들어가 또 뒤져요. 그런데 이웃집이 가시밭이라, 억—!"

휴정이 거기서 '할'을 한 번 했다.

"훔친 물건이 아무리 많아도 자기 것이 아닌즉, 억—!"*

'할'을 한 번 더 하고 손을 놓자, 프로스는 어안이 벙벙한

* 思而知慮而解 是鬼窟裡活計 日下孤燈 果然失照. 禪門拈頌, 法界

얼굴이었다.

"야화화께서는 어두운 데 앉더라도 나의 빛이로다."

무슨 시를 외우듯 혼자 중얼중얼 휴정을 바라보았다.

"좋은 말씀입니다만, 우리가 햇빛 아래 등불이 되어서는 안되고, 곧바로 햇빛이 되어야 합니다. 그래야 우리가 원래의 모양대로 밝아집니다."

두 분 사이에 잠시 침묵이 흐르다가 휴정이 화제를 바꾸었다.

"물론 까닭이 있겠습니다만, 선생께서는 살상이 이루어지는 전쟁터를 다니시는 연유가 무엇인지요? 인품이 그리 훌륭하신 분께서 사람들 죽는 모습을 보러 오시지는 않았을 터인즉, 군인이란 명령과 전쟁을 업으로 하는지라 그렇다 치겠습니다만……?"

"대개 전쟁을 하는 곳은 빛을 잃은 곳입니다. 야소께서 한 알의 밀 씨앗이 땅에 떨어져 죽지 아니하면 한 알이 그대로 있고, 밀의 씨앗이 죽으면 더 많은 열매를 맺으리라 하셨지요."

"허허허, 인명이란 한 호흡 사이에 있다 그랬소. 선생께서는 어째서 내가 보지 않을 때, 내가 보지 않는 곳을 보지 못하시는가. 만일 내가 보지 않는 곳까지 보게 되면 저절로 보이지 않는 모습이 없을 것이외다."*

"야소께서 너희는 좋은 병사라 하셨습니다. 내가 너희를 버

---

* 黑時一賊入空室 傍邊有箇仙陀識 見機不捉抽頭出 入來却就隣家覓 隣家潛身隱荊棘 咄 幷臟獲得不是物 咄. 禪門拈頌, 卽心
* 吾不見時 何不見吾不見之處 若見不見 自然非彼不見之相. 禪門拈頌, 不見

리지 않고 떠나지 않으리라 하셨지요."

무슨 생각을 했는지 휴정은 그 대목에서 껄껄 웃었다.

"알겠소이다."

합장을 해 보이자 프로스가 같이 합장을 하면서 방바닥에 행감을 치고 오래 앉아 있어서 다리가 저린 듯 자세를 고쳐 앉았다. 휴정이 프로스를 건너다보면서 목에 걸고 있던 염주를 머리 위로 벗어들었다.

"오늘 선생을 만나 좋은 말씀을 들었으니 선물로 드리리다."

역관이 그 말을 통역해 전하자, 프로스가 무릎을 꿇고 고개를 숙여 염주를 받더니 자리에서 일어섰다.

"감사합니다."

그리고는 목에 걸고 있던 묵주를 벗어 두 손으로 받쳐 휴정에게 건넸다.

"저도 이 묵주를 선생님께 신표로 드리겠습니다."

휴정이 자리에서 일어섰다.

"허허허, 고맙소이다."

합장을 해 보이며 휴정이 십자가가 달린 묵주를 받았다. 방 안의 모든 사람이 함께 일어서 합장으로 두 사람을 지켜보았다.

"이만, 저는 성으로 돌아가겠습니다."

"그러시지요."

휴정이 방문을 열어 프로스를 선실 마루로 안내했다. 자리

를 함께했던 사람들이 모두 선실 마당으로 내려섰고, 휴정이
선실 대문을 열고 천왕문 앞까지 내려와 프로스를 전송해 주
었다. 승희와 혜은은 합장교合掌橋 다리까지 내려가 배웅했고,
사무라이 여덟 놈이 프로스를 호위해 성안으로 돌아갔다.*

  한발 늦었다. 소 요시요시는 프로스가 조선 스님을 만나고
온 뒤에야 그 사실을 알았다. 조선 중놈이라 하면 해인사 원
당암 일이 떠올라 '아다마'가 핑 도는 놈이었다.

---

* 1981년 4월 9일 목요일, 동아일보 6면에 '盜難 7년 行方묘연 黃金十字架. 壬亂 때 스페인
神父가 西山大師에게 줘, 길이 5.9cm…韓國敎會史연구 貴重자료'란 제목으로 '서산대사의
황금 십자가'에 대한 기사가 실렸다. 壬辰倭亂 때 왜군을 따라온 '스페인'의 '세스페데스'
신부의 것으로 추정되는 '黃金十字架'가 7년 전에 도난된 후 아직도 그 행방이 밝혀지지 않
고 있다. 이 황금 십자가는 西山大師(1520~1604)가 中國에 유학하러 갔을 당시 '스페인' 신
부를 만나 작별인사 때 선물로 받았거나 壬辰亂 때 왜군을 따라 조선에 왔던 '그레고리오
세스페데스' 신부의 것으로 추정된다는 등의 설이 있으나, 西山大師의 유물에 포함되어 그
동안 全南 海南 大興寺에 보관되어 오다가 74년 도난된 이후 행방을 알 수 없었던 것. 이 황
금 십자가는 길이 5.9cm, 너비 3.8cm의 보통 목주에 달린 십자가와 비슷하나 크리스트 조
각 대신 정교한 '아라베스크' 형의 도안이 새겨져 있고 또 홍록백남색으로 장식되어 있는 한
국교회사 연구의 귀중한 자료이다. 이 황금 십자가는 西山大師 입적 후 平北 妙香山에 보관
되어 오다 "大興寺로 옮겨 달라."는 西山大師의 유언에 따라 全南 海南군 三山면 九林리에
있는 大興寺로 옮겨졌었다. 이에 따라 황금 십자가는 西山大師의 다른 유물들과 함께 大興
寺 안에 있는 表忠祠에 보관되어 오다 다시 大興寺 종무소 내 도서실 등으로 옮겨졌다가 74
년 8월 11일 大興寺에서 행자 생활을 해 오던 安모씨에 의해 도난당했었다. 도난 이후 全南
경찰은 大興寺 내에 수사본부를 설치, 3개월 만에 범인 安씨를 검거했으나, 황금 십자가는
木浦에 사는 모씨에게 팔았음이 밝혀졌고, 황금 십자가는 이미 녹여 버린 이후라는 심증만
얻었을 뿐 수사를 끝내고 말았었다. 그러나 이 황금 십자가는 종이짝 같은 金片에 조각을 해
서 나무에 입힌 것으로 중량이나 크기 등을 감안해 볼 때 황금덩어리라고는 볼 수 없는 하나
의 골동품으로의 가치가 더 있는 것이기 때문에 무모하게 녹여 버렸을 것이란 점에는 의문
점이 남아 있다. 東亞日報, 1981年 4月 9日, 木曜日 〈6〉 -위 기사와 같은 내용이 당시 중앙일
간지 여러 곳에 보이며, 서산대사는 중국으로 유학을 간 적이 없었다. 임진왜란 초에 그레고
리오 세스페데스 신부는 독실한 가톨릭 신자인 고니시 유키나가의 딸 마리아와 잠시 경남
진해에 머물렀던 것으로 자료에 나타나며, 임진년 10월을 전후해 유키나가와 같이 평양에
머문 것으로 보이는 루이스 프로이스 신부에게 두 차례에 걸쳐 편지를 보내고 있다. 세스페
데스 신부는 스페인 신부가 아닌 포르투갈 신부이고, 평양까지는 올라오지 않은 것으로, P.
Louis Frόis, S. J. 'HISTORIA DE JAPAM'에 나타나 있다. 〈筆者〉

"그런 일이 있으면 난테 먼저 얘기를 해야 할 게 아니오?"

프로스를 따라가 통역을 해 준 역관한테 눈알을 뒤집어 깠다.

"네가 유키나가 사령관이냐?"

사령관 길잡이면 길잡이지, 까불지 말라는 뒤틀린 대답이었다. 소 요시요시가 한풀 죽은 목소리로 물었다.

"고 중놈들이 무슨 이야기를 합디까?"

"야화화가 어쩌고 뭐 그런 이야기만 하더라."

만일 요시요시가 혜은과 승희를 보았더라면 프로스가 휴정 큰스님을 만나기나 했을까.

"그 중놈의 새끼들 어떻게 생겼습디까?"

"한 분은 나이가 되게 많고, 젊은 중 두엇이 따라다니더라."

젊은 중 두엇이 혜은과 승희라는 것을 요시요시는 몰랐다.

아카쿠니 잇키

외직인 영암 군수, 영해 부사, 담양 부사로 나돌던 최경회가 모친상을 당했다. 상을 입었으니 고향으로 가야 했다. 한데 서상댁이 걸림돌이었다. 젊은 날 병을 앓아 온 아내 김씨와 사별한 뒤, 내아의 살림을 맡아해 온 여인이긴 하나, 첩실도 못 데려갈 상사에 서상댁을 데려갈 처지가 아니었다.

"대감님, 어서 출발하셔요."

눈치가 빨라선가, 예절이 남달라 그런가, 따지고 보면 제 코가 석 잔데, 안사돈 남 말하듯 어서 가란다. 서상댁을 떼어 놓고 가면 보나마나 거리로 나앉을 게 뻔했다.

"나는 상을 입으러 간다지만, 서상댁은 어찌할 것인고?"

"걱정 마셔요. 저는 장수로 올라가든지 그러겠사옵니다."

사랑하는 남녀가 이별하는 모양새다.

"허허, 김풍헌이란 자가 가만있겠는가?"

대답이 없다. 그것이 짐이었다.

"논개는 계룡산에 있소?"

무장 현감으로 있을 때, 논개가 보이지 않아 어디 갔느냐고 물은 적이 있었는데, 계룡산 인근 아는 사람한테 보냈다는 대답을 해 줬다. 서상댁이 왜 그렇게 대답을 했던가. 양반들이 중이라 하면 똥간 소매구덩이 취급이어서 차마 갑사로 보냈다는 말을 못했던 것이다. 하나 지금은 달랐다. 숨길 게 뭐 있는가.

"갑사로 보냈습지요. 그 뒤에 유정이란 스님이 연화도로 데려갔답니다."

연화도로 데려갔다는 이야기는 법안 스님이 전해 주어서 알고 있었다.

"지금, 유정이라 했소?"

최경회가 갑자기 눈방울을 굴리며 물었다. 수염 덥수룩한 것을 유유상종이라 할 수 없겠으나, 조헌 수염 못지않게 수염이 덥수룩한 유정을 최경회도 하필 조헌을 통해 알고 있었다.

"예!"

대답이 떨어지기 바쁘게 다시 물었다.

"허면 연화도가 어딘지 알고는 있소?"

서상댁은 고개를 숙였다. 당포에서 배를 타고 한참 가야 나오는 외딴 섬이라 했다. 한데 당포가 어디에 붙었는지도 모르는 서상댁이 연화도를 알 까닭이 없었다. 진주성 내성사 신열 스님이 유정 스님 동생이 된다나 어쩐다나, 신열 스님을 찾아가면 논개를 만날 수 있다고 법안 스님이 이야기를 해 주었으나 남정네도 아닌, 최 대감 내아에 빈대처럼 붙어서 산 아낙이 무턱대고 길을 떠날 수 없어 차일피일 그래 왔던 것이다.

"논개를 만나기 쉽지 않겠구면요?"

"진주성에 내성사라는 절이 있답니다. 거기 가면 만날 수 있다네요."

최경회가 뜻밖의 눈빛으로 바라보며 물었다.

"지금, 진주성이라 했소?"

"예."

곧 눈길을 거두더니 고개를 끄덕였다.

"내가 서찰을 하나 적어 줄 테니 진주성으로 가서 논개를 찾아보시오."

그 자리에서 서찰을 써 주었다. 외관직으로 떠도는 동안 내아의 살림을 맡아 온 여인으로 양반집 아낙이니, 거처를 마련해 보살펴 주면 상을 벗고 와서 인사하겠다는 내용이었다. 그리고 가마를 내 사령 두 사람을 붙여 진주성으로 보내 주었다.

서상댁은 서찰을 들고 김시민 목사를 찾아갔다. 최 대감보다 한참 연하의 젊은 사람이었으나, 여차여차 이야기를 들어보더니, 아주 막역한 사이인 듯, 그럴 것 뭐 있느냐, 우리 내아에서 살림이나 거들어 주어라 그리하여 목사 안집에 머물러 있었다.

김시민이란 사람이 매우 차갑고 냉랭한 사람으로 보였는데, 마음이 따뜻한지 조금도 어려워 말고 따님을 찾아보라 하여 내성사로 가 신열 스님을 만났다. 미주알고주알 논개와 헤어진 뒤 진주성까지 오게 된 내력을 들려주었더니, 껄껄 소리 내어 웃었다.

"사갑술이 말인교?"

사갑술이란 것까지 알고 있었다.

"네, 그러하옵니다."

죄진 사람처럼 목소리가 작았다.

"먼 섬에 가 있는데, 기다리십시오. 내 기별을 보내리다."

할 수 없이 목사 내아로 돌아와 기다리고 있는데, 한동안 소식이 없다가 어느 날 동자승을 보내왔다. 이름이 갑이라는 동자승을 따라 내성사로 가니, 머리는 깎지 않고 스님들처럼 지대기를 입은 보살 행색의 논개를 만났다.

"어마니—!"

논개가 와락 달려들어 서상댁을 끌어안았다.

"니가 죽지 않고 참말로 살아 있었구나."

눈물이 앞을 가렸다.

"내가 왜 죽어?"

"널, 그 먼 타관에 놔두고 이 어미가 참 몹쓸 사람이다."

서상댁이 치맛자락으로 눈물을 닦았다.

"밥은 잘 먹냐?"

"그런 소리 마, 난 잘 있어."

오랜만에 이산가족 상봉이 천행만 같았다.

"어마니, 고생 많았제?"

"최 대감 댁에서 잘해 줘 괜찮았다."

"그래도 내 집만 하겠어?"

눈물을 보이지 않으려 애쓰는 것 같았으나, 어찌할 수 없는지 논개도 눈자위가 홍건히 젖어 있었다.

"언니, 인사해. 우리 어마니야."

서상댁이 보니, 논개와 똑같이 지대기를 입고 머리를 기른 어여쁜 새아씨 두 사람이 곁에 서 있다. 서상댁은 두 새아씨가 묘향산에서 온 비구니 스님이라는 것을 알았고, 논개를 연화도로 데려간 유정 스님이 도가 높은 훌륭한 스님이란 것도 알았다.

이렇게 모녀가 상봉한 것은 왜군이 조선을 침범하기 전의 일이었다. 이런 것을 부처님 가피력이라고 하는지 서상댁을 내성사에 계시게 해 달라는 보련의 요청을 신열 스님이 흔쾌히 받아들여 그러기로 했다. 이래서 피리 끝에 선 것이 삼 년이란 말이 생겨난 것 같았고, 눈물은 내려가고 숟가락은 올라간다고 하는 것이 이런 것 아닌가 싶었다.

논개는 다시 연화도로 돌아왔고, 그 뒤 임진년에 전쟁이 일어났다. 그리고 한산도 해전이 승리로 끝난 그해 가을이었다. 보운이 논개를 방으로 들어오라 하고, 보련과 보월도 함께 불러들였다.

"너희들 잠시 내성사에 가 있다 오너라."

"언니, 갑자기 내성사에 있다가 오라니, 무슨 소리야?"

보련이 물었으나 보운은 논개에게서 눈을 떼지 않았다.

"다른 건 생각할 것 없다. 어쨌든지 너는 심청이가 환생해 돌아왔구나, 그런 말을 듣게끔 어머님을 잘 봉양해 드려야 한다. 알겠느냐?"

그러고는 태풍으로 명나라 장사꾼들이 피양하러 들어와 도움을 받고 떠나면서 고맙다고 사례로 준 비단 세 필을 내주었다.

"우린, 논개만 데려다 주고 오면 돼?"

보련이 묻자 보운의 대답은 "가 보면 안다." 였다.

그때는 왜놈들이 겁대가리 없이 사천 앞바다까지 출몰하던 때였다. 그래 보아야 바다에서 왜놈들 따돌리는 것쯤 엿장사 엿 주무르기 같은 것이었으므로 겁날 것은 하나도 없었다. 한데 보운이 어떨지 모르니 남장을 하고 가라 하여, 보련과 보월은 머리에 수건을 질끈 동여맨 뱃사공으로 모습을 바꾸었다. 논개도 떠꺼머리총각처럼 막벌에 등거리를 걸쳤는데, 얼굴이 너무 깨끗해 보였다.

"애, 널 누가 부모 없는 천덕꾸러기로 보겠냐?"

머릿결을 흩트리고 숯검정을 찍어 발랐다. 겉모양이야 어찌 됐건 세 사람 모두 무예가 고단이므로, 왜놈 1개 소대를 만난다 한들 겁날 것은 없었다. 그래도 만약을 몰라 표창과 단검으로 무장하고 장검을 배에 싣고 떠났다.

삼천포 앞을 지나 조창漕倉으로 올라가 전에 와 본 사수[泗
水; 加花川]를 타고 물길을 거슬러 올라갔다. 관율[灌栗; 官栗] 역
참 가까이 이르면 수심이 낮아 배를 더 운행할 수 없었다. 예
전에 그랬던 것처럼 회화나무 가지가 물에 닿게 드리누운 냇
가 갯버들 사이에 배를 감추어 매 놓고 뭍으로 올라갔다.

관율에서 팔음산八音山 자락을 넘어 계속 올라가면 망진산
望晋山 아래 남강이 나왔다. 논개가 앞장을 서고 보련과 보월
이 뒤를 따라 나루로 내려갔다. 배를 타려는 사람들 사이에
섞여 강을 건넜다. 진주성 서문 앞에 이르러 문안으로 들어
서니, 내성사 계단이 하늘로 오른 듯 아스라했고, 계단 위쪽
에 갑이란 녀석이 작은 목탁 손잡이를 손가락에 끼우고 뱅뱅
돌리며 놀고 있었다.

"동자 스님, 거기서 뭣 하요?"

갑이가 논개를 알아보고 계단을 뛰어내려왔다.

"우리 어마니는 잘 기세요?" 하니, "네." 그랬다. 논개가 갑
이의 손을 잡고 앞서 계단을 뛰어 올라갔다.

"엄마가 저리도 좋은가?"

무심코 보월의 입에서 튀어나온 말이었다.

"그래서 물은 흘러도 여울은 그대로란 거지."

"언니나 나는 그런 엄마가 없으니 내참!"

보련은 보월의 탄식에 수행자들이 암묵적으로 금기시해 왔
던 상념에 잠시 빠져들었다. 하지만 곧 차가운 얼음이 되어
버릇처럼 실상[tathatā]을 바로 대했다. 사람들이 있다고 하는

것은 곧 허망함으로 종결된다. 왜 그것을 잊고 있는가. 보련은 벌써 저세상 사람이 된 어머니의 생각을 날 선 칼로 자르듯 잘라내고 보월을 돌아보았다

"문짝 거꾸로 세우고 화공 나무라지 말자!"

자못 찬 기운이 서린 말에 보월이 얼굴을 들었다.

"아니 언니, 옆구리 인정이 본래 그랬어?"

보련은 내재된, 자기이면서 자기가 아닌 자기를 더 사정없이 내리쳤다.

"코허리 시큰한 그런 거 찍 눌러 없애!"

차갑고 매정한 목소리였다.

"하긴……."

보월도 부질없는 생각[klésa]이라는 것 모르지 않았다.

"여편네가 마음만 좋으면 시아비가 열이야."

똑바로 본래 면목만 바라보라는 말 같았다.

"수좌니까 십간십이지는 세지 말라 그거야?"

"알면 됐다."

잠깐의 감성적 일탈을 바로 세워 산란했던 것들을 모두 쳐내고 계단을 올라 내성사로 들어갔다. 한결 정제된 마음은 바다 가운데 빠뜨려 놓아도 그대로 있고, 왜놈들 한가운데서 있어도 겁날 것이 없었다. 그렇게 분명해진 마음으로 논개가 제 엄마한테 정말 심청이처럼 변한 모습을 보겠다고 눌러앉아 있는데, 전세가 급박하게 돌아갔다.

전세가 급박하게 돌아간다는 이야기는, 김해에 주둔해 있

던 호소카와 다가오키[細川忠興], 기무라 히타치노스케[木村常陸介], 하세가와 히데카즈, 이런 잡새끼들이 진주성 공격을 음모하고 졸지에 쳐들어왔다.* 이놈들한테 가세한 가토 미쓰야스[加藤光泰], 오노기 시게쓰구[小野木重次], 아요야마 무네카쓰[青山宗勝]······ 열 명이 넘는 적장들이 2만 명이나 되는 병졸들을 거느리고 창원에서 함안을 거쳐 진주로 들어와 성을 포위했다. 남쪽은 강이 깊으니 그대로 놔두고 동쪽에서 북쪽을 에워쌌다. 한 패거리는 동문 앞을, 한 패거리는 신북문 앞을, 또 한 패거리는 구북문 앞에 진을 쳤다.

한데 동쪽과 북쪽의 성이 낮아 방어하는데 어려움이 많았다. 왜 성이 낮아졌느냐? 뭣도 모르면 가만히 자빠져 있기만 해도 나라에는 보탬이 된다. 한데 경상 우병사 김수가 신묘[1591]년에 전란에 대비한다며 경상·전라 백성들을 노예처럼 부려 천연의 해자를 이룬 대사지大寺池를 메꿔 성을 늘려 쌓으면서 부실공사로 해자가 없어지고 성벽만 낮아져 버렸다.* 부실공사, 언제나 그것이 문제였고, 그것이 재앙이었다.

그때 진주성에는 목사 김시민과, 판관 성수경成守慶, 곤양 군수 이광악李光岳, 내성사 승군까지 합쳐 3천 800여 수비군이 있었다. 3천 800여 수비군은 목사 김시민을 정점으로 차

---

* 김해에 주둔하던 호소카와 다가오키, 하세가와 히데카즈, 기무라 히타치노스케의 세 무장은 합의하여, 조선군 거점으로 생각되는 진주성 공격을 단행한다. 최관, 일본과 임진왜란, 고려대학교 출판부, 2004, p135

* 睞以城小爲嫌 毀東南一隅 退築于洿澤之地 非惟新築不完 水小漲輒衝嚙 城隖且低 敵反升高 難守之形 有目皆知. 李魯 龍蛇日記

돌멩이처럼 똘똘 뭉쳤다. 김시민보다 직위가 위인 경상 우병 사 유숭인이 창원 전투에서 얻어맞고 진주성으로 달려와 성 문을 열라 하였으나 문을 열지 않았다. 왜냐, 지휘체계 혼란 을 우려해 밖에서 싸우라는 것이었다.* 곽재우가 그 소리를 듣고 김시민이 제법이라면서 껄껄 웃었다나.

보련은 보월과 논개를 데리고 진남루鎭南樓로 올라갔다. 서 문에서 구북문에 이르는 구간이 내성사 승군에게 할당된 방 어 지역이었다. 진남루에서 왜놈들을 내려다보니 참 가관이 었다. 도깨비 모자를 쓰고 검은 옷을 입은 왜놈 장수 여섯 놈 이 성 앞을 왔다 갔다 했다. 놈들이 탄 말은 견마잡이가 두 사 람이나 되었고, 옷까지 곱게 차려입은 여인들이었다. 창과 깃발을 높이 치켜든 여인들이 뒤를 수도 없이 따라붙어 행진 을 하고 있는데, 꼭 사당패와 같았다.*

"저놈들이 사당패 놀이를 하러 온 건가?"

그래 보아야 진주성은 숨소리 하나 내지 않았다. 김시민이 화살과 화약을 아끼라는 명령을 내렸기 때문이었다. 다만 전 과 다른 것이 있다면, 성안의 여인들이 모두 남장을 한 점이 었다. 그야 군사 수가 많다는 것을 보여 주어 겁을 주자는 계 책이니 모두 흔쾌히 따랐다.

---

* 일본군에게 쫓긴 유숭인은 진주성으로 도망쳐 와서 자기보다 지위가 아래인 진주 목사 김시민에게 입성을 청하지만, 지휘체계의 혼란을 이유로 거부당한다. 최관, 앞의 책, p136
* 왜놈 장수 6명은 모두 검정 단의(單衣)를 입고 쌍견마(雙牽馬)를 타고 창과 칼을 가진 자 가 앞뒤에 끼고 섰으며 흰옷을 입은 계집이 역시 쌍견마를 타고 따른 왜놈을 많이 거느리고 장수 왜놈 앞에 섰으며, 걸어서 따른 계집들도 많으며……. 대동야승 Ⅵ, 亂中雜錄, 고전국 역총서, 1985, p566

초엿샛날이었다. 놈들이 공격해 들어왔다. 모자에 닭털을 꽂은 놈이 있는가 하면, 제 어미가 죽었는지 머리를 풀어헤치고 뛰는 놈, 뿔 달린 금가면을 쓴 놈, 검은 천으로 얼굴을 가린 놈……, 하여간에 각양각색 깃발을 들고 구북문과 신북문 앞에서 조총을 쏘면서 달려들었다. 2만이 넘는 왜적들이 진주성을 단숨에 삼킬 듯 그랬건만, 관군은 놈들이 가까이 다가올 때까지 침묵은 금이다 그랬다.

그때 진주성 외각에서 의병들이 협공을 하고 들어왔다. 곽재우가 소촌召村역에서 향교 뒷산으로 올라가 호각을 불며 기세를 올렸고, 의병장 최강崔堈과 이달李達이 남강 건너편으로 진입했다. 진주성 복병장 정유경鄭惟敬이 500여 군사를 이끌고 내성사 건너 강안을 따라 올라왔다. 성 서쪽 단성 방향에서 전라도 의병장 최경회가 2천여 구원병을 거느리고 들어오니, 동문, 신북문, 구북문 앞 왜적들이 등때기 뒤에서 협공을 받게 되자, 그야말로 죽기 아니면 살기로 한판 내자는 혈투가 시작되었다.

이렛날은 장편전長片箭을 쏘면서, 사방으로 흩어져 노략질을 하더니, 백성들 집을 불태워 잿더미로 만들었다. 여드렛날 밤에는 조선 아이들을 시켜 도성이 함락되었으니, 항복하라고 고래고래 소리를 지르게 했다. 그런 게 무슨 간계라고 가지가지로 놀았다. 그러거나 말거나 김시민은 악공들을 불러 문루에 올라 한가하게 피리를 불게 해 약을 살살 올렸다.

더는 참을 수 없었든지, 아흐렛날은 민가에서 마루장과 대문짝을 뜯어다 방패를 삼아 조총을 쏘아 댔다. 더 가관인 것은 바퀴가 달린 3층 높이의 산대山臺를 만들어 올라서서 성안에다 조총을 쏘아 댔다. 성 아래에서는 대나무 사다리를 성벽에 기대 놓고 올라오는데, 비격진천뢰로 산대를 박살 냈고, 승군은 놈들이 타고 오르는 대나무 사다리를 자루가 긴 낫으로 자빠뜨려 엉덩뼈가 퍽퍽 부서지게 만들었다. 참 왜놈 새끼들이라더니 그래도 개미 떼처럼 까맣게 성벽을 기어올라 왔다. 그래 보아야 여장 안 가마솥에서 펄펄 끓는 물벼락을 내리쏟으니 머리빡이 홀랑홀랑 벗겨져 늦서리 맞은 감나무 홍시 떨어지듯 대갈통이 익어 땅바닥에 박살이 났다.

보련과 보월은 성곽을 타고 오르는 놈들을 향해 돌멩이를 집어 쏘고, 논개는 돌멩이를 주워 날랐다. 보련과 보월은 무술만 잘하는 줄 알았더니, 돌멩이가 날아갔다 하면 왜놈들 코를 정통으로 맞춰 납작코가 되었다. 승군들이 화살을 1백 대쯤 날려 보아야 보련과 보월의 돌멩이만큼 효력을 내지 못했다. 나무젓가락으로 파리 대가리를 깬다더니, 보련과 보월이 던진 돌멩이가 왜놈들에게는 그야말로 대갈통 날아가는 날벼락이었다.

그렇게 시작된 전투가 밤이 깊어지니 소강상태가 되었다.

"안 되겠다. 성 밖으로 나가자!"

한번 맞닥뜨려 치고받자는 것이었다.

"저렇게 조총을 들고 섰는데 어떻게 나가?"

"야, 고쟁이 열두 벌 입어도 보일 건 다 보인다."

그래 봤자 틈새가 있다는 말이었다.

"바로 저기다!"

보련이 손가락을 가리켰다. 망진봉에서 마주 보이는 남강 지류 하천 버드나무 숲 속에서 왜놈들이 복병하는 모습이 보였다.

"저놈들이 날을 새워 저길 지키겠지."

"그걸 어떻게 알아?"

"단성에서 최 대감이 그리로 넘어오거든."

"최 대감이라니?"

"전라도에서 의병을 일으킨 최경회 대감 몰라?"

"언니, 최경회 대감이라고 그랬어?"

논개가 고개를 번쩍 들었다.

"그래, 최경회 대감이라고 했다."

"어마니 상 입으러 화순 갔다고 하던데?"

"얘, 왜놈들이 쳐들어왔는데, 선비라는 작자가 찔찔 짜면서 죽은 어미 묏등만 지키게 생겼냐?"

"우리 어마니한테 알려 줘야겠네."

"참, 그렇다지! 최 대감이 논개 네 엄마 애인이었다며?"

"하이고, 언니도 무슨 생사람 잡는 소리를 그렇게 해?"

밤이 으슥해지자 동백기름을 머리에 발라 곱게 빗고, 반회장저고리에 스란치마를 입었다. 얼굴에 분을 듬뿍 발라 솔솔 분 냄새까지 풍겼다. 덩치가 구월산 승희만한 수좌 두 사람을 불러 밧줄을 가져오라 해 서문 옆 포루에서 총안에 묶고 한쪽 끝을 아래로 내려뜨렸다.

"뭘 하려고 이러십니까?"

북데기만 커다란 했지, 머릿속은 뱁새 알 만한지 더듬거리는 목소리로 물었다.

"내려가려구요."

"적진 속으로요?"

어둠 속에서 덩치 큰 두 입이 떡 벌어졌다. 잔말 말라는 듯 다음 말이 명령으로 떨어졌다.

"내려간 뒤 줄을 올리고 있다가 우리가 돌아와 휘파람을 불면 다시 내려주세요."

허리춤에는 표창 주머니를 찼고 단검으로 양쪽 다리에 무장했다.

"소리 안 나게 성벽에 발을 버팅기고 살살 내려와라!"

보련이 밧줄을 타고 앞서 내려갔다. 그 뒤를 보월이, 그 뒤를 논개가 성 밖으로 내려갔다. 세 사람은 성 밖 빈 집 울타리를 돌아 남강으로 흘러드는 하천 갈대숲으로 숨어들었다. 단성에서 하천을 타고 내려오는, 몇 굽이 산모퉁이를 돌아 길이 갈라져 진남루로 이어지는 길목에 왜놈들이 매복하고 있었다. 초아흐레 반달이 서쪽으로 기울어 나무숲에 걸려 있었다. 보련이 느닷없이 길 가운데로 나서더니, 언제 준비를 했는지 대나무 피리를 삘릴리 삘릴리 불면서 왜놈들이 복병해 있는 산모퉁이로 다가갔다.

"아레와 난다? (저게 뭐냐?)"

조총을 겨눈 왜놈들이 피리를 불고 다가오는 보련을 보았다.

"네가 환장하는 조선 처년가 보다."

"돌았냐? 밤중에 무슨 처녀냐?"

놈들이 낄낄대는 사이 갈대숲에 몸을 숨긴 보월과 논개가 동시에 나타나 보련의 뒤를 따랐다.

"야—! 세 년이나 된다."

"넌, 맨날 조선 여자만 죽였지?"

"씨팔! 조선 여자 안 죽인 놈 나와 보라고 해. 이년들은 달라고 하면 얼른 사루마다만 내리면 되는데, 꼭 앙탈을 부리거든……. 제 상전 놈한텐 엉덩이가 빨갛게 깔리고 누워 있는 년들도 우리가 달라고 하면 지랄이야."

"인마, 웬 사루마다가 거기서 나와? 조선 년들은 치마만 걸으면 고쟁이야. 엉덩이까지 다 터졌어."

"하! 그랬든가?"

"그래서 몇이나 죽였냐?"

"왜 묻냐? 그런 걸……."

"저게 귀신이다! 네가 죽인 여자 귀신."

"엥—?"

아닌 밤중에 낭자 무사 보련, 보월, 논개가 양화도 색시 선유봉 걷듯 춤을 추면서 가까이 다가가니, 복병을 하고 있던 놈들이 숨을 죽였다. 달빛에 가늘가늘 바람을 탄 피리 소리는 한편 처량하고 한편 사람을 초라하게 만들었는데, 천천히 걸어서 왜놈들 코앞까지 다가갔다.

"쏘아 버릴까?"

"인마, 귀신이 총 맞는다고 죽냐?"

"헛소리 나불대고 자빠졌네. 저게 무슨 귀신이야, 내 저년 한테 가 오줌을 깔겨 주고 올게."

한 놈이 버드나무 숲에서 몸을 일으키더니, 보련 앞으로 다가갔다. 서둘 것도 없었다. 보련이 대나무 피리로 가까이 다가온 녀석 정수리를 탁! 하고 내리치니, 그 자리에 핑글 무릎을 꿇고 주저앉았다. 숲 속에서 총을 겨누고 있던 놈들의 눈이 휘둥그레졌다.

"어! 저 녀석 봐? 무릎 꿇고 귀신 아랫도리 더듬는 거 아냐?"

급소를 맞아 꼬꾸라진 줄 모르고 치마 속을 더듬느라 그러는 줄 알았다.

"야, 저년 진짜 총 맞아 죽은 귀신 맞냐?"

느낌이 이상했든지 한 놈이 화약에 불을 붙이려 했다.

"쏘지 마, 인마! 뒤에 아카쿠니 잇키가 있어."

'아카쿠니[赤國] 잇키[一揆]' 란 최경회가 거느리고 접근해 들어오는 전라도 의병을 말했다. 지금 최경회의 의병을 막으려고 복병해 있는데, 총소리를 내면 산통이 깨지게 된다. 귀신한테 오줌을 깔기러 나간 녀석은 소리도 없이 길 가운데 누워 버렸고, 보련은 조금도 서두르는 기색이 없이 천천히 걸어서 가까이 다가갔다. 그때 보련의 뒤에 보월과 논개가 바람처럼 흩어지면서 갈대숲으로 숨어들었다.

"햐! 분 냄새 사람 죽인다."

사내들 속성이란 본래 이런 거다. 저 뒈질 일이 눈앞에 펼쳐지고 있는데, 여자라 하면 눈구멍은 가슴과 엉덩이로 달려가고 손은 젖가슴을 더듬겠다고 달려든다. 이게 긴장의 연속으로 사선을 넘나드는 전쟁터에서는 더했다.

"야, 인마! 내가 맡아 보니 귀신 냄새다."

"까고 자빠졌네. 새끼야, 귀신이 무슨 냄새가 나냐?"

보련이 발부리로 치마폭을 톡톡 차면서 코앞까지 다가갔다. 하나 보련은 놈들을 보지 않았고, 자기 내면만 싸늘히 겨누어 응시했다. 내가 나의 내면을 응시하면 주변의 모든 것이 허깨비가 된다. 그러고 숨을 쉬면 생기가 일어난다. 이럴 때 보련의 생기는 우주와 하나인 기氣로 변화된다. 그것이 염라대왕이었다. 이럴 때 손에 든 대나무 피리는 왜놈들이 손에 든 조총보다 더 무섭고 훨씬 강한 무기였다. 앞으로 걷는 것이 공격이었고, 좌우를 돌아보는 것이 방어였다. 한데 여자면 다 여자인 줄 알고 왜놈들이 염라대왕 치맛자락을 잡아당겼다. 손에 들고 있던 피리가 닿기도 전에 샛바람에 낙엽 날리듯 놈들이 턱턱 나가떨어졌다.

"야! 저년은 사람이 아니라니까?"

한 놈이 칼을 빼들었다. 그때 보월이 어디서 나타났는지 이단 옆차기로 칼을 든 녀석의 손목을 걷어찼다. 칼이 공중으로 피잉―! 날아올랐다. 보월이 잽싸게 받아들더니 놈과 맞섰다. 쨍그랑! 두 합쯤 부딪쳤는데 다른 한 놈이 보월의 등에 조총을 겨누었다. 어느 틈에 논개가 표창을 날려 놈을 쓰러 뜨렸다. 나는 듯 조총을 거꾸로 집어 들고 곁엣 놈 마빡부터 후려 갈렸다.

버드나무숲 매복조에 혼란이 일어났다.

타당 탕! 탕!

위기로 인식한 놈이 있었던지 쏘지 말라고 한 조총을 엉겁결에 쏘아 댔다. 그게 실수였다. 전라도 의병들이 총소리를 듣고 왜놈 매복조가 있음을 알고 잽싸게 둘러싸 곧바로 짓이겨 버렸는데, 순식간에 두우개[二峴] 하천이 핏빛으로 물들었다.

그때 곶감 먹고 엿목판에 엎어지는 사건이 일어났다. 거짓말 같지만, 논개가 거기서 최경회 대감을 만났다.

"대감님, 저 알아보시겠어요?"

어둠 속에서 답이 왔다.

"네가 누구냐?"

어둠이 아니라도 처녀가 되어 버린 논개를 알아보기나 할까?

"장수 김풍헌 대감 며느리가 되려다 만 논개야요."

어둠 속 최경회의 눈이 휘둥그레졌다.

"네가 임현내 논개라 그 말이냐?"

"야─! 그동안 무고하셨어요?"

다소곳이 인사를 드렸다.

"허허, 이럴 때는 놀랄 노자를 써야 되느냐, 놀랄 경자를 써야 되느냐?"

"깜짝 놀라셨지요?"

"허허허—!"

"그러면 놀랄 경자예요."

최경회가 계속 너털웃음을 웃었다.

"저희 어머니를 돌봐 줘서 고마워요, 대감님."

"아니다, 내가 네 어머니 덕을 보고 살아왔지."

"하여간 고마워요. 전쟁 끝나면 어마니랑 뵈러 갈게요."

시간이 없었다. 어둠이 가시기 전에 성으로 돌아가야만 했다.

"뭣하냐? 빨리 안 오고!"

저만치 앞서간 보련이 소리쳐 불렀다. 동녘 하늘에 주먹만
한 새벽별이 떠올라 있었다.

"대감님, 곧 찾아뵐 게요."

그 말만 가까스로 남기고 뒤도 돌아보지 않고 하천 갈대숲
속을 달려 아까 내려왔던 포루로 달음박질쳤다. 보련이 휘파
람을 휙! 부니 밧줄이 스르르 내려왔다. 그것을 타고 다시 성
안으로 들어갔다.

날이 밝자 최후의 결전이 시작되었다. 피아간 한 치도 물러
설 수 없는 전쟁. 김시민은 북격대北隔臺에서, 판관 성수경은
동문 옹성에서, 곤양 군수 이광악과 권관 이찬종李纘宗은 신
북문에서 승군은 진남루에서 목숨을 건 교전이 벌어졌다. 한
데 사시가 가까워지면서 전쟁이 끝이 보이기 시작했다. 안타
깝게도 김시민은 큰 부상을 입었고, 왜놈들 시체가 길이고,

언덕이고, 겹겹으로 엎어지고 포개져 누워 있었다. 사람들은 이런 것을 인산인해라 했다. 사시가 되자 왜놈들은 시체를 모아 빈집에 처넣어 불을 놓아 태운 뒤 순천당산順天堂山을 넘어 줄줄이 도망쳤다.

아군도 많이 죽고 다쳤지만, 전투가 승리로 끝나 여유가 생겼다.

"어마니, 나 최 대감 만났어."

"최 대감이라니, 최경회 대감 말이냐?"

논개가 고개를 끄덕였다.

"기 무신 천지개벽할 소리냐?"

서상댁이 깜짝 놀랐다.

"참말로 네가 최경회 대감을 만났다고?"

이것이 메밀로 메주 쑤는 소리다.

"어마니, 정말이야. 두우개에서 만났다니까."

"두우개? 네가 두우개를 갔단 말이냐?"

"그래 갔어. 근데 긴 이야기는 못했어."

서상댁이 논개 앞으로 바짝 다가앉았다.

"최 대감은 어디 계신다더냐?"

"그건 왜?"

"내가 살펴 줘야 안 쓰겄냐?"

어머니의 눈치가 달랐다. 우리 어마니가 진짜 최 대감을 좋아하는가. 히히, 그러기야 하겠어? 그러고는 물었다.

"그 영감쟁이 만나서 뭘 어쩌려고?"

"영감쟁이라니? 연세가 적잖으신데, 밥이나 제때 챙겨 드시고 왜놈들과 싸움을 하시는지, 뒷바라지를 해 드려야 안 쓰겠냐?"

이 난리 통에 최 대감 부엌데기를 하시겠다고? 아니다, 그런 어머니의 마음 안에는 정성이 있다. 어쩌면 딸보다도 그쪽을 배려하는…… 그렇다면 그것이 무엇일까?

"가 봐. 성안 관아에 계실 거야."

"너랑 같이 가자!"

그렇게 하기로 고개를 끄덕였으나, 보련이 연화도로 빨리 돌아가야 한다고 서두는 바람에, 논개는 최 대감을 만나지 못하고 진주성 서문을 나왔다.

우는 놈 달래 놓고 눈깔을 빼다

조선은 주권을 가지고도 홀로 서지 못했다. 제 감당을 못하고 명나라에 밑구멍을 보이니, '국왕이 천조天朝에 공순해 황상께서 군사를 내어 구원하라.' 하셨다는 것, 그러했으니 고쟁이를 벗고 몸을 주면서도 거기에 따른 음모가 깔렸음을 까맣게 몰랐다.* 어찌 됐건, 명나라는 병부우시랑兵部右侍郞 송응창宋應昌을 비왜군무경략備倭軍務經略으로, 보바이 반란을 제압한 이여송을 방해어왜총병관防海禦倭總兵官으로 임명, 3만의 군사를 거느리고 압록강을 건너게 했다. 송응창과 이여송은 지위가 동급이었다. 정치적인 문제는 문관인 송응창이, 군사적인 문제는 무관인 이여송이 맡았는데, 그것이 수작이었다.

명나라 군사가 조선으로 들어오니, 그 많은 군량과 말먹이

---

* 宣祖實錄 32卷(1592, 壬辰) 11月 10日

[馬糧]를 대느라 불쌍한 우리 백성들 피눈물 쏟는 일이 새롭게 시작되었다. 손바닥만한 나라 하나 제대로 추스르지 못하고 외세에 의존하려는 선조는 명나라 군사가 들어오므로 황실을 향해 큰절을 올렸단다. 이리 못난 자가 국왕이었으니 명나라와 일본이 조선 국토를 반분하자는 협상에 끼지도 못하고 달만 보고 짖는 멍멍개가 되었다.

용악산을 평양부 금강산이라 불렀다. 용이 하늘로 솟듯, 꿈틀 휘감은 가파른 산허리에서 수염이 허연 신선이 용마를 타고 휴정을 찾아왔다.

"묘향산에서 신선님이 오셨습니다."

풍회선자였다. 묘향산 승군이라면 풍회선자를 모르는 사람이 없었다. 곧 본영으로 안내되었다. 그는 주렁주렁 보자기에 싼 봉지들을 등에 잔뜩 얹은 나귀 두 마리를 끌고 선교양종도총섭 당우 마당으로 들어섰다.

"허허, 저를 도우러 오셨군요."

휴정이 반갑게 맞아들였다.

"내가 무슨 도울 만한 일이 있겠소만, 한번 들러 봤소이다."

치레 인사가 끝난 뒤, 자리에 앉더니 시중드는 승군들에게 나귀 등에 얹힌 짐을 내려오게 했다.

"그게 무엇이옵니까?"

"왜놈들이 나라를 빼앗으러 왔으니 전쟁은 해야겠지만, 도총섭 스님께서는 생명을 귀히 여기시니 약제를 좀 가져왔소이다."

"그러시다면 목숨을 살리는 선약이겠군요?"

"선약이라기보다는…… 약을 일상 세 등급으로 나누는데, 최상급의 약은 몸을 편안히 하고 수명을 늘려 정령을 부리게 하지만, 그것은 단을 오래 닦은 선인들의 이야기이고, 중간급 약은 체질을 길러 주지요. 낮은 등급의 약은 병을 치료하는 것으로, 독충이나 맹수가 침입 못하게 하고 나쁜 기운이 퍼지지 않게 해 주는데, 전쟁에 나선 승군들에게 그런 약들이 필요하지 않을까 싶어서……."*

풍회선자가 약봉지 하나를 손에 들어 보였다.

"이것은 수선오자환守仙五子丸이라고, 몸에 독을 제거해 주는 약입니다."

"이런 진귀한 약들을 가져오셨으니, 우리 승군이 마음 놓고 싸움터에 나가도 목숨을 잃을 염려가 없겠습니다."

"뭐 그리기야 하겠습니까만, 산초와 생강은 추위를 다스리고, 창포는 귀를 밝게 해 주지요. 거승[巨勝; 胡麻]은 수명을 늘리고, 위희威喜는 군대를 물리친다 했습니다."*

그러고는 바르는 약과 먹는 약을 구분해 가르쳐 주고, 쉽게 산에서 구할 수 있는 처방전까지 알려 주었다. 그리고 그날

---

*上藥令人身安命延 升爲天神 遨遊上下 使役萬靈…中藥養性 下藥除病 能令毒蟲不加 猛獸不犯 惡氣不行 衆妖幷辟.〈葛洪 '抱朴子內篇 仙藥' 再引用〉, 이원국, 앞의 책, p159
*椒姜御寒 菖蒲益聰 巨勝延年 威喜辟兵. 이원국, 앞의 책, p159

밤 편히 쉬시도록 별채 한 칸을 비워 놓았는데, 풍회는 찬 물로 세수를 하고 입을 행군 뒤, 별채로 들어가 깔아 놓은 자리에 누웠다. 풍회는 이렇게 생각을 해 보고, 저렇게 생각해 보아도 휴정이라는 선사가 예사 사람이 아니었다.

국정 철학이 무너진 조선의 모습. '개를 본다[看狗]'는 말이 선가禪家에 있던가. 머리는 사람의 얼굴을 닮았고, 몸뚱이는 사람의 허리를, 아래는 사람의 다리를 닮았다.* 이놈을 사람으로 보면 개이고 개라고 보면 사람이다. 국정 철학이 뭉개진 조선의 모습이 이와 같은지라, 휴정이라는 선사가 그런 나라의 백성들을 구하기 위해 나이 많음을 따지지 않고 일어섰음에 부도의 가르침이라 하지 않을 수 있겠는가?

불가가 유일심唯一心이면, 주역은 음양의 논리요, 천부경天符經은 삼신三神을 말한다. 천부경에 이르기를, 하나는 시작이 없고 시작하는 것이 곧 하나다. 하나를 쪼개면 하늘, 땅, 사람으로 나누어지지만 본래 한도 끝도 없다. 첫째가 하늘이고, 둘째가 땅이며, 셋째가 사람이다.* 선가仙家의 입장에서 보면 우리 조선은 환국[桓國; 桓因時代]이 3천 년, 배달[桓雄; 時代]이 1천 500년, 조선[檀君; 時代]이 2천 100년, 그 이후 1천 500년을 합쳐 8천 년 넘게 굳건히 국맥을 이어 왔다. 환웅 시대에는 백두산과 요하 일대를 중심으로 하늘님을 모시는 신교神敎적 천문역天文易으로, 청동, 철기 문화를 주도하면서 대설

---

* 子湖有狗 上取人頭 中取人腰 下取人脚. 禪門拈頌 看狗
* 一始無始一 析三極無盡本 天一一地一二人一三. 天符經

산[히말라야] 이쪽을 지배한 최강국의 면모를 유지해 왔다. 한데 속 좁은 김춘추金春秋가 삼국을 통합한답시고 당나라를 끌어들여 백제가 망하고, 340년간 발해 연안을 중심으로 중국을 지배한 지배권이 무너졌다.

고구려가 무너지면서 요동·요서의 배달 조선이 되놈 나라로 편입되어 땅덩이가 두 동강이 났다. 이 반쪽짜리 나라마저 국통을 잇지 못하고 바다 건너 왜놈들에게 짓밟힌 나라의 백성들을 구하기 위해 분연히 일어선 휴정의 모습을 어찌 장하다 하지 않을 수 있으랴! 풍회선자는 잠을 이루지 못하고 밖으로 나왔다. 용악산 꼭대기에 별이 떴는데, 달처럼 환했다. 산길이 대낮처럼 트여 숲속을 터벅터벅 걸어 용악산으로 올라갔다.

묘향산 승군들이 새벽에 일어나 보니 말과 나귀를 그냥 놓아 둔 채 풍회선자가 홀연히 자취를 감춰 버렸다.

"이인이라 하시더니 과연 신선이로고!"

묘향산 승군들이 서로 얼굴만 쳐다보았다.

계사[1593]년 1월 초나흘, 제독 이여송의 명령으로 부총병 사대수査大受가 선봉에 서 순안현으로 진군하면서 고니시 유키나가에게 서찰을 보냈다. 내용인즉, 심유경과 조선을 분할해 차지하기로 한 휴전협정을 매듭짓자며, 부산원에서 만나자는 것이었다. 유키나가가 야소교를 믿어 순진했든지, 정치성이 앞서서 그랬든지, 저 잡으러 온 명나라 군사를 외교사

절로 여기고 비장 다케우치 기치베(竹內吉兵衛)를 보내 영접케 했다. 한데 사대수가 미리 복병을 숨겨 두었다가 영접하러 나온 다케우치 기치베를 사로잡고, 그를 따라온 왜적 스물세 놈의 목을 베어 버렸다. 그 과정에서 다섯 놈이 도망쳐 모든 사실이 알려졌다.

평양성 전투는 그렇게 시작되었다. 승군이 자체로 수집한 정보를 분석해 보니, 성안에는 왜군이 1만 5천 명쯤 주둔해 있고, 군량은 왜놈들이 먹지 않은 옥수수가 대부분으로 이미 바닥이 난 상태였다. 그 지경에 이르렀는데도 성민들을 노역으로 부려 전쟁 준비를 마친 것으로 밝혀졌다. 성 위에는 청색 깃발이 나부꼈고, 원총안과 근총안 요소요소에 조총을 배치해 여차하면 발사하게끔 만반의 태세를 갖추고 있었다. 성 밖에는 나무토막을 사슴뿔 모양으로 날카롭게 깎아 울타리를 세워 접근이 쉽지 않게 해 놓았고, 성 위에 돌멩이를 군데군데 쌓아 놓아 한판 붙겠다는 속셈을 드러냈다. 그게 바로 약수강공(弱守强攻)이란 것으로, 약하면 지키고 강하면 공격한다는 전략이었다.

첫 번째 공격은 놈들의 방어가 얼마만큼 완강한가를 가늠하기 위한 시험대였다. 그 강도에 따라 평양성 수복 전략을 달리할 수 있었다.

휴정은 이여송을 만나 승·명 연합군을 만들었다. 승·명 연합군이 사슴뿔 울타리에 불을 지르고 들어가니, 성 위 원근 총안에서 조총이 벼락 때리는 소리를 냈다. 평양성이 본래 철옹성으로 외성이 무너지면 중성이 막아서고, 중성이 무너지면 내성이 다시 막는 삼중 사중의 요새라 저항이 예상외로 완강했다.

두 번째 공격은 명나라 부총병 오유충吳惟忠과 장곡이 거느린 승군이 연합해 이뤄졌다. 한데 놈들의 방어가 워낙 완강해 개미가 정자나무를 건드리는 꼴이었다. 성 앞으로 가까이 접근하면 깨를 볶듯 조총으로 응사했고, 멀리 떨어져 있으면 산봉우리 위에서 대포로 응사했다.

"이럴 때는 어설프게 보이게 해 기습해야 합니다!"

장곡이 제안했다.

"좋습니다. 용이시지불용用而示之不用이 그것 아니겠습니까?"

"알고 계셨군요?"

용이시지불용이란 병법 계편計篇의 말로, 공격할 대안이 있으면서도 그럴 기미를 보이지 않는 속임수를 쓰자는 것이었다.

장곡과 오유충 사이에 합의가 이루어져 성 밖 방책인 사슴뿔 모양의 울타리에 불쏘시개를 가져가 태운 뒤, 금방 성문으로 돌진할 태세를 보이니 아니나 다를까, 사기가 충천한 왜놈들이 성문을 열고 밖으로 뛰쳐나왔다. 그래도 물러서지 않고 화살을 날리니, 활은 조총의 상대가 아님을 놈들이 더 잘 아는 터라, 콩 볶듯 조총을 쏘아 대며 추격해 왔다.

"퇴각하라!"

장곡의 명령이 떨어졌다. 승군은 활시위를 끊어 던지고, 명나라 군사들이 무거운 철 방패가 웬수라는 듯 냅다 팽개치고 허겁지겁 도망치는 전술을 썼다. 그것이 속임수임을 모른 왜적들이 바짝 추격해 오더니, 명나라 군사들이 집어던진 방패를 줍느라 대열이 흐트러졌다. 방패를 가져가면 훈장을 주는 전리품이라 저희들끼리 밀치고 제치면서 대열만 흐트러진 것만이 아니라 눈에 쌍불을 켜고 서로 차지하려고 실랑이가 벌어졌다. 그 틈을 타 승·명 연합군이 날고기를 본 호랑이처럼 번개같이 돌아서서 맹공을 퍼부으니, 순식간에 왜적들이 창칼에 찔려 목이 달아났다. 겨우 목숨을 건진 몇 놈이 성안으로 들어가 성문을 닫아걸었다. 뒤늦게 왜군이 모란봉 위에서 포탄을 퍼부었으나 승·명 연합군은 사정거리 밖에 나가 있었다.

이튿날 새벽 패전에 분을 삭이지 못한 왜적이 3천여 병력으로 특공대를 만들어 기습해 들어왔다. 하나 뒤를 받치고 있던 이여송의 주력부대가 단숨에 깔아뭉개 승부라 할 것도 없이 승리로 끝났다.

하지만 여기까지의 전투는 성 밖에서 벌어진 국지전일 뿐 성안으로의 진입이 아니었다. 이여송과 승군도총섭 휴정, 관군도원수 김명원, 세 사람이 머리를 맞대고 평양성 수복 전략을 짰다. 명군이 다경문과 거피문으로 진입해 외성을 점령한 뒤, 중성으로 드나드는 정양문正陽門과 함구문含毬門을 공격할 때, 관군이 중성의 서문인 보통문을 치고 들어가 합세한다는 전략이었다. 다음은 명군과 관군이 내성으로 통하는 주작문朱雀門과 정해문靜海門을 치고 들어가면, 승군은 칠성문 앞에서 국지전을 벌이다 벌 떼처럼 성문을 들이치고 들어가 가세하기로 작전을 짰다. 승·명·관 3군이 내성 안으로 진입하면 북성을 둘러싼 구월산 승군이 장경문을 부수고 들어가 유키나가를 생포한다는 전략이었다.

전략이 세워지고 세 번째 작전 명령이 떨어졌다. 그때 보통문을 치고 들어가기로 한 관군이 엉뚱한 잡약산과 목멱산 꼭대기 고지로 올라갔다. 죽느냐 사느냐의 전쟁에서 모가지 아깝지 않은 사람이 누가 있겠는가? 먼저 앞장을 서야 할 조선 관군의 행태가 제 버릇 개 못 주고 그 모양을 연출했다. 그것을 본 명나라 장수들이 "너희들은 높은 데로 올라가 실컷 구경이나 하시라." 비아냥을 대는데,* 다행히 관군이 비운 자리를 금강산 승군 유정이 맡아 합동으로 공격이 시작되었다.

유키나가를 생포할 일촉즉발의 위기에서 평양성 안에서는 왜장들이 회합을 갖고 철수해야 한다고 유키나가를 설득하고 있었다. 철수가 불가피한 이유로 군수품이 바닥났고, 무기가 파손되었으며, 식량 창고가 불에 탄 정황을 들이댔다. 상황이 이 모양인데, 명나라 군사가 공격을 감행하면 전멸을 면치 못한다는 것이었다.

---

* 我軍 군사들은 西쪽으로 雜藥山으로부터 東쪽으로 木覓山에 이르기까지 高地를 占領하고 있었다. 明나라 將領들은 이것을 보고 말하되 "당신들은 높은 산에 올라가 내려다보면서 구경이나 하시오." 李炯錫, 前揭書, p654

도망치는 것을 비겁한 행위로 여겨 온 유키나가는 명예롭게 죽겠다면서 철수를 받아들이지 않았다. 하나 평양 이남의 후방을 지키는 왜군의 수가 급격히 준 데다 명군의 기습을 계속 받게 되면 결과적으로 그것이 더 불명예가 된다는 설득에 평양성을 철수하기로 결단을 내렸다.*

철수 결심이 선 유키나가는 병사들 손실을 막아야 했다. 유키나가는 송응창의 진중에 있는 심유경에게 횡목을 보내 '도움[SOS]'를 청했다. 내용인즉 평양성에서 철수할 테니 추격하지 말라는 것이었다. 유키나가를 대동강 이남으로 몰아내고 조선 국토를 반분하면 명나라 몫이 넓어진다는 산술을 송응창이 마다할 이유가 없었다. 평안도를 벗어날 때까지 유키나가의 안전을 보장하라는 기밀을 이여송에게 보냈다. "알았다."는 이여송의 응답이 왔다.

이 밀약이 조선 병권을 틀어쥔 이여송에게 짬짜미로 통해 유키나가의 평안도 탈출이 보장되었다. 그러고는 중화에 이르는 퇴로를 차단한 조선군 철수를 지시했다.*

---

* 전투가 끝나자 아고스티뉴 휘하의 장수들은 아고스티뉴에게 일본군이 많이 주둔하고 있는 후방의 성채로 철수할 것을 설득하기 시작했다. 그들은 "병사들이 이미 지쳐 있으며, 사상자 수가 많고, 군수품은 모두 떨어졌다. 더욱이 무기들은 파손됐으며 보루 밖에 있던 식량창고들은 불에 탔다. 이런 상황에서 중국군이 충분히 승산이 있다고 보고 내일이라도 재공격을 감행한다면 우리는 전멸을 면치 못할 것이다. 더욱 걱정스러운 점은 평양과 서울 사이에 있는 일본군 성채들이 조선군이 계속 퍼부어 대는 공격과 습격에 대비해 방어할 병사들만 겨우 유지하고 있는 상태이므로 원조를 바로 받을 수 있다는 희망도 없다는 사실이다."라고 설명했다. 루이스 프로이스, 앞의 책, p118

* 고니시는 "우리는 진심으로 퇴군을 바라니, 뒷길을 차단하지 말아 달라."고, 퇴로 보장을 요구했다. 이여송은 이를 승낙하고, 평안 병사 이일에게 중화(中和) 쪽의 길가에 매복해 둔 조선 군사를 철회시켰다. 기타지마 만지(北島万次), 앞의 책, p130

왜놈만 보면 도망치기 바쁜 이일이 그때 부지런을 떨어 유키나가를 앞질러 중화로 내려가 길목을 지켰다고 하는데, 그것 참! 처녀 장딴지를 보고 불알 보았다는 소리라 아니할 수 없다. 끝으로 메주를 쑤건대, 그때 이일은 조방장 김응서金應瑞와 함구문에서 성 밖으로 나왔으나 왜놈들이 퇴각한 줄도 몰랐다. 이여송이 그것을 보고, 저게 무슨 장군감이냐, 당장 접반사 이빈李蘋으로 교체하라고 소리를 질러 모가지가 떨어졌다.* 이게 누구의 말이 옳은가? 그렇다면 이여송은 유키나가를 뒷구멍으로 빼돌려 놓고 오리발을 쌍으로 내민 격이었다. 우는 놈 달래 놓고 눈깔 빼먹는 되놈이라더니, 쌍언청이 외언청 타령이 이래서 나온다.

유키나가는 성 위에 깃발을 꽂고, 횃불을 밝힌 속임수를 썼다. 꽁꽁 언 대동강 얼음 위에 지푸라기를 깔고 성문을 빠져나갔다. 명나라 군사가 도망치는 왜적을 추격할 까닭이 없었다. 유키나가와 이여송 사이에 거래가 있다는 소문이 파다했건만, 행재소에서는 호박씨를 까는지 수박씨를 까는지 아무 것도 몰랐다. 명나라 군사들이 감히 그런 장난을 칠 수 없을 만큼 선조가 덕망을 갖춘 국왕이었다면, 그래서 명나라 군사가 유키나가의 뒤를 밀어붙였더라면 함경도의 기요마사가

---

* 李鎰은 助防將 金應瑞와 같이 含毬門으로 들어갔다가 城 밖으로 退하여 있었는데 이날 밤에 敵이 退却한 줄을 모르고 있다가 뒤에 알게 되어도 追擊하지 아니하였으니 提督은 이것을 遺憾스럽게 생각하고 李鎰은 將材가 못된다 하여 接伴使 李蘋으로 交代하도록 朝廷에 要請하였다. 朝廷에서는 이 말을 듣고 左議政 尹斗壽를 보내어 李鎰의 대신 提督의 要請대로 李蘋을 任命하였으며……. 李烱錫, 前揭書, p658

덫 속에 갇힌 쥐처럼 전쟁을 쉽게 승리로 끝낼 절호의 기회였다. 하나 명나라 군사는 내가 언제 너희들 콩죽으로 살았냐? 그러고는 콧방귀만 퐁퐁 날렸다.

집안이 안 되려면 생쥐가 춤을 춘단다. 그다음 문제는 무관 이여송과 문관 송응창 사이에 갈등이 생겼다. 갈등의 단초는 북병 이여송과 남병 송응창이 서로 공과를 다투는데, 누가 왜적의 목을 많이 벴느냐의 머리수를 따지는 과정에서였다. 그때 우리 백성들 목이 왜놈 모가지로 둔갑되었다. 명나라 군사들 군량과 말먹이를 대느라 뼛골 늘어진 조선 백성들이 요놈들 공과 다툼에 모가지까지 대신했다.

그래도 선조는 좋단다. 평양성 승전 소식을 듣고 명나라 황궁을 향해 다섯 번 큰절을 올렸고, 명군의 작전참모 찬획贊劃 원황袁黃과 유황상劉黃裳한테 두 번 큰절을 올렸단다. 신료들은 한술 더 떠 이여송을 모시는 생사당生祠堂을 지어 화상을 봉안해야 한다고 떠들어 댔다.* 분다 분다 하니 매운재 석 섬을 분다고 이것이 선조를 에워싼, 썩은 줄에 매달린 조선 행재소의 권신들 모습이었다.

---

* 선조는 승전 소식을 들은 직후 북경의 황궁을 향해 다섯 번 큰절을 올렸다. 명군의 작전참모 격인 찬획(贊劃) 원황(袁黃)과 유황상(劉黃裳)에게도 두 번 절을 했다. 그뿐만이 아니었다. 신료들은 이여송을 모시는 사당을 짓고 그의 화상을 그려 봉안해야 한다고 건의했다. 생사당(生祠堂), 즉 아직 살아 있는 인물을 모시는 사당을 세우자는 과격적인 주장이었다. 한명기의 -420 임진왜란 ⑱, 앞의 신문, 2012. 6. 8

황주성 전투

휴정은 이여송의 덧낚시에 아랑곳하지 않았다. 승군만이 대동강을 건너 중화로 달아나는 유키나가의 뒤를 바짝 쫓았다. 어느 집단에나 '꼴통'이 하나씩은 있기 마련인데, 유키나가 진중에 고니시 사쿠에몬[小西作右衛門]이 악바리 꼴통이었다. 평양성을 탈출해야 우리가 살고, 우리가 살아야 일본이 사는 길이라고 가신들이 유키나가를 간질일 때, 놈은 뻐딱하게 탈출을 반대했다. 대세라는 것이 뭐냐, 마른나무를 태우면 생나무도 타는 것이다. 사쿠에몬도 대세에 끌려 낙태한 고양이 몰골로 대동강을 건넜다.

명장은 쇼도 명연기여야 한다. 도둑이 달아나기만 하는 것은 상식이 아니다. 도둑을 쫓기만 하는 것 또한 상식이 아니다. 도둑이 달아나다 우뚝 설 때는 이유가 있다. 쫓는 놈과 도둑이 한통속이거나, 되레 겁을 집어먹었거나, 허방을 디뎌

다리를 삐었거나 셋 중에 하나다.

우쭐거리던 이여송이 유키나가를 당장 쫓아가 죽일 듯 대동강을 건너더니 우뚝 서 버렸다. 그 모습을 놓고 조선 유생들 사이에서는 아무리 적이지만 '인명을 모두 죽여서는 안 된다.' 는 이여송 자비심의 발동이라고 떠들어 댔다. 사실은 명나라 군사의 손실을 막기 위한 이여송의 연기였는데, 거문고 멘 놈이 손뼉 치니 칼 쓴 놈도 손뼉 치는 것이 이런 것일 게다. 새고자리에 매달린 개꼴인 조선 유생들이 왜적을 섬멸할 하늘이 준 기회를 발로 차 버린 이여송의 연기에 덩달아 궁둥이 춤을 춘 셈이었다.

왜놈들 쪽에서는 삼박자가 착착 맞아 한시름 놓았다. 고기도 제 놀던 물이 좋다고 이제야 일본으로 돌아가는구나 싶어 왜졸들 입이 함박만큼 벌어졌는데, 쓰버럴, 머리털 없는 승군들이 이여송의 말 따위는 어느 개가 짖느냐는 듯 맹렬히 추격하고 따라왔다.

제1군 유키나가가 부산포로 상륙할 때 군사가 1만 8천 700명이었다. 피 터질 전쟁일 줄 알았는데, 충주성에서 희생이 좀 있었고, 평양을 차지할 때까지 사상자가 거의 없었다. 호랑이 불알을 얼음주머니로 만든다는 혹독한 조선 겨울을 보내면서 몇 명이 얼어 죽고, 평양성 전투에서 사상자가 조금 생겨 1만 5천 명으로 줄어 있었다.

명나라 놈이긴 했으나 배가 잘 맞은 심유경의 도움으로 이여송의 군사가 쫓아오다 멈춰 서 버리니, 눈먼 말 워낭 소리

따라가듯 조선 관군도 강 건너 불구경이었다. 한데 '팔도도총섭승군장' 깃발을 휘날리는 승군이란 것들이 산 호랑이 심장이라도 꺼낼 듯 바짝 뒤쫓아 따라붙었다. 달팽이 뿔이 무슨 뿔이냐? 아니 중놈 패거리가 무슨 군대냐구? 사쿠에몬은 콧방귀를 퐁퐁 날렸다. 원숭이가 제 꼬리도 모르고 사람인 척 까분다더니, 조선이 '망쪼'가 드니 나설 놈이나 안 나설 놈이나 다 나선다고 이죽거렸다.

산속에서 수행이나 하고 자빠져 있어야 할 중들까지 무기를 들고 나섰다면 조선이란 나라는 볼 장 다 본 나라다. 한데 세작들의 보고는 달랐다. 놈들은 농투성이를 생짜로 모은 관군이나 의병과는 다르다고 했다. 그래 봤자 머리 깎고 쭈그리고 앉아 불살생不殺生 어쩌고 염불이나 나불거리며 개미 새끼 한 마리 변변히 못 죽일 놈들이 전쟁은 무슨 전쟁이겠냐고 낄낄 웃었다.

한데 움직임이 달랐다. 일본군이 버티고 있어야 할 중화 고을이 텅 비어 있었고, 안전이 보장된 평안도 경계를 벗어나니 놈들이 발 빠르게 움직였다. 손에 쇠도리깨를 든 놈이 없는 것은 아니었으나, 대부분 몽둥이를 들고 허둥대는 것을 보면 솔직히 헛웃음이 나왔다. 그래 봤자 터진 꽈리 지랄하는 거지 뭘! 사쿠에몬 생각은 달라지는 것이 없었다.

한데 승군이란 것들은 금방 모습을 보였다가 감쪽같이 자취를 감추는데, 움직임이 예사롭지 않았다. 어떤 놈은 소두엄을 찍어 내려는 듯 쇠스랑을 쳐든 놈이 있는가 하면, 목을 걸어

잡아당길 듯 자루가 긴 낫을 들이민 놈도 있었다. 더더욱 알 수 없는 것은 나이가 든 축들은 고리가 달린 지팡이를 짚고 점잖게 서 있었다. 싸움을 하러 왔는지 구경을 하러 왔는지 참 여유롭고 한가로워 보였다. 태합 전하가 이끌던 사무라이 전쟁판에서는 구경조차 할 수 없는 광경이었다. 세작들은 그런 자들이 몸속에 단검과 표창을 감추고 있으니 조심해야 한다고 했지만, 조선이 사정이 급하다 보니 중들한테 무기를 들려 전쟁판으로 내쫓은 저것들이 무슨 군대냐 싶었다.

겉으로 보기에도 질서라는 것이 없는 잡색군 비슷했다. 하지만 눈여겨보면 거리와 시간까지 자로 잰 듯, 한 치 오차가 없는 예측으로 목표를 정확히 겨냥해 움직였다. 들리는 말로는 놈들이 활을 잡으면 하늘을 나는 기러기를 떨어뜨리는 소이광小李廣 화영花榮과 같고, 창을 쥐었다 하면 상산 조자룡이 장창 휘두르는 것과 같다는 것이었다.

그래 봤자 지대기에 가사를 걸친 놈들의 잔재주라는 게 별거 있겠냐며 얕잡아 봤더니, 추격하고 따라오는 발걸음이 나는 새와 같았다. 마누라도 없고 자식도 없이 평생을 산골짝만 오르내려 그러나 보다 했는데, 황주목 칠봉산七峰山 서쪽 구현駒峴에 다다르니, 놈들 떼거리가 뒤처진 왜군 병사들을 솔개 병아리 채 가듯 모두 채 갔다. 사쿠에몬은 숨을 헐떡거리며 황급히 고개를 넘어 흑교천黑橋川에 이르렀다. 이럴 때 조총으로 응사하면 해결이 간단하겠지만, 군수품 공급이 끊겨 들어와야 할 화약과 총알이 떨어져 조총은 쓸모없는 무기가 되어 버렸다.

사쿠에몬은 그제야 문제가 있음을 알았다. 옛 고사에 살쾡이란 놈이 도를 닦는다며 숭악한 거짓말을 늘어놓고 쥐들이 사는 동네로 가 한 발을 들고 해를 바라보며 웅얼웅얼하고 있다가 날이 저물어 집으로 돌아가는, 맨 뒤의 쥐를 덜컥 먹어치웠다는 이야기가 그냥 우스갯소리가 아닌 듯했다. 살쾡이한테 먹혀 숫자가 줄어든 쥐처럼 뒤를 따르던 병사들 수가 자꾸 줄어들었다.

사쿠에몬이 거느린 군졸들만 그런 것이 아니었었다. 중군으로 앞서 가던 유키나가 사령관도 사정이 다르지 않았다. 탈영의 낌새가 보이지 않는데, 왜 이런 황당무계한 일이 일어나는가. 황주 근교에 이르니 군졸 수가 반나마 줄어 있었다. 놈들이 도술을 부리나? 하늘을 땜질하는 도술이 있다고 해도 제 한몫은 다하는 '사무라이' 군대가 살쾡이한테 쥐 채이듯 자꾸 숫자가 줄어드는데, 도대체 이해가 가지 않았다.

벽화산碧花山 아래 이르러 유키나가를 찾아갔다.

"사령관님, 머리털 없는 군사가 야찬 것 같습니다."

"야차라니, 그 무슨 뚱딴지 같은 소리냐?"

유키나가가 멀뚱히 바라보았다.

"승군, 이놈들이 좀……."

"승군이 어째서?"

"아직 모르셨어요?"

"뭘, 몰라 인마!"

"우리 병사들이 반나마 사라졌습니다."

그제야 유키나가가 뒤따르는 병졸들을 점검해 보았다.

"승군놈 새끼들이 평양성에서 그만큼 애를 먹이더니, 기어이 끝장을 보겠다 그거구먼?"

"우리 병졸들을 야금야금 잡아먹고 따라옵니다."

휴정이 명을 내리기를, 소리 나지 않게 왜군들을 앞질러 좌우에 따라붙으라 했다. 승군 특유의 각개전술로 낙오된 왜군들을 인근 사찰로 데리고 가 편히 쉬게 해 주고, 다친 자는 치료를 해 주라는 것이었다. 왜냐, 낙오된 왜졸들 거지반이 부상을 입었거나 동상에 걸려 잘 걷지 못한 자들이었다. 병들고 부상당한 왜병들을 정양사 비구니 사사가 편히 쉬게 해 주고, 풍회선자가 가져온 약으로 부상자들을 치료해 주었다. 치료를 받은 놈들이 한숨 돌리더니 자진해 자수를 해 왔고, 권하지도 않은 귀화가 이루어졌다.

유키나가는 그 사실을 까맣게 몰랐다. 사쿠에몬도 마찬가지였다. 황주목 가까이 이르러 점검해 보니 병졸 이탈이 심각한 사실로 드러났다. 이탈한 병졸이라 해 봤자 부상을 입었거나 동상에 걸린 자들이 대부분이라 싸움이 벌어지면 불 꺼진 화로처럼 짐짝이 되어 모두 생명을 잃을 패잔병이었다. 솔직히 스스로 사라져 주는 것도 나쁜 일은 아니었다. 그렇다고 사령관 체면에 그것을 반길 수는 없었다. 입을 꾹 다물고 사쿠에몬을 앞세워 왔던 길로 되돌아 막 넘어온 벽화산 능선으로 올라갔다. 바닷물 유입을 막기 위해 쌓은 것으로 보이는

둑[細塘筒] 위에 올라서서 흑교천을 바라보았다. 흑교천 이쪽으로 펼쳐진 갈대밭에 흑교黑橋를 건넌 승군들이 퇴각을 멈춘 이쪽을 살피더니, 반격을 하려는 듯 신속히 진을 펼쳤다.

자세히 보니 안행진雁行陣이었다. 나아가고 물러서는 데 자유로운 안행진법으로 한바탕 공격을 퍼붓겠다는 속셈 같았다. 야단났군! 이렇게 되면 쫓기는 편의 피해가 말할 수 없이 타격을 받게 된다. 직선거리 중앙에 '팔도십육종선교도총섭승군장' 깃발이 펄럭였고, 그 앞으로 들고양이 같은 유격군이 두 편대로 나누어지면서 정면 돌파의 의도를 드러냈다. 승군장 깃발 아래 한 장수가 하얀 말에서 내리는데, 깨끗하게 늙은 노인이었다. 아니 저 늙은이가 뭘 어쩌겠다고? 유키나가는 코웃음이 나왔지만 꾹 참고 늙은 장수에게 꽂힌 시선을 돌리지 않았다.

말에서 내린 장수가 한 길 넘는, 고리 달린 지팡이를 왼손에서 오른손으로 바꿔 잡더니 이쪽을 바라보았다. 노승의 오른쪽에는 까만 수염이 배꼽까지 내려온, 부장으로 보이는 자가 칼을 잡고 있고, 왼쪽에는 키가 큰 부장이 창을 세우고 이쪽을 바라보고 서 있었다. 그들 앞에는 호위병인 듯 어깨가 벌어진 젊은 병사와 몸집은 작으나 송곳처럼 공중으로 솟구칠 듯 날렵해 보이는 병졸 둘이 함께 이쪽을 쏘아보고 있었다. 바로 그 순간이었다. 늙은이가 들고 있던 지팡이 고리를 딸랑딸랑 소리가 나게 흔들어 보였다. 그것이 신호였든 듯 북이 둥둥 울리며 안행진 양쪽 날개 끝에 날카롭게 발톱을 세운 공격수가 이쪽으로 번개처럼 좁혀들기 시작했다.

이렇게 되면 도망치는 수밖에 없다. 선봉에 선 왜병은 이미 황주성 안에 들어가 있었다. 승군이 5천이 넘으니, 이쪽 군대가 퇴각하느라 지쳐 있는 것으로 알고 한바탕 공격을 퍼부을 낌새 같았다.

"능선으로 퇴각하라!"

황급히 명령을 내렸다.

그때 황주성은 시가 지카츠구[志賀親次]가 지키고 있었다. 놈은 봉산에 주둔한 분고노쿠니[豊後国] 영주 오토모 요시무네[大友義統]의 조카였다. 지카츠구는 평양성에서 도망쳐 선봉으로 성에 들어온 유키나가의 가신들로부터 뜻밖의 평양성 패전 소식을 들었다.

"사령관님은 어디 계시는가?"

유키나가의 상황을 물었던 것인데 대답이 황당했다.

"할복을 결심했다고 합디다."

할복! 지카츠구는 곤봉으로 이마를 탕! 얻어맞은 기분이었다. 어쩌다 제1군 사령관이 그 지경이 되었나. 지카츠구는 할복을 결심했다는 말을 '할복했다.'로 바꿔 봉산에 있는 삼촌 오토모 요시무네한테 전령을 보내 급히 알렸다.

요시무네는 본래 히데요시를 좋아하지 않았다. 그는 조선 침략을 탐탁하게 여기지도 않았다. 솔직히 유키나가가 죽었다고 해도 대단한 손실이 아니라고 생각했다. 조카더러 빨리 성을 버리고 자기가 있는 봉산으로 오라 했는데, 오지 않았다. "뭘 더 어쩌자고 늦장을 부리나!" 요시무네는 조카 지카 츠구만 나무란 뒤 봉산성을 비우고 달아나 버렸다.*

유키나가는 벽화산 능선에 진지를 구축하려 했다가 상황이 급박해 퇴각을 명령했고, 사쿠에몬이 거기에 장단을 맞추듯 호각을 불어 군졸들을 능선 위로 올려 보냈다. 한데 승군이 능선 위에 진지 구축은커녕 도망가게 가만 놔두지도 않았다. 노승이 있는 승군 지휘부에서 북이 계속 둥둥 울리더니, 와ㅡ! 하는 함성과 함께 안행진 앞과 좌우 원숭이 같은 공격 수들이 기습으로 몰려드는데, 그 기세가 뇌성벽력을 치듯 천 지를 뒤흔들었다. 유키나가는 불난 강변에 덴 소 날뛰듯 냅 다 도망쳐 버렸다.

"성안으로 들어가라!"

눈썹에 불붙듯 황주성 북문으로 뛰어드니, 성문 앞으로 한 꺼번에 뛰어든 병졸들이 수세미에 막힌 수챗구멍 같았다. 등 뒤에서는 화살이 날고, 어떤 승군은 자루가 긴 낫으로 목을 걸어 낚아채는가 하면, 쇠도리깨가 춤을 추는 속에 쇠스랑으

---

* 평양의 요새에서 서울 쪽으로 있는 바로 다음 성채에는 시가 지카츠구(志賀親次) 파울로 영주가 있었다. 그는 평양에서 도망쳐 오는 아고스띠뇨의 몇몇 부하에게서 그곳에서 일어 났던 일들을 듣고서, 서울 쪽으로 하루 거리 정도로 떨어져 있던 분고(豊後) 영주 오토모 요 시무네(大友義統)에게 전갈을 보냈다. 오아카타(大屋形) 요시무네는 파울로 영주에게 곧장 성을 버리고 자신에게 오라하였다. 그러나 파울로 영주는 아직 퇴각하는 것은 이르다고 생 각하였기 때문에 그 명령에 따르려 하지 않았다. 이윽고 평양에서 퇴각해 온 다른 병사들이 아고스띠뇨가 이미 항복할 결심을 하고 있다고 말하자 시가(志賀) 파울로 영주는 다시 분고 의 영주(요시무네)에게 전갈을 보내어, "비록 아고스띠뇨가 죽는다 하더라도 대단한 손실은 아니므로 유감스러워할 일은 아니다."라고 하였다. 분고의 영주는 사람을 보내어 파울로 영 주가 곧바로 자기에게 오지 않는 것을 나무라고, 그를 기다리지도 않고 즉시 자신의 성채를 버리고서 퇴각했다. 프로이스의 '일본사'를 통해 다시 보는 임진왜란과 도요토미 히데요 시, 국립진주박물관 엮음, 오만 장원철 옮김, 2003, p280

로 등을 턱턱 찍고 다니는데, 누군가가 큰소리를 질렀다.

"평행장을 생포하라!"

그랬으면 얼마나 좋겠는가. 하나 욕심이 너무 과한 소리였다. 놈들이 전국시대라고 부르는 본토에서부터 칼만 가지고 놀았던 유키나가와 사쿠에몬이 외얽고 벽치듯 그렇게 굼뜬 놈들이 아니었다. 졸개들에게 겹겹으로 둘러싸여 성문 안으로 들어서더니, 이내 문을 닫아걸었다. 미처 성안으로 들어가지 못한 쫄때기들이야 돼지거나 말거나 성문이 닫히니, 연기를 쐰 벌 떼처럼 사방으로 흩어졌다. 향교 앞에서 내려온 승군 주력군이 다리 부러진 꿩처럼 퍼덕거리는 왜놈 졸개들을 붙잡아 꽁꽁 묶었다. 천신만고 붙잡히지 않은 졸개들은 소북문小北門 앞으로 튀었고 나머지는 서문西門으로 달아났다. 본래 승군들의 걸음걸이가 번개를 끌고 다니던 사람들이라 열 손이 한 지레로 움직여 달아나는 왜놈들 멱살을 나꿔채 오라를 지워 여비통女妣筒 맞은편 언덕에 무릎을 꿇려 놓았다. 여비통은 바닷물의 범람을 막으려고 세당통細塘筒과 한 시기에 쌓았던 제방으로, 서쪽이 환히 트여 해창海倉과 포구가 한눈에 내려다보였다.

승군 지휘부가 여비통 언덕으로 이동했다.

"포로들 반은 망일사望日寺에 반은 성불사에 수용하라."

도총섭 스님의 명령으로 오라가 지어진 포로들이 정양사와 안심사 비구니 사사들에게 넘겨져 두 사찰에 분산 배치되었다.

승군 공격은 잠시 거기서 멈췄다. 평양성에서 내려온 유키나가의 제1군은 화약과 탄환이 바닥나 조총 소리를 들을 수 없었으나, 황주성에 화약이 좀 남아 있었던 듯 왜졸들이 성루로 올라가 조총을 쏘아 댔다. 하나 놈들이 쏜 조총은 성을 에워싼 포위망을 풀겠다는 기습이 아니라 승군의 움직임을 살피려는 엄포로 보였다.

도총섭 스님이 승군장들을 불러 모았다. 무예가 고단인 각 산문의 사사를 정예군으로 선발하라는 명령이 내려졌다. 사사라고 하면 별별 발발한 묘기를 갖춘 자들이 많았다. 무예만큼은 어느 누구든 두 번째도 싫어했다. 눈빛 반짝거리는 정예 무사들을 각 성문에 전진 배치시켜 성안으로 잠입하라는 명령이 떨어졌다.

"병서에는 치지 말아야 할 성이 있다고[城有所不攻] 했으나, 황주성은 반드시 탈환해야 할 성이로구나!"

도총섭 스님이 곧 유정에게 금강산 승군을 데리고 동문으로 가 진을 치라는 명령을 내렸다. 삼각산 승군과 해인사 승군은 소북문을 지키게 했고, 구월산 승군이 서문을 맡았다. 남문만 퇴로로 남겨 두고, 싸움은 묘향산 승군이 북문에서 건다는 전략이었다.

"북문 성루에 불이 붙고, 북소리가 나면 성문을 연다!"

정예 사사들이 갈고리를 던져 성벽을 타고 성안으로 잠입했다. 성루에 불이 붙는 것을 신호로 성문을 지키는 왜졸들목을 베고 북소리에 맞춰 성문을 열면 승군이 일시에 성안으로 뛰어들어 유키나가를 생포한다는 전략이었다.

승군이 각기 정해진 위치로 돌아가고 정예 무사들이 바람처럼 성을 넘어 안으로 잠입한 뒤였다. 날이 어두워지고 삼경이 되자 작전명령이 떨어졌다.

"성루에 화전을 쏘아라!"

장곡이 황주성 북쪽 성루에 화전을 날리자, 묘향산 승군이 무더기로 불화살을 날렸다. 왜졸들이 성루를 지키고 있었으나 한꺼번에 날아온 불화살로 성루뿐 아니라 성루 안쪽에 밀집해 있던 병영, 중영, 객사, 연무정錬武亭, 군기고까지 불이 붙었다. 불 난 데 키질이라더니, 때마침 고정산高井山에서 북풍이 땅바닥을 훑듯 세차게 몰아쳐 성안의 모든 집채에 옮겨붙었다. 왜졸들이 병영 앞 연못에서 물을 퍼올려 부어 보려 했으나, 성안이 온통 불바다가 되어 접근조차 어려웠다.

승군 지휘부에서 둥! 둥! 둥! 북이 울렸다. 성안에 잠입한 정예 사사가 한꺼번에 성문을 열어 성안으로 뛰어든 승군과 육탄전이 벌어졌다.

승희와 혜은이 호위해 선 도총섭 큰스님이 소북문 안으로 들어왔다. 성안에서는 육박전이 한참이었다.

"평행장을 생포하라!"

도총섭 스님이 장검을 높이 들고 불이 붙지 않은 이아二衙 앞으로 내려와 목소리를 높였다. 도총섭 스님을 호위해 서 있던 승희와 혜은이 아수라장이 된 육박전 속으로 뛰어들었다. 승군들의 쇠도리깨가 춤을 추듯 왜놈들을 타작하고, 쇠몽둥이가 날뛰니 '니뽄도'는 그야말로 '때깨칼' 같았다. 혜은이 요란뻑적지근한 갑옷에 번쩍번쩍 은장식을 단 전모를 쓴 적장과 마주섰다. '니뽄도'를 머리 위로 올려 날쌔게 달려드는 왜장 놈 곁으로 개구리처럼 엎드려 옆으로 뛰어들어 내려치는 칼날을 단검으로 막고 하늘을 날 듯 공중으로 튀어 올라 이단 옆차기로 뒤통수를 탁! 탁! 연속으로 가격하자 놈이 뒤로 발랑 나가떨어졌다. 번쩍거린 놈의 군모가 벗겨져 연못 속으로 굴러가 빠져 버렸다. 뒤를 따라온 승희가 왜장 놈 손목을 밟고 니뽄도를 빼앗아 던졌다. 혜은이 칼을 받아 들고 주변을 에워싼 왜놈들 모가지를 수수모가지 쳐내듯 쳐 냈고, 승희가 땅바닥에 널브러져 있는 왜장 놈을 불끈 들어 연못 속에 거꾸로 처박았다.

이놈이 평행댕이었으면 얼마나 좋겠는가. 한데 왜놈 졸개들이 무더기로 덤벼들며 소리쳤다.

"지카츠구 쇼오군가 미즈니오보레타!

"저놈들이 지금 뭐라고 그러냐?"

승희가 달려드는 왜졸들을 쇠몽둥이로 휘둘러 연못 속에 차 넣으면서 물었다.

"지카츠구 장군이 물에 빠져 죽었다는 소리야."

"짜식! 제까짓 게 무슨 쌈꾼이라고?"

성을 버리고 빨리 도망치라는 제 삼촌 말을 안 듣고 어벙거리다 지카츠구는 황주성 연못 물귀신이 되었다.

"그럼, 평행댕 그 자식은 어디로 갔지?"

그때 연못에 처박힌 왜장 비슷한 복장을 한 놈이 혜은 앞으로 달려들었다.

　　"코노 네즈미노 코메가! (이 쥐새끼 같은 놈이!)"

　　왜놈 말을 아는 혜은이 쿵! 콧소리를 내며 돌아서자, 등 뒤 왜놈 졸개가 칼을 치켜들고 달려왔다. 앗차! 하는 순간이었다. 승희가 잽싸게 단검을 뽑아 휙 뿌리니 놈의 목에 반쯤 들어가 박혔다. 단검을 맞고 쓰러진 졸개를 본 왜장 놈이 칼을 높이 쳐올려 내리칠 듯 달려들다가, 승희가 쇠몽둥이를 들고 쫓아오는 것을 보고 군졸 사이로 냅다 도망쳐 버렸다. 자세히 보니 낮에 유키나와 벽화산 자락에 나타난 바로 그놈이었다. 들쥐가 수풀 속으로 도망치듯 도망친 놈을 추격해 승희와 혜은이 객사 앞으로 달려갔다. 그때 금강산 승군이 월파루로 공격해 들어왔다. 그들 또한 무술이 고단이라 왜적을 턱턱 걸어차 길바닥에 넣어 짓밟고 사창司倉 앞으로 내려왔다. 금강산 승군이 표창과 단검을 뿌려 왜졸들을 쓰러뜨리고, 남문을 치고 들었다. 때를 같이해 서문과 소북문으로 들어온 승군들이 쇠도리깨를 휘두를 때, 불타고 있는 북문 밖에서 묘향산 승군들이 성채를 뛰어넘어 왜놈들을 모두 남문으로 몰았다.

　　"죠오몬오 혼토오니! (성문을 열라!)"

　　삐익―! 성문이 열리니 이놈이나 저놈이나 앞다퉈 달아났다.

　　"평행장을 생포하라!"

　　그때 도총섭 스님은 중영 뜰에 서 계셨다. 승희와 혜은이 중영 연못에 이르니, 특별난 갑옷을 입은 왜장을, 그것도 왜장 놈들이 구름처럼 감싸고 남문을 빠져 도망치는데, 그놈이 평행장이었다.

"저놈이 평행댕이다!"

승희와 혜은이 남문을 향해 치닫자 유키나가의 뒤를 따르던 가신 두어 놈이 칼을 잡고 돌아섰다. 유독 날콩 같은 한 놈이 승희한테 칼을 겨누었다. 자세히 보니 연못 앞에서 승희의 쇠몽둥이를 보고 군졸 속으로 도망간 그놈이었다.

"저 자식이 벽화산에서 '평행댕'이와 장단을 맞춘 바로 그놈이다!"

지카츠구의 칼을 든 혜은이 승희 앞으로 나섰다. 제까짓 게 제일순위 유키나가의 가신이라는 듯 충절을 보이겠다고 니뽄도를 머리 위로 올려들고 우수우각右手右脚세로 다가와 혜은을 내리쳤다. 혜은이 지카츠구의 니뽄도로 놈의 칼을 맞받아치면서 오른쪽으로 돌아 왼발을 걸어차니, 코방아를 찧고 앞으로 넘어졌다. 칼로 콱 찔러 버릴 참인데, 놈이 옆으로 떼굴 굴러 발딱 일어서는 동작이 번개처럼 빨랐다. 혜은이 꿩을 본 독수리가 달려들 듯 이단 옆차기로 몸을 날려 놈의 턱에 탁! 탁! 발바닥 도장을 찍으니 벌렁 나가 거꾸러졌다. 그때 승희가 득달같이 달려들어 쇠몽둥이로 내리 찍으니 힘이 얼마나 센지 갑옷이 찢어지면서 가슴 안으로 파고들어 두 다리를 쭉 뻗고 파르르 떨었다. 그것을 보고 벌 떼처럼 달려드는 왜놈 졸개들을 혜은이 지카츠구 니뽄도로 옥수숫대 자르

듯 잘라 냈다. 승희가 피를 쏟는 사쿠에몬을 불끈 들어 연못에 처박았다.

"이놈아, 그래서 장수는 낮은 데 서지 않고, 사나운 매는 가지 끝에 앉지 않는 법이다."

유키나가의 가신 가운데 악발이로 소문난 사쿠에몬이 지카츠구와 함께 황주성 연못에 물귀신으로 사라졌다.

도총섭 스님이 남문에 이르렀을 때는 왜놈 장수들이 유키나가를 구름처럼 감싸고 성문을 빠져나간 뒤였다. 성안에서는 승군들이 이삭을 줍듯 왜놈들을 포로로 묶어 성불사로 압송했고, 정양사와 안심사 비구니 사사들이 풍회선자가 나귀 등에 얹어 온 약을 부상자들 상처에 바르고, 앓는 놈들에게는 먹이니 진짜 자비가 넘친 선약인 듯 금방 자리에서 일어났다.

개성을 수복하다

유키나가는 소선령小仙嶺을 넘어 사인암으로 내려왔다. 사인암에서 동선령을 넘으면 봉산이었다. 지원병을 이끌고 협공을 나왔어야 할 요시무네가 조선 관군들 도망치듯 도망쳐 봉산 관아가 텅 비어 있었다. 나간 집구석 둘러보듯 한 바퀴 빙 둘러보고 유키나가가 내쳐 평산으로 내려와 병졸들을 점검해 보니 6천 명이 안 되었다. 평양성을 나설 때 1만 5천 명이던 병사가 6천 명으로 줄어 있었다. 살아서 뒤를 따라온 놈들마저 동태가 된 데다 굶주려 낙오 직전이었다. 어쩌자고 이런 전쟁을 일으켰는가. 비로소 태합 전하가 원망스러웠다. 바람에 짚단 넘어가듯 지친 군졸들로 대추씨처럼 단단한 민머리 승군들을 대적해 볼 엄두가 나지 않았다.

그때 기요마사는 배천에 내려와 있었다. 유키나가는 전령을 보내 기요마사를 개성으로 들어오라 했다.

승군이 봉산 · 평산 · 금천을 거쳐 개성에 이르렀다. 왜군이 개성 내성에 진을 쳤을 것으로 예상한 도총섭 스님은 유정과 의엄을 대흥산성 서문으로 들여보내 대흥사로 들어오라 했다. 나머지 승군은 장곡이 앞장서 대흥산성 북문으로 들어가 관음사로 올라가니, 왜놈 선봉이 산성을 지나면서 관음사에 불을 놓아 그때까지 연기를 피우며 타고 있었다. 도총섭 스님은 불을 끄느라 옷이 흠뻑 젖은 스님들을 데리고 대흥사로 내려갔다. 금강 · 구월 두 산 승군들이 먼저 도착해 기다리고 있었다.

다행히 대흥사는 불에 타지 않았고, 동쪽에 장대將臺가 보였다. 장대 아래가 본영 제승당制勝堂이 있었는데, 조용한 것으로 보아 왜놈들이 내성에다 진을 친 것이 확실해 보였다. 도총섭 스님은 승군장들을 불러 작전에 들어갔다.

"네 발로 기는 짐승도 넘어지는 수가 있다."

첫 번째로 취한 조치가 발 빠른 사사들을 송도 일원에 배치해 적세를 살피는 일이었다. 특히 내성이 위치한 송악산 좌우 왜군의 움직임을 주시하라 일렀다.

대흥사는 작은 사찰이 아니었으나, 도총섭 스님은 승군을 주변 여러 암자와 성거산聖居山 운홍사에까지 분산 배치했다. 특히 만경대 건너편 은선암과 제승당 너머 용천사에 빗방울 사이도 꿰고 달린다는 신출귀몰한 사사 전위부대를 배치했다.

날이 저물어 승군은 휴식에 들어갔고, 자정이 되니 적세를 살피러 간 사사들의 보고가 속속 줄을 이었다. 배천에서 달려온 기요마사 주력군이 내성 유수부에 주둔해 있고, 황주성에서 도망친 유키나가는 패잔병이나 다름없는 군졸들을 데리고 숭양서원崇陽書院에서 휴식을 취한다는 것이었다. 기요마사는 명나라 군사가 아닌 승군이 단독으로 뒤를 쫓는다는 말을 듣고, 전의가 되살아나 시어미 역정에 개 배때기 차듯 인근 사찰을 모두 불태운 뒤, 발톱을 세우며 유키나가를 더욱 우습게 보았다.

견원지간인 두 적장도 이럴 때만큼은 승군에게 당하고 도망친 유키나가의 정보가 필요한지라 관덕정觀德亭에서 수시로 만나 개성 사수 전략을 짜고 있다는 보고였다. 기요마사는 한양에 주둔한 일본 전군을 동원해 개성을 사수하려고 이빨을 간다는 것이다. 왜 그러하느냐? 남쪽으로 쫓기면 쫓길수록 반분하게 될 조선 국토의 자기들 몫이 줄어들기 때문이었다. 놈들은 도망을 치면서도 조선과의 전쟁에서 이겼다고 자부한 것은 한양을 정복했기 때문이었다. 최소한 개성이 한양의 전진기지가 되어 주어야 그나마 명분이 서는 일이었다.

어찌 된 일인지 유키나가는 내성 안에 기요마사와 함께 있지 않았고 한양이 가까운 성 밖 서원에서 딴 살림을 차렸다. 이유가 무엇인가? 황주성에서 생 오줌 싸면서 승군 포로가 될 뻔한 사태에 대비해 한양으로 앞서 내빼기 위한 것 아니냐는 오해를 불러일으킬 수 있으나, 송도는 외성이나 내성이나 안팎 차이가 없었다. 송도가 본래 고려 왕씨들 도성이다 보니, 유가들 행태가 그래 왔듯 한양으로 도성을 옮긴 뒤 그대로 방치해 두어 곳곳이 헐리고 구멍이 뚫려 성으로의 구실을 못한 성이 되어 있었다.

방망이로 얻어맞고 홍두깨로 앙갚듯, 고무줄처럼 팽팽하게 사기가 오른 기요마사는 세작들을 풀어 개구멍에 망건 치듯 승군의 움직임을 살폈다. 어차피 전쟁이란 이겨야 보상이 따르는 것이라 내간을 쓰든 반간을 쓰든 적진의 정보가 손에 들어와야 승리가 보장되는 것 아닌가.

송도는 산이 험하고 골짜기가 많았다. 평지라 하더라도 산과 구릉이 풍수장이들 명당 찾으러 나서기 좋게 꿈틀꿈틀 휘돌아, 그런 지형을 잘만 활용하면 왜적을 전멸할 요새가 수두룩했다. 기와가 헐고 당우가 낡아 폐사를 앞두고 있어도 골골에 사찰이 박혀 잘만 활용하면 왜적과의 대적에서 실익을 챙길 수 있는 곳이 많았다.

대다수 승군들은 청석골이 협곡 중에 협곡이므로 왜적을 그리로 몰아넣어 전몰시킬 후보지로 꼽았다. 내성 연양문과 영평문을 열어 놓고 탄현문과 동대문, 남대문 안으로 치고 들어가 족대로 고기 몰 듯 현릉[顯陵; 고려 태조 왕릉] 오른쪽 청석골로 몰아넣고 위아래만 막으면 구럭에 든 고기라는 것이었다.

한데 기요마사가 워낙 성질이 급한 놈이다 보니 족대작전을 펼치기도 전에 선수를 치고 올라왔다. 내성 안화문安和門을 열고 송악산 뒤 골짜기를 타고 영통사로 올라온다는 급보가 접수되었다. 청석골 어쩌고 할 틈도 없이 승군은 발등의 불이었다. 곧 도총섭 스님의 명령이 떨어졌다. 은선암 길목을 지킨 사사가 만경대 아래 소서문으로 나가 노적봉 자락을 돌아 영통사로 내려가고, 용천사 사사는 인달봉仁達峰 오른쪽 남문으로 나가 자라봉[鼈峰]을 끼고 원통사로 내려가 작전을 펼치라는 지시였다.

아니나 다를까, 내성에서 안화문을 나온 기요마사가 송악산 오른쪽 계곡을 타고 영통사로 올라온다는 첩보가 접수되었다. 은선암 사사들 뒤를 따라 내려간 묘향산 승군이 영통사 오른쪽 능선에 진을 쳤고, 해인사와 옥천사 승군이 용천사 사사를 따라 내려가 영통사 왼쪽 능선에 진을 쳤다. 승군 지휘부가 영통사로 이동했고, 금강·구월 두 산 승군이 영통사 앞 숲 속에 진을 쳤다.

의엄이 구월산 사사를, 유정이 금강산 사사를 선두에서 지휘했는데, 승희와 혜은은 금강산 사사에 합류했다. 사사들은 단검과 표창을 필수로 몸에 감추어 무장했고, 승희처럼 힘이 장사인 사사들은 쇠 작대기를 지팡이처럼 짚고 다녔다. 사람에 따라 협도나 예도를 지니기도 했지만 곤방을 지닌 사람이 많았다. 곤방도 사사들의 개성만큼이나 가지각색이었다. 쌍 갈고리가 달린 구봉鉤棒이 있는가 하면 적을 찌르고 끌어당기는 조자방抓子棒을 가진 사람도 있었다. 뭐니 뭐니 해도 사사들의 무기는 철련협봉鐵鍊夾棒이 많았다. 이게 바로 쇠도리깨였다.

접근 전에 능한 사사들은 담비처럼 나무 위나 바위 꼭대기에 올라가 있다가 몸을 사리지 않고 위에서 내리꽂듯 뛰어내려 엉켰다 하면 바다를 건너온 왜놈들은 고향에도 못 가고 염려대왕 문전으로 직행했다.

사사들이 원통사 아래 비탈과 계곡에 납작 엎드려 숨을 죽이고 있는데, 왜놈들이 함정인 줄 모르고 꺼떡거리고 올라오는 것을 검은 옷자락을 날리며 담비처럼 뛰어내려 격전이 벌어졌다. 왜놈들이 고개를 빳빳이 들고 올라오는 족족, 사사들이 꼬리로 뺨치고 이빨로 목을 깨무는 검은 살모사로 모습이 바뀌었다.

몸뚱이가 포대화상 만한 사사들도 무예가 고단이라 슬쩍슬쩍 몸을 젖혀 공격을 피해 다섯 자 다섯 치 쇠몽둥이를 바람개비 돌리듯 휘둘러 대니 쨍그랑! 툭! 탁! 니뽄도가 나무젓가락 튀듯 작살나는 판에, 언제 조총에 화약을 쟁이고 불을 붙여 쏠 틈이 있겠는가. 몸이 날렵한 사사들은 공중을 훌훌 날아 왜놈들 귓방망이를 걸어차 조자방으로 찔러 잡아당기면 뒤에서 쇠돌이깨가 콩 타작을 하듯 두들겨 패니, 뒷다리를 발발 떨며 뻗는 개구리처럼 왜놈들이 죽어 나갔다. 수십 년간 무예를 수행으로 단련해 온 승군들은 '사천왕'이었다. 죄 없는 백성들을 죽이고 나라를 뺏겠다고 바다를 건너온 놈들에게 승군은 사천왕이자 손에 든 무기는 바로 금강저金剛杵 그것이었다.

원통사 앞 골짜기에서 육탄전이 벌어져 살생지옥이 따로 없는 아수라장이 되었는데, 쌈꾼으로 소문난 기요마사도 놀라 자빠지지 않을 수 없었다. 히데요시 가신으로 왜놈들 전국시대에 수도 없는 싸움에서 앞잡이로 종사해 왔으나, 조선 승군과 맞붙으니 조용조용 소리도 없이 담비처럼 날면서 보리 이삭 쳐내듯 모가지를 쳐내는 군대를 한번도 본 적이 없었다.

그래 봤자 토끼풀만 먹은 중놈들이 무슨 힘이 있겠냐 싶어 젖 먹은 힘까지 보태 맞서 보고 안 되겠다 싶으면 작전을 바꾸자, 그러고는 화려한 깃발을 휘날리게 해 명령을 내렸다.

"초오쥬우오 핫샤시로! (조총을 발사하라!)"

유키나가의 1군과는 달리 놈들에게는 화약이 남아 있었던 듯 뒤쪽에서 펑! 펑! 조총을 쏘아 댔다. 조총 소리를 듣고 원통사 오른쪽 능선에 진을 치고 있던 묘향산 승군이 와—! 함성을 지르며 벌 떼처럼 내려와 창을 집어던지며 화살을 날리니, 예상 못했던 기습으로 기요마사가 소리를 질렀다.

"이치카 바치카 스이신토! (죽기 살기로 밀어붙여라!)"

명령을 내리니, 왜졸들이 개미 새끼처럼 밀려와 니뽄도로 맞서 사사들과 한 덩어리로 엉겼다. 하나 사나운 군대로 소문난 기요마사의 보병도 접근 전에서는 사사의 적수가 아니었다. 게다가 육탄전이 한참인 계곡으로 영통사 양쪽 능선에서 승군들이 창을 휙! 휙! 집어던지며 내려오고, 다섯 자가 넘는 장창과 열 자가 넘는 편곤鞭棍을 휘두르고 달려드는데, 기요마사는 유키나가 1군이 왜 그렇게 상처투성이가 되었는지 똑똑히 알아차렸다. 그대로 나두었다가는 함경도에서 위세를 떨친 기요마사의 2군도 전멸을 면치 못할 판세에 들어가 있었다.

명장이란 명예롭게 죽는 것만이 꼭 자랑은 아니다. 앞을 바라보니 검은 수염을 바람에 휘날리며 칼을 빼들고 이쪽으로 쫓아오고, 그놈 좌우를 호위한 승군 두 놈이 잽싸게 달려들었다.

"슈교오샤가 도오시테 셋쇼오오 스루노카?"

유정이 보니 허리 부분에 옻칠을 하고, 번쩍거린 금박으로 위아래를 장식한 갑주에 금장식을 단 전모를 쓴 왜장이 칼을 비껴 잡고 버티고 있었다. 왜놈 말을 모르는 유정이 칼을 빼들고 달려가면서 물었다.

"저놈이 지금 뭐라고 그러느냐?"

혜은이 대답했다.

"수행자가 어찌 살생을 하느냐고 그럽니다."

"건방진 놈! 살생하는 놈 살생하는 건 살생이 아니라고 해라."

혜은이 일본말로 "살생하는 놈 살생하는 건 살생이 아니라고 하신다!" 큰 소리로 외치니 놈이 뒤로 물러섰다. 한데 놈들의 수효가 유키나가의 군졸하고는 비교가 안 되었다. 하나 높은 곳을 점한 승군이 정확하게 놈들의 목을 향해 표창을 날리고 내려오니, 기요마사가 놀라 곁을 따라온 가신들을 돌아보았다.

"이러다 선물 놓치겠다."

"아니 선물이라뇨?"

"이놈아, 신덕전神德殿에 두 왕자 놈 말이다!"

기요마사는 임해군과 순화군을 선물로 칭했다. 국경인에게 선물로 받았으니 선물이라 한들 틀린 말은 아니었다. 신덕전은 고려조에 후비가 거처하는 곳으로 국왕의 침전이기도 했다.* 조선왕조가 개성부에 유후사留後司를 설치하면서 유수留守가 숙소로 썼던 곳이었는데, 기요마사는 임해군과 순화군 가솔들을 그곳에 인질로 잡아 두었다.

"빨리 달려가 두 왕자를 데리고 한양으로 가라!"

승군 기세에 놀란 기요마사가 곁을 따라다닌 가신에게 임해군과 순화군을 한양으로 데리고 떠나라는 명령을 내렸다.

"하이!"

가신 놈이 고개를 숙여 대답한 뒤 졸개 몇 놈을 달고 산골짝을 내려갔고, 임해군과 순화군 가솔들을 지키고 있던 나가치게가 기요마사의 명령을 받고 인질들을 앞세워 신덕전을 나갔다.

기요마사는 조선 겨울에 얼었다 녹은 군졸로는 개성을 사수할 수 없다고 판단했다.

"퇴각하라!"

명령이 떨어지자 왜놈 군졸들이 양편으로 갈라져 한 편은 안화문으로, 한 편은 탄현문으로 달아났다. 승군이 뒤를 바짝 추격했다. 그래서 사상자가 많았는데, 기요마사가 내성으

---

* 후비가 거처하고 휴식·수면을 취하는 침전의 명칭은 神德殿이었다. 金昌賢, 고려 시대 개경 궁성안 건물 배치와 의미, 한국사 연구 117, 2002, p99

로 들어오기도 전에 유키나가는 장단으로 달아났다. 내성으로 들어와 잔군을 수습한 기요마사는 유키나가의 뒤를 따라 장단으로 도망쳤다.

도총섭 스님은 개성을 되찾았다. 그것이 계사[1593]년 정월 열아흐렛날이었다. 도망치는 기요마사의 뒤를 쫓아 장단에서 동파역까지 추격했고, 뗏목을 타고 임진강을 건넌 왜적은 반으로 줄어 있었다.

그렇다고 전사한 승군이 없는 것은 아니었다. 다시 회군해 영통사로 올라온 도총섭 스님은 100여 명의 부상당한 승군을 안심사 비구니 사사들이 돌보는 것을 보고 칭찬을 아끼지 않았고, 순절한 승군들의 시신을 거두어 다비를 치렀다.

올 때 흰 구름으로 왔고
갈 때 밝은 달을 따라갔네
잠시 왔다가 간 주인공
결국 어느 곳에 있는가

來與白雲來
去隨明月去
去來一主人
畢竟在何處 −哭亡僧

승군이 개성을 수복한 뒤, 이여송이 뒷북을 치고 개성으로 올라왔다. 휴정이 개성을 수복한 것을 보고, 인격에 감탄한다나, 어쩐다나. '나라를 위해 적을 물리침에 마음속에서 우러나오는 정성으로 헌신을 다함에[爲國討賊 忠誠貫日] 매우 홀륭한 인품을 우러러본다.' 면서 두루마리 시첩을 보내 칭송을 아끼지 않았다.

사사로운 공익을 버리고
온 힘을 다해 선교의 길을 닦으시던 분이
나라가 위급하다는 이야기를 듣고
높은 산에서 내려와 총섭이 되어 승군을 거느렸네

無意圖功利
全心學道仙
今聞王事急
總攝下山巓 —李如松

이여송이 시첩을 보내오니, 덩달아 명나라 모든 장수와 관원들도 앞다투어 찬사와 시첩을 보내왔다.* 하나 조선 유가들 가운데 누구 한 사람 휴정에게 격려와 위로의 글을 보낸 자가 있었던가.

—10권에 계속

---

* 天朝提督李如松送帖 嘉獎 有爲國討賊忠誠貫日 不勝敬仰之語 又題詩贈之日 無意圖功利 全心學道仙今聞王事急總攝下山巓. 諸將官爭先送帖贈遺. 大芚寺志, 大芚寺志刊行委員會, 康津文獻研究會, 1997, p297